郑逸梅 著

花果小品

（增订本）

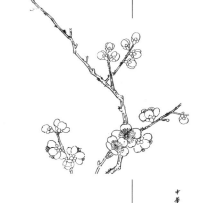

中華書局

图书在版编目（CIP）数据

花果小品/郑逸梅著. —增订本. —北京：中华书局，2024.6
ISBN 978-7-101-16409-1

Ⅰ.花…　Ⅱ.郑…　Ⅲ.随笔-作品集-中国-当代
Ⅳ.I267.1

中国国家版本馆 CIP 数据核字（2023）第 214919 号

书　　名	花果小品（增订本）
著　　者	郑逸梅
责任编辑	胡正娟
封面设计	毛　淳
责任印制	管　斌
出版发行	中华书局
	（北京市丰台区太平桥西里 38 号　100073）
	http://www.zhbc.com.cn
	E-mail：zhbc@zhbc.com.cn
印　　刷	天津裕同印刷有限公司
版　　次	2024 年 6 月第 1 版
	2024 年 6 月第 1 次印刷
规　　格	开本/880×1230 毫米　1/32
	印张 13¼　插页 2　字数 280 千字
印　　数	1-6000 册
国际书号	ISBN 978-7-101-16409-1
定　　价	98.00 元

目 录

1　再言《花果小品》（郑有慧）

5　序　一（周瘦鹃）

6　序　二（朱天目）

3　梅花　　　　　　50　紫藤

9　瑞香　　　　　　51　玉兰

12　杏花　　　　　　53　辛夷

15　牡丹　　　　　　54　木兰

23　芍药　　　　　　55　紫荆

26　兰花　　　　　　56　樱花

32　桃花　　　　　　58　玉蕊

36　李花　　　　　　59　玫瑰

38　梨花　　　　　　61　蔷薇

40　海棠　　　　　　64　杜鹃

44　月季　　　　　　66　萱花

46　紫罗兰　　　　　68　夹竹桃

48　琼花　　　　　　70　绣球

71	榴花		129	山茶
73	昙花		132	蜡梅
75	栀子		134	水仙
77	凌霄花		138	虎刺
79	紫薇		139	迎春
81	木香		140	象牙红
83	荷花		141	柳
87	美人蕉		144	芭蕉
89	木槿		148	梧桐
91	茉莉		150	菖蒲
93	珠兰		153	文竹
94	玉簪		155	棕榈
96	素馨		157	黄杨
98	晚香玉		158	万年青
100	向日葵		159	吉祥草
102	牵牛		160	书带草
104	凤仙		161	枫
107	鸡冠		164	天竹
109	秋海棠		167	竹
111	剪秋罗		170	冬青
112	桂花		171	松
115	菊花		173	甘蔗
123	雁来红		175	荸荠
125	芙蓉		177	枣
127	芦花		179	龙眼

181　银杏

183　胡桃

185　苹果

187　樱桃

191　梅

193　杏

194　桃

198　李

200　梨

203　杨梅

206　枇杷

209　荔枝

213　芡实

215　无花果

217　瓜

220　西瓜

223　南瓜

225　葡萄

228　石榴

230　菠萝蜜

231　槟榔

234　椰子

236　藕

238　菱

240　柿

243　文旦

245　木瓜

247　香橼

249　金柑

251　橙

254　红豆

256　香蕉

258　栗

261　橘

266　橄榄

268　葫芦

272　香国附庸

287　水仙花

290　梅花

294　杏花

298　桃花

303　牡丹

312　海棠

316　榴花

319　荷花

322　凤仙花

325　桂花

329　菊花

336　春笋琐话
338　谈罂粟花
340　谈合欢花
342　百合

352　挹蕖小记
354　吊樱记
355　赏牡丹记
357　探梅两日记
358　秋山红树记
360　拙政园赏蕖记
361　惠荫园赏桂记
362　留园兰会记

382　庭园之趣味

332　山茶

344　林檎
346　秋葵
348　金钱花
350　吴下之蓴

364　狮林赏菊记
366　可园探梅记
368　古梅欣赏记
370　冒雨看花记
372　黄园之菊
374　记静思庐之昙花
378　纪石湖荡古松
380　惋惜石湖荡的古松

附　录

399　华夏版前言
401　漫谈《花果小品》
403　我是怎样撰写《花果小品》的
405　我的花木缘

409　编后记

再言《花果小品》

祖父一生爱书、买书和写作，我从幼年起，即在他老人家的怀抱里长大；我们相差一个甲子，又是同生肖；都酷爱书籍。这就是我和祖父感情特别深厚的缘由。

祖父是位既谦和又温文尔雅的长者，待人接物彬彬有礼，从不高声说话和训斥他人！我出生后一直在祖父的怀抱中成长，稍稍懂事又跟着他逛新华书店，记忆犹新的是：他经常提起黄家花园主人黄岳渊及他的公子德邻……

祖父爱花嗜果，20世纪30年代，经常往返于老园艺家黄岳渊的花园。园内栽植名贵花木，菊花一千数百种，杜鹃三百多种，桂花七十多种，且有无刺的月季、姚黄魏紫的牡丹等，特别是竹枝，青黄相间，青的反面是黄，而黄的反面是青，很是奇特！还有那些鲜果，无不应时登盘，让人朵颐大快。

苏州园艺家周瘦鹃得知祖父撰有多篇花果文章，就鼓动他汇集成书，祖父欣然，乃请吴湖帆、冯超然为该书题签，并采玉蝉研斋主蔡震渊四幅花果册页，制成铜板，作为插图。遗憾的是，由于战事此书搁浅！

可惜之余，忽然联想起我幼年曾看到祖父的书桌上摆放较多的也是盆栽花果……有菖蒲、文竹、水仙等。某年除夕，祖父朋友送来金橘盆栽，煞是好看！金灿灿的果实垂在枝头，配上碧绿的叶子，把亭子间都映照得光灿灿的……而我呢，则趴在祖父的膝上，歪着头缠着要他讲故事……祖父每次总是要讲两个以上的故事，我才肯罢休……

祖父喜啖荔枝和盆柿，每每上市时节，母亲总要买上许多供家人享用，而给祖父留下最大的一份……小时候由于体弱多病，胃口欠佳，我的一份通常比较少，但是每次总要溜到祖父那里去"揩油"，而祖父也总会特意给我留着……

祖父的名字中有"梅"字。由于"文革"辍学，我十五岁始习画，就试着画梅。祖父的挚友、大画家陶冷月老先生得知我在画国画后，邀我从他习画。陶老先生二十多岁即在大学教授国画，我当然求之不得。陶老先生起始教授的也是梅花！整整两年，日复一日，天天画梅……还数次赴莘庄、苏州香雪海等地观梅画梅。祖父喜爱古人咏梅诗，偶检某诗话，其中一句"疏影横斜暗上书窗蔽"深得他意，遂嘱我以此意画了幅复瓣的绿梅。（一般画单瓣梅，五个花瓣，此复瓣画法乃陶公首创！此画后赠海外亲友了。）祖父见我喜爱画梅，常带我观梅。有次至其友人家中赏梅，观一株梅树，高四尺许，含苞多时，忽然怒放，芳香馥郁，气胜幽兰，色侔珊瑚，形似樱实，异常可爱！

无数次回忆起这些情景，往事历历如昨，祖父的音容笑貌宛在。

20 世纪 80 年代，因华夏出版社之邀，《花果小品》重版了，承名世先生题签，我画的封面花果图。书中罗列一百余种花果，叙其出处、品性、姿态及实用，为诸多花果爱好者提供了可参考的价值。

2016 年，应时在中华书局做编辑的方韬毅先生之约，《花果小品》再版。此版将祖父关于《花果小品》的三篇文章收入作为附录，书中配有八幅古代名家花果图，图文相得益彰。我撰有《孙女的话》，作为序。

2022 年初春，与胡正娟女史初识，谈起《花果小品》，因祖父在多篇文章中提及还有很多花果文章未收，她提议搜集整理后增补再版，并增加配图，名家古画之外，又委托我画些花果插图，如此祖孙合作更有意义。她积极查找原始资料，精心编排校订，增补了四十余篇花果文章，前后历时两年有余，于是就有了今天呈现在诸位读者面前的清雅有致的"增订本"，也算是了却了祖父的一桩心事。我亦应约撰写了这篇《再言〈花果小品〉》。

于今该书的编辑工作已接近尾声，其中责编的辛劳让我感动万分。

兹举一例，窥斑见豹。《花果小品》诸篇文章曾于报刊等处发表过，中孚版、华夏版，祖父皆做了不同程度的增删调整，编辑整理时如果不仔细比勘各版本是很难发现错误的。比如《牡丹》篇"曩在吴门"段，华夏版作"掎裳连袂""宇舍杳窕""深窈幽旋"等，而中孚版"袂"作"襟"、"窕"作"窱"、"窈"作"宛"。经其考证，"掎裳连襟"，语出潘安《藉田赋》，牵衣连袖，形容人多。窕，美好的样子。窱，深远、深邃貌，正与"杳"意相应。此篇所引培德堂赏牡丹的游记，她亦费心在1930年大东书局出版的《最新苏州游览指南》第七章《清游小志》中找到了，题为《赏牡丹记》，两相对照，亦可证后版之误。

认真细致考证谬误，正娟女史的编辑水准和细致严谨令我钦服，在此表示感谢。

期待增订本《花果小品》的问世，也以此来纪念即将到来的祖父诞辰130周年。

2015年12月初稿
2024年2月修改
2024年4月再改
郑有慧于多丽居

序 一

　　不慧生平无他嗜，爱花果最笃。年来百忧内焚，悒悒不乐，所赖以慰情者，厥惟花果。每当笔耕之暇，辄归就小园，把锄于花坛果圃之间，用以忘忧，而忧果少解。苏东坡所谓时于此中得少佳趣者，信哉。不慧于花中最爱紫罗兰，二十年来，魂索梦役，无日忘之。洎移家吴中，庭园间植之殆遍。春秋花发，日夕领其色香，良惬幽怀。舍紫罗兰外，其他奇花异草，亦多爱好，不能毕举。而于四时果木，尤喜栽植，盖花时既可娱目，一旦结实，复足餍口腹之欲。田园风味，要非软红十丈中人所克享受也。不慧以爱好花果故，兼爱有关花果之诗词文章，平昔搜集所得，灿然成帙。而于逸梅小品，亦独爱其侈述花果之作，每一把诵，似赏名花而啖珍果，醰醰有余味。尝怂惠之，辑为专集，以贻同好。日者逸梅书来，云已汇为一编，问世有日，愿得一言以弁其首。不慧奉书喜跃，欲快先睹，率书数语以归之。是为序。

　　　　　　　　甲戌孟冬吴门周瘦鹃序于紫罗兰庵

序 二

　　天之赋人以眼鼻舌，即予之以色香味，虽其间之好尚不同，雅俗则因之而判。吾友郑子逸梅，吴门风雅士也。抱不羁才，平时舍读书著述外，无他嗜，暇以种花莳果为乐。近秉其十数年之经验所得，成《花果小品》一书问世。矧我国古籍，浩如渊海，求其专门研究种花者，只《花镜》与《群芳谱》耳。若莳果之书，俭腹如余，殊不多见，仅于诸家笔记中，偶一读之。今之时，世界交通日趋便捷，东西洋舶来之花果益夥。灌园叟辄瞠目结舌，名无能名，栽培之法，或冬或夏，宜雨宜晴，更不遑计及矣。郑子居海上有年，博闻广见，日积月累，笔之于书，以公同好，按图索骥，不致茫然，诚香国之功臣，风流之韵事。至其文字隽永，考证精详，为有目所共赏。当世不乏雅人，欲享色香味之艳福，必先明种植方法。开卷有益，盍一试之，其无负天生之眼鼻舌也可。

　　　　　　　　　甲戌重阳浙湖天目朱目序于扬州寓庐

梅　花

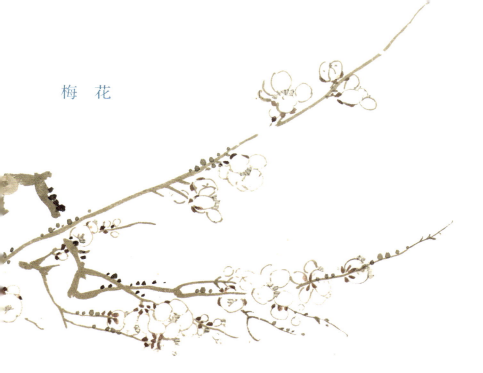

（清）汪士慎《花卉图册·梅花》

南京博物院藏

"岁寒三友"中，惟一树梅花，最为妩媚。梅为落叶乔木，早者冬至前即开，晚者春分时始放，若栽植多株，则可以次第繁荣，相续不断。厥色或红或白。在含苞初坼之际，红者似点点胭脂。白者微晕嫩碧，遂有"绿萼华"之称。梅更有黄色者，《烬宫遗录》云："西苑黄梅最多，上所好也。花时临赏，每折小枝，簪于小瓶，遍置青霞轩、清暇居等处几案间。"

"十月先开岭上梅。"古人名句，传诵至今。或谓岭指百粤，非大庾岭。百粤地气较温，故梅花早放，说亦近理。

《长物志》云："幽人花伴，梅实专房，取苔护藓封。枝稍古者，移植石岩或庭际，最古。另种数亩，花时坐卧其中，令神骨俱清。绿萼更胜，红梅差俗。更有虬枝屈曲，置盆盎中者，极奇。"盖梅含春绰约，缀雪清妍，自是人间尤物也。

梅宜曝日。春间取核，埋诸既壅之地，即能苗生。着花后，旧枝条均宜剪去，使其老干复生新条，则枝枝有花。若惜其旧枝不剪，则新枝细而且弱，不宜蓓蕾也。剪枝后，须灌粪一二次，以培其元气。春季用肥，叶上反生蚜虫。灌水须在午前，则花繁而有力。

我吴虎阜居民，都以莳花为业。附近有地名磨坊基者，尤多古梅。劈干而旁生枝茎，着花有致。以视沪上所见之只以剪扎为能事者，相去不啻霄壤。

武林留下镇之百家园，最近忽发现梅花泉。泉水澄清，深可见底。泉中有小孔五六，泉源自小孔中涓涓而出，形似朵朵梅花，照以日光，色彩耀目，遐迩来观者，途为之塞。

灵峰处西湖之北，介桃源、秦亭之间。道光时，长白固庆于山下广栽果木，植梅尤夥。洪杨乱后，梅悉无存。有清末季，周梦坡补栽数百本，得复旧观。

《梅谱》："成都有卧龙十余丈，相传唐物也，名梅龙。"《群芳谱》："芒种后，有黑壳虫似萤火，肚下黄色，尾上一钳，名曰菊虎。"梅龙、菊虎，天然巧对。

折枝梅宜火烧折处，始得多日不萎。然花插瓶中，瓶水极毒，最忌入口。

邓尉以产梅著。曩岁，许指严丈过苏，当筵醉酒，遍征粉黛于金阊。蜡屐登临，来访梅花于玄墓。其时同游者，为尤半狂、程得时、赵眠云、叶柳村诸子，及爱天香眉史，予亦趋陪杖履焉。一路梅花，低枝碍帽，柳村遂有"触梅头"之雅谑。而指严丈亦逸兴遄飞，口占绝句，有云："金阊游侣尽多情，踏遍名山一日程。为爱天香春自在，万峰寺里证仙盟。平生梦想香雪海，到此偏疑未是春。我欲子妻都敝屣，重来学做种花人。"以纪一时隽游之盛。奈曾不几时，而指严丈与程君得时，先后下世。爱天香嫁作商人妇，美人迟暮，绿叶成阴，抚今追昔，不禁感慨系之。

沧浪亭可园，为予友蒋吟秋君治事之地。予访吟秋，辄据亭榭一隅，作半日清谈。而池上有铁骨红梅一株，着花秾赤，折枝亦表里同赭。徘徊花间，暗香笼袖，使人心脾俱清，此身几欲仙去。

同社朱君枫隐，善制谜，尝有"林和靖寻梅"，射予名逸梅者，尤见巧思。

梅性高野，宜山隈，宜篱角，宜小桥溪畔，宜松竹丛中。若置诸金屋玉堂，便非梅花知己。

我友贺天健君，尝评产梅之地。谓："排列如豆瓜，无锡梅园之梅也；枯秃如老桑，苏州邓尉之梅也；欹瘦如剥皮松，江宁龙蟠之梅也；攒处交错如荆榛，杭州孤山之梅也；放旷高骞如散人，江西大庾之梅也。"又云："梅宜静观之，更宜于山深林密中观之。"语绝隽妙，是真识花有眼者。

彭雪琴誓画十万梅花，士林传为韵事。既归道山，湘绮老人挽以联云："诗酒自名家，看勋业烂然，长增画苑梅花色；楼船欲横海，叹英雄老矣，忍说江南血战功。"哀感豪迈，一时传诵焉。

仙家清供，将梅之落英净洗，用雪水煎煮，名梅花粥。食品清雅如许，彼羊羔美酒辈，岂知有此味者。

清高宗朝，和珅当国。有某太史者，欲得和相欢心，曲事其左右。既而恃才傲物，对于旧所援引之人，不复在其心目，左右咸不悦之。时又有与之争宠者，见某太史所呈和相梅花诗，有"相公妩媚"等语，因谓："此盖讽刺相国者，意在讥相国附谀顺旨也。"按此诗系相府有梅一树，春日盛开，招诸翰林之在门下者，饮酒赋诗。某太史独有妩媚一语，他翰林虽有用宋广平典作谀颂者，顾"妩媚"二字咸避而不用，可谓黠矣。太史因是谪官，后读宋刘潜夫句云："却被梅花累十年。"因笑曰：刘公被抑于史弥远，与余将毋同。

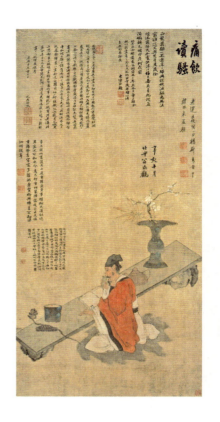

（明）陈洪绶《痛饮读骚图》

上海博物馆藏
几案上，瓶插梅、竹，甚为清雅。乌帽朱衣的老者正持杯痛饮、读《离骚》。

杨云史佐吴孚威戎幕，素有才子之目，于汉上识校书陈美美，备极缱绻。云史固擅丹青，遂擘金笺，调红脂，绘梅花四帧，有枝头交颈、花底同心之致，并媵八绝。其警句如："自是上阳高格调，一生悲喜为梅花。"又："近来英气消磨尽，只画梅花赠美人。"非名士风情，曷克臻此。

游梅花胜地，而非其时，最为可憾。予曩年与石予师至无锡梅园，时为孟冬，梅未蓓蕾。然天寒气肃，忽而降雪，霏霏不已。石予师遂有"多感天公忙点缀，满山飞雪代梅花"之句。常熟徐枕亚游湖过时，抵孤山未见瘤仙踪影，亦有诗云："芳时已过客停车，来访孤山处士家。底事行迟二三月，料无清福对梅花。"

周瘦鹃录近人香奁诗，为《绿窗艳课》。其中佳什颇多涉及梅花者，录之以实我梅话：

> 曾约西园载酒过，相携团扇赌新歌。爱郎诗句清如雪，绣上梅花小幅多。
> 扫将晴雪试煎茶，暖阁层层翠幔遮。小饮助郎诗思好，一盘生菜是梅花。
> 才向窗前罢晚妆，纤纤手捧小筼筜。梅花纸帐银釭艳，别有氤氲一种香。
> 迎年佩要隔年装，里外浓薰豆蔻香。体贴檀奴有深意，梅花绣上紫纱囊。

予爱读古人咏梅诗，偶检某诗话，得读天目山释明本中峰有《九字梅花诗》，为从来所罕觏。诗云："昨夜西风吹折千林梢，渡口小艇滚入沙滩坳。野桥古梅独卧寒屋角，疏影横斜暗上书窗敲。本枯半活几个恹蓓蕾，欲开未开数点含香苞。纵使画工奇妙也缩手，我爱清香故把新诗嘲。"虽非正派，足备一格。

　　沈子咏清，园艺家也。昨承邀往其所设之绿杨花店，一赏其所藏之古梅。冷蕊疏枝，巡檐索笑。彼势禄中人，几曾领略此寒香高格，足以傲视之矣。梅由吴中虎阜收罗而来，都数百盆，加以剪栽，自成隽品。有骨里红，花秾艳胜常，予曰："此唐宫美人之酒晕妆也。"咏清笑颔之。玉蝶梅与绿萼梅，含苞时最难辨别，盖玉蝶梅亦微带浅碧，至盛开则白绿自异。且白者黄蕊，绿者绿蕊，亦各判然有别。绛梅最多，雨浴脂凝，欹斜有致，若映衬雪中，则其妩媚又将何若。嗜梅如予，不觉有鄙弃一切，愿为花奴之想。绝名贵者，乃古梅数株，干已半劈，如无生意，而忽旁茁枝茎，依旧着花，且弥复艳冶。咏清云："年愈久则干愈枯蚀，至仅剩一皮，犹能蓓蕾而红，盖纤维不断，生意亦不绝也。"世俗往往以梅与兰若菊若竹并称，顾只能求之于丹青，无从见诸事实，因四者不同时，难以骈致一室以为供玩也。咏清以善于护藏栽培故，于是晚菊尚存，早兰已放，罗得虞山寿星之竹，与此瘦影姗姗为伴，而四者全矣。更以梅偶石菖蒲者，询之，则曰："此梅花古且艳，只合伴蒲郎也。"为之留连者久之。

瑞　香

大寒一候瑞香

一年芳讯，梅占春先，而瑞香冒寒破萼，亦有不甘落后之概。瑞香，为常绿小灌木，本高四五尺，枝叶繁茂。叶为长圆形，质厚有光。有杨梅叶者，有枇杷叶者，有荷叶者，有球子者，有孪枝者。孪枝其节孪曲，如断折状，香更烈。叶边有晕者，名金边瑞香。花有紫、绛、白三色。紫者有如丁香，号"紫风流"。南唐后主尝取数十根植于移风殿，名"蓬莱紫"，盖自古视为珍卉也。性喜阴，然又恶湿，旧时闺阃，常撷取其花，簇而成球，悬诸钿床罗帐间，鸳枕梦回，并头笑指，花香人气两氤氲，别有一种旖旎情况也。

瑞香，一作睡香。《清异录》云：庐山瑞香始开，一比丘昼寝磐石上，梦闻花香，既觉，寻香求之，因名睡香。四方奇之，谓花中祥瑞，遂以"瑞"易"睡"。或云：《楚辞》"露甲"，即瑞香是。

黄瑞香，枝柔韧，可绾结，花色鹅黄，残落后，始生叶。实则此为结香。以其形似瑞香，乃袭取其名耳。

瑞香不宜粪浇，惟用浣沐垢水灌之，则自茂美。芒种时剪取嫩条，破开，置大麦一粒，用乱发缠缚，插入土中，勿使见日。苗长甚速，其根甚甜，易藏虫类，尤宜注意剔之。

瑞香仿佛素馨，又似椒花，故杨万里诗有："未坼犹疑紫素馨。"又云："椒花具体微。"其他古人咏瑞香，颇多佳什。如刘克庄云："自惭瓮牖绳枢子，不称香囊锦伞花。"郝庄云："雕玉馨浓团瑞雪，翠翘春暖插轻霞。"张芸叟云："槛中紫艳才盈握，天上花香暗袭人。"陈古涧云："晓露染成鸡舌紫，东风吹作麝脐香。"

瑞香尚多异号。《西溪丛话》："瑞香为闽客。"《天禄识余》："瑞香一名锦薰笼，一名锦被堆。"《三余赘笔》：曾端伯《花十友》，瑞香殊友。

曩岁在苏，赁虎钮家巷学友袁缵之家。庭院中一树瑞香，花白侔雪，晴烘透馥，读书写稿其间，觉香气拂拂从书页稿楮中出也。于今时隔十年，足迹未至旧地，不知此粉面芳心之瑞香，犹敷荣着花否也。

南皮张之万子青，抚江南，有政声，晚年退隐林泉，以栽植卉木为乐，家园中罗致诸花，四时不断。但独阙瑞香点缀春光。有知之者曰：其如夫人某，为某巨家婢，本名瑞香，故不许园中植瑞香花，亦云趣矣。

吴中尤润生君来函，谓其友孙丽生君植有瑞香花大小两株，大者高过人头，已垂五十余年之久，小者亦达廿载，高约四尺许。往岁开花，皆在废历十二月间。去年则不然，含苞多时，直至红杏时节始行怒放，芳香馥郁，气胜幽兰。及三月花落，则较小之一株，忽结红子一颗，色侔珊瑚，形似樱实，异常可爱。今两阅月矣，老枝萎败，而此子犹留存枝头。其友引以为奇，遍询于人，均莫知其蕴妙。尤君因以此见询，但见闻寡陋，予尤为甚，爰录之于此，以转质世之博物者。

杏 花

　　晴薰而醉，杏红于染。树高丈余，为落叶亚乔木。二月着花，有单瓣、重瓣二种。剑州山中有重瓣者，花先红后白，但饶色少香。树高大而根生殊浅，须以土石压根，则不致倾折。其他尚有杏梅，实扁而斑。沙杏甘而多汁，世称水杏。柰杏实青而微黄。金杏硕大似梨，色灿若金橘，尤为佳品。

　　杏之花叶，与梅绝相似。犹忆曩日寓居吴门府桥西街，楼之东为邻家园圃，有巨杏一，浮晖满树，丽色迎人。予初认为晚梅，后乃始知不然。开窗赏对，落英缤纷，往往因风

（清）钱维城《四景花卉春景册·杏花》

台北故宫博物院藏
观其杏之花叶，确实与梅很像。

飘入，几案间尽是春痕。实熟，邻家摘而见饷，既饱眼福，又快朵颐。及徙居他处时，犹恋恋此杏不置也。

予喜诵陆放翁诗，尤爱"小楼一夜听春雨，深巷明朝卖杏花"二句，觉其情其景，写来入画。惜海市尘嚣，无此幽居，无此韵事也。

杨士猷画师，没世有年。曾忆其生前绘一《玉楼人醉杏花天》图幅，疏帘绮幕间，一婵娟弹肩立，澹冶幽娴，得未曾有，而繁英满树，紫燕翩翩，极骀荡潋滟之致。图成，张之某笺肆，借以鬻卖。未几，忽为一某君出重金购去，某君更详叩居址，趋画师寓而访谒焉。某君自言黄姓，少岩其字，武林人。少年不检，情网自投，与戚家韦氏女相缱绻，为之魂梦颠倒，但梗于父命，不克成为眷属。后韦女遇人不淑，悒悒而死。予哭之恸，从此临风怀想，颇以未获一照影为憾事，因韦女有僻性，生平不喜留真也。兹见君《玉楼人醉杏花天》图，面目宛然个侬当年，予故喜而挟之归，以为纪念之品，而大笔欲仙，补我阙憾。是又当泥首叩谢者也。士猷为之莞尔，尝以告人，引为佳话云。

嫁杏韵事，流传甚久。昔于我友蘅甫君处获见任山阴所绘《嫁杏图》。图为绢本，杏树之畔，一老妪持处子红裙作欲系状，神态欲活。而设色尤淡雅宜人，允称杰构。一昨晤蘅甫，询及是画，则已于"一·二八"之役，付诸劫灰矣，惜哉。又前辈金鹤望丈，居费韦斋先生宅。有赭杏一树，高寻丈，茂美可喜。曩岁花时，丈徙居新桥巷，然以赭杏烂漫，不能与琴樽书画同移为憾。丹青家毕曛谷知之，为绘杏一大幅，名曰《嫁杏图》，盖聊以慰情也。

"红杏枝头春意闹。"此宋祁之佳句也。世称为"红杏尚书"。如此头衔，抑何妩媚乃尔。

南社词人姜可生，别署"杏痴"。杏之为花，照影临水，含露出墙，固属尤物，而此中有人，呼之欲出。如此绮情，更足为名花添一艳乘。

梅先杏而着花，桃后杏而蓓蕾。故罗隐诗有"暖气潜催次第春，梅花已谢杏花新"之句。然郑谷《杏花》诗，则谓"小桃新谢后，双燕却来时"。似乎与时令未合，不知其当时何所据而云然也。

一自"牧童遥指杏花村"句脍炙人口后，都市贾人相率以"杏花村"为市招，而红脉紫苞，顿为俗物。花神有知，当怒叱之矣。

牡 丹

　　"国色朝酣酒，天香夜染衣。"此李正封咏
牡丹之诗也。牡丹为落叶灌木，乃吾国之特
产。茎高二尺许，叶分裂甚深，有重瓣、单瓣
之别。古无牡丹，统称芍药，自唐以来，始分
为二。以其花似芍药而干为木，又谓之木芍
药，且有"牡丹花王，芍药花相"之说。见
《通志略》。

姚黄　　　　　　　魏紫　　　　　　　一捻红

牡丹凡一百三十二种。正黄色者,有御衣黄、女真黄、姚黄、蜜娇、太平楼阁等十二品。大红色者,有锦袍红、石榴红、醉胭脂、金丝红、七宝冠、小叶大红、九蕊珍珠等十八品。桃红色者,有凤头红、西子红、四面镜、醉仙桃、殿春芳、海天霞、娇红楼台等二十七品。粉红色者,有玉楼春、合欢娇、满园春、倒晕檀心等二十四品。紫色者,有魏家紫、紫金盘等二十六品。其他白色二十二品。青色计三品,水晶球、玉天仙、佛头青,其尤著者也。

牡丹有一艳韵事:唐明皇时,有献牡丹者,时贵妃匀面,口脂在手,印于花上,诏栽于仙春馆。来岁花开,瓣有指印,名为"一捻红"。

牡丹为富贵花,故洪北江有作牡丹诗不宜寒俭之说。其所咏佳什,如"当昼乍舒千尺锦,殿春仍与十分香"。又,"十里散香苏地脉,万花低首避天人"。皆一本其说,自然富丽。

瓯香馆主人论画牡丹云:"粗服乱头,愈见妍雅。罗纨不御,何伤国色。若必踏莲华,营金屋,刻玉人,此绮艳之余波,淫靡之积习。"说亦隽永有味。

我苏林杏春写牡丹,名重一时,润利每花一朵,须银币一枚。若求者出半枚,则画将放之蕊半朵。光绪初年有"林牡丹"之号。

叶楚伧先生善作隽语,有云:"买上绫一尺,得绝世美人为我画红牡丹一枝,又得一绝世美人为我写小诗一两行,我则罩以玻璃,范以锦架,向月明风定时,焚香对之,问并世雅人，此乐何似？"不知先生年来一行作吏，尚有此风怀否？

鱼儿牡丹，以其叶类牡丹，而亦二月开花得名。又秋牡丹蓓蕾于秋，叶亦仿佛相似，遂袭牡丹之称。

《瓮牖闲评》云："牡丹谓之真花，见《牡丹记》。又谓之宝花，见宋咸诗。独欧阳文忠公名为'最好花'。尝与王君贶诗云：'最好花常最后开。'……又云：'好事者多用牛酥煎牡丹花而食之。可见其流风余韵。'此事得之苏东坡集中，东坡《雨中明庆寺赏牡丹》诗云：'故应未忍着酥煎。'又诗云'未忍污泥沙，牛酥煎落蕊'是也。"牡丹开于寒食前者谓之火前花，其开稍久，火后花则易落。又云："栽接剔治，各有其法，谓之弄花。其俗有'弄花一年，看花十日'之语。"见陆游《天彭风俗纪》。

牡丹性宜凉畏热，喜燥恶湿，忌烈风酷日。秋间可以移植。根留少许宿土，而将白蔹末拌匀新土内。因其根甜，易引蟛虫，白蔹所以杀之也。覆土宜松，则根茎舒展，自然蕃茂。灌以河水或天落水。子黑。六月收置向风处曝干，以瓦盆拌湿土盛之。至八月中，投水而沉者取种于畦。待其春芽长大，至次年即可移植矣。然结子畦种，不若根上生苗分栽之便。夏月灌溉，必于清晨或晚间。秋时隔数日一浇。天寒地冻，则用猪粪为壅。花未放时，去其瘦蕊，谓之打剥。花将放，必用高幕护之，则花耐久开。既残便剪，勿令结子，留子则来年不盛。干茎有蛀眼，用硫黄塞之，虫自死。忌麝香、桐油、生漆等气。栽培殊费手续也。予在苏时，曾亲种之，不活，盖未得其法耳。

折枝插瓶，先烧断处，熔蜡封之，可贮数日不萎。或用蜜养更妙。如将萎者，剪去下截，用竹架起，投水缸中，浸一宿，鲜艳如故。又以白术末置根下，花色悉带腰金。洛下名园，多植牡丹，花时，主人邀客宴赏。若遇风日晴和，花忽盘旋翔舞，香馥异常，此乃花神至也。主人必起具酒脯，罗拜花前，移时始定，岁以为常，此乃习俗之神话也。

《长物志》云："牡丹用文石为栏，参差数级，以次列种。花时设宴，用木为架，张碧油幔于上，以蔽日色。夜则悬灯以照。忌与芍药并列，忌置木桶及盆盎中。"

"欧阳公《牡丹释名》云：'牡丹初不载文字，唐人如沈、宋、元、白之流，皆善咏花。当时有一花之异者，彼必形于篇什，而寂无传焉。唯刘梦得有《咏鱼朝恩宅牡丹》诗，但云一丛千朵而已，亦不云其美且异也。'予按，白公集有《白牡丹》一篇十四韵。又《秦中吟》十篇，内《买花》一章，凡百言，云：'共道牡丹时，相随买花去。''一丛深色花，十户中人赋。'而讽谕乐府有《牡丹芳》一篇，三百四十七字，绝道花之妖艳，至有'遂使王公与卿士，游花冠盖日相望。''花开花落二十日，一城之人皆若狂'之语。又《寄微之百韵》诗云：'唐昌玉蕊会，崇敬牡丹期。'注，崇敬寺牡丹花，多与微之有期。又《惜牡丹》诗云：'明朝风起应吹尽，夜惜衰红把火看。'《醉归蓥屋》诗云：'数日非关王事系，牡丹花尽始归来。'元微之有《入永寿寺看牡丹》诗八韵、《和乐天秋题牡丹丛》三韵、《酬胡三咏牡丹》一绝，又有五言二绝句。许浑亦有诗云：'近来无奈牡丹何，数十千钱买一窠。'徐凝云：'三条九陌花时节，万马千车看牡丹。'又云：'何人不爱牡丹花，占断城中好物华。'然则元、白未尝无诗，唐人未尝不重此花也。"见《容斋随笔》。

相传黎美周在扬州郑氏影园，与诸名士同咏牡丹。黎诗如"月华醮露扶仙掌，粉汗更衣染御香""燕衔落蕊成金屋，凤蚀残钗化宝胎"，皆丽句也。诸名士以黎年少轻之，置为殿军，及钱虞山至，大为击赏，拔置第一。时人遂呼黎为"牡丹状元"。

张约斋作牡丹会，风流韵事，倾动士夫。王简卿侍郎赴会，有文纪其事云："众宾既集，坐一虚堂，寂无所有。俄问左右云：'香已发未？'答云：'已发。'命卷帘，则异香自内出，郁然满坐。群妓以酒肴丝竹，次第而至，别有名姬十辈，皆衣白。凡首饰衣领皆牡丹，首带照殿红一枝，执板，奏歌侑觞，歌罢乐作乃退。复垂帘谈论自如。良久，香起，卷帘如前。别十姬，易服与花而出，大抵簪白花则衣紫，紫花则衣鹅黄，黄花则衣红，如是十杯，衣与花凡十易。所讴者皆前辈牡丹名词。酒竟，歌者、乐者无虑数百十人，列行送客，烛光香雾，歌吹杂作，客皆恍然如仙游也。"文亦诡丽奇恣，足为牡丹生色。

海中鱼类，有秋牡丹者，游于水中，状若秋牡丹之蓓蕾，故名。骤视之疑为植物，及知而捕之，则已潜遁矣。专食微虫，为鱼类中之最奇殊者。

曩在吴门，闲居多暇。观枫于天平山麓，品兰于涵碧庄头。而冷香阁之梅，青阳堤之樱，结伴往寻，流连竟日。而培德堂牡丹，亦曾一度趋赏，记以文云："白莲泾之牡丹，夙有声于吴邑。谷雨后二日，余与二三素侣，褰裳连裾往赏焉。由朱家庄行，绣塍野陌，逶迤修迥，已而流水一湾，粼粼微皴，即白莲泾是。泾涘有培德堂，趋而入，宇舍杳窅，小有园林之胜。而庭园中累石嶙峋，牡丹丛植其中，绕以曲栏，覆以幄幕，盖皆所以护花者也。时花方怒坼，其大盈碗，都数十本，有作魏家紫者，有丹艳鸡冠者，有浅绛比美人之飞霞妆者，而以浅绛者为夥。飔来拂之，倾侧不定，宿雨滴沥，石苔为润。对面一厅事，额有四字曰'香国花天'。再进为微波榭，别有牡丹数十本，亦以栏幕护之，而浅绛纷披中，杂以娇黄之杜鹃，益觉绚烂炫目。榭侧停槎，纵横储积。向者桐乡严独鹤君履兹，曾有'牡丹花下死'之雅谑。今日思之，犹为失笑。境既遍历，乃相率出门。……俄至永善堂……是堂亦以牡丹名，有素色含苞似儿拳者，尤称佳种。庑后藤萝蓊荟，奇石竦列，有螺谷者，深窈幽旋，谷口屹立一幛，仿佛螺之具掩盖然，殊有趣致也。时天已垂暮，而余踌躇花前，不忍遽去，昔李山甫有'暮烟情态'之诗，不意适于斯际领略之。且牡丹花期綦促，而俗又有'谷雨三朝剪牡丹'之例。蜡蒂筠篮，用饷绅衿，吾侪之来也，却先一日，否则跋涉徒劳，有仅吊空枝之怅惘矣，故为之文以志喜。"（编者注：培德堂赏牡丹事，郑逸梅曾撰《赏牡丹记》一文记述，收入《最新苏州游览指南》第七章《清游小志》，今以之参考校订，省略处加以省略号。另"暮烟情态"诗，两处原皆记为"李义山"，误，今据《才调集》《梦粱录》《全唐诗》等载，当为唐诗人李山甫，其《牡丹》诗有"晓露精神天欲动，暮烟情态恨成堆"二句，故改之。）

女明星某生小落籍平康，芳标号"小金牡丹"。明星公司为之赎身，声誉乃鹊起。故毕几庵之《银灯词》云："神女生涯梦未残，良心最后耐人看。银灯照澈烟花海，不惜黄金赎牡丹。"即咏此也。

唐罗虬撰《花九锡》：一重顶帷以障风，二金错刀以剪折，三浸以甘泉，四贮以玉缸，五安置于雕文台座，六画图，七翻曲，八赏以美醑，九咏以新诗。其宠异牡丹，可谓至矣。又宋张敏叔以十二花为《十二客图》，贵客牡丹居首，亦牡丹知己也。

有以白牡丹为谜面，射四子一为素富贵者，殊妙。

伶人颇喜以牡丹为名，如荀慧生之白牡丹、黄玉麟之绿牡丹、坤伶之粉牡丹，皆曾享盛誉于红氍毹上者也。

有植牡丹蔚为大观者。如兴唐寺有牡丹一棵，元和中着花一千二百朵，其色有正晕、倒晕、浅红、浅紫。见《酉阳杂俎》。洛阳临芳殿，庄宗所建，牡丹千余本。其名品亦有在人口者，如百药仙人、月宫花等。见《清异录》。中军都虞候金治所居堂东，植牡丹一本，着花三百朵，其色如血，谓之金含棱。见《洞微志》。两京牡丹，闻于天下，花盛时，太守作万花会。见《墨庄漫录》。

古人咏牡丹诗，为予所爱诵者。如王珪云："压晓看花传驾入，露苞先坼御袍红。"石延年云："独步世无吴苑艳，浑身天与汉宫香。"方干云："花分浅浅胭脂脸，叶堕殷殷腻粉腮。"徐夤云："龙分夜雨资娇态，天与春风发好香。"高明云："诗呈金字怀仙客，手印红脂出内家。"徐凝云："疑是洛川神女作，千娇万态破朝霞。"罗隐云："当庭始觉春风贵，带雨方知国色寒。"皆妙什也。

牡丹江，源出吉林敦化县南，北流至伊兰，入松花江，盖即唐之忽汗河、金之瑚尔喀是也。倭人侵略华北，我方义勇军与之鏖战于江畔，报纸一再载之，江名遂深印人脑，一经忆想，似见健儿之浴血捐躯也。

传奇有《牡丹亭》，为明汤显祖撰，记杜丽娘与秀才柳梦梅事。演之红氍毹，声誉益著。

牡丹樱，为樱之变种，开花较迟，硕而重瓣，厥色红艳，可供观赏。

欧洲素无牡丹，比年，其园艺家颇有购之吾国，讲求移植法者。

廉南湖夫人吴芝瑛曩居小万柳堂，与南湖日以吟咏为乐。并喜栽植卉木，花时张宴其中，与诸闺友共赏。某年牡丹盛开，或一白似雪，或红艳欲烧，而姚黄魏紫，诸色齐备。某闺友讶其罗致之富，夫人曰：所栽只白牡丹耳，其余则以人力为之。某闺友叩其法，则云：以红花汁沃白牡丹，花放自然绛赤。黄则手续较多，先取新笔蘸白矾水，涂其花瓣，俟干，再以腊水和粉，调淡黄色描之。因有矾水故，虽经雨淋不致脱色也。魏紫乃灌紫草汁所致。此法早载于《秘传花镜》，予乃师其故智耳。闻南湖曾有古风咏诸色牡丹，盖为夫人艺花而发，然《南湖集》中未之见，其殆已芟割之欤。

芍 药

芍药之与牡丹，有虎贲、中郎之似，古有将离、娇客、花相、余容、没骨花诸名，又号婪尾春。高一二尺，春苗红芽，叶较牡丹为狭长，三月着花，有红、紫、黄、白数色。红者有冠群芳、赤城标、宫锦红、怨春红等名目。紫者如紫云栽、小紫球、紫都胜、宝妆成等皆是。其他如杨家黄、炉鹅黄、金带围、黄金鼎，则黄色之隽品。玉逍遥、晓妆新、玉冠子、莲香白，则白色之佳种。载于谱中者也。普通者为草本，亦有木本者。木本者花大而美艳。苟植之得宜，则花之盛更逾于牡丹。初发时，往往以竹筱扶持之，使不倾侧，遮以苇箔，令其耐久。分栽须在秋间，溉以甘泉，细摘其老梗朽败之处，壅以猪粪，易其故土，来年之花，未有不大茂者也。根亦有赤、白二色，供药用，又有和味之功。张衡赋："归雁鸣鹍，黄稻鲜鱼，以为芍药。酸甜滋味，百种千名。"亦作勺药。《上林赋》"勺药之和具，而后御之"，《七发》"勺药之酱"是也。一说即芍药根，主和五脏，又辟毒气，故合之于兰桂五味以助诸食，因呼五味之和为芍药耳，见《汉书》

师古注。

胡石予师为予言：芍药欲其花大，须将旁蕊摘去之，与秋菊同。芍药草本，新茎出土，即含蕊。一蕊之旁，副以三蕊，去此三者，则花自肥大可观矣。用手爪摘去，易伤存留之中一蕊，宜用镊子去之。

芍药以扬州为最著名。《渔隐丛话》云："扬州芍药为天下冠。蔡繁卿为守，始作万花会。"而《学圃杂疏》云："余以牡丹天香国色……因复创一亭，周遭悉种芍药，名其亭曰续芳。"古人之逸致闲情，可羡可羡。

我苏网师园有殿春簃，簃前参差烂漫者，皆芍药也。予昔年曾一度往赏之，屈指计来，已六阅寒暑。想此际欹红醉露，窈窕留春，而予草草劳人，未能再领其韵姿色泽，为可憾耳。

（清）邹一桂《藤花芍药轴》

台北故宫博物院藏

红、白、紫三色芍药，与折枝紫藤相映成景。

笏东仇竹屏，名翰林也。淡于仕进，吟啸自适。有"秋水兼葭地，春风芍药天"。号芍药先生，与王秋柳、袁落花齐名。

曩年名画师赵云壑先生游苏，宿眠云之心汉阁，为眠云作芍药小幅。翌晨，眠云乃请陈伽庵先生补以兰枝，成《采兰赠芍图》。眠云诗题其上云："采兰赠芍国风篇，画意诗情两渺然。一曲胥江门外绿，春花秋月自年年。"（编者注：据郑逸梅《我与赵眠云》一文，诗中"渺"又作"茫"。）

《陶庵梦忆》云：一尺雪为芍药异种，余于兖州见之。花瓣纯白，无须萼，无檀心，无星星红紫，洁如羊脂，细如鹤翮，结楼吐舌，粉艳雪腴。上下四旁，方三尺，干小而弱，力不能支，蕊大如芙蓉，辄缚一小架扶之。大江以南，有其名无其种，有其种无其土，勿易见之也。兖州种芍药者，如种麦。花时宴客，棚于路，采于门，衣于壁，障于屏，缀于帘，簪于席，裀于阶者，毕用之，日费数千，勿惜。余昔在兖，友人日剪数百朵送寓所，堆垛狼藉，真无法处之。

兰 花

服媚国香，当春而发，缤缤浅浅，健碧斑红。一茎一花者谓之兰，一茎数花者谓之蕙。黄庭坚《书幽芳亭》云："兰似君子，蕙似士，大概山林中十蕙而一兰也。"

（清）陈书《花卉册·兰花》

台北故宫博物院藏
丛兰倚石，一茎一花，自然淡雅。

留园，为金阊胜地，每岁春期，例必开兰蕙会，以供欣赏。兰蕙各支以红木之文架，参错有致。盆上且标有玉梅、小打、荷瓣、翠苔、绿英、小荡、元吉梅、贺神梅、张荷素、文团素诸名色。花有五瓣者，有三瓣者，有孤芳者，有双秀者，或柔或挺、或腴或瘦；蕊或赭而卷，心或素而舒，要皆以细杆扶直之，即覆泥纤草，亦茸茸具妙致，盖花主爱护备至也。

兰之为花，别饶馨逸，予所闻见，尤有奇异不同寻常者。日前游真如黄氏园，见盆供檀香山蕙兰，叶则似剑，一茎凡若干花，以繁花累重故，柔茎不克胜，由盆缘垂垂及案，盆固置于架上，离案可二三尺也。花历两三月不谢，耐人久赏。所引为憾事者，无馥郁之气耳。又某花肆陈列新加坡蝴蝶兰一种，盆中植一尺许高之树干，苔藓滋蔓，苍然作古绿，而此所谓蝴蝶兰者，即苗生于干上。根不着土，而花放殊盛。圆瓣白色，中心穿然，黄若捻蜡，厥叶仿佛蒲类，标值百金，未知名花究属谁主耳。孙漱石前辈尤好蓄兰，其退醒庐中，今年忽得异种，予闻而往访之。漱石前辈方荼余憩坐，殷勤款接，并指示其堂中之兰曰："此即日前许月旦君来兹欣赏称为奇花初胎者也。"视之，则叶疏疏而就萎，然中苗一茎，长八九寸，茎别有叶，嫩绿湛然，叶丛中含苞未放。据云，前此已着花，形侔喇叭，瓣黄而须蕊凝蜡。不但予未之前睹，即寿逾古稀之漱石前辈，并谓是花之奇，只见虫兰，兰朵仿佛卧蚕，盖锢寒而僵放者，未有若是之殊常诡怪也。相与把玩久之。又我友许观初家蓄四季兰，茎翠而长，花白而有紫纹。春日吐馥，夏秋继之，冬亦偶开一二朵，但不如春夏之盛耳。犹忆前岁隆冬大雪，观初发酹邀赏，相与平章梅雪。按古人韵事，却无雪中赏兰，而我人眼福，抑何其幸，花气酒香，氤氲一室，不觉为之尽醉也。

王摩诘贮兰，用黄瓷斗，养以绮石，累年弥盛。见《汗漫录》。是可与和靖之梅、濂溪之莲、子猷之竹，同为佳话。

我师胡石予先生有《乞兰启》，简隽可诵，为录于下："服媚国香，畴曩结癖，旅食二载，未或遗之，何意芳躅，近在咫尺。介君子而修礼，倘惠然其肯来，饥渴之怀，翘思永日。并谓艺兰殊不易，夏渴水则病叶，冬遇冰则伤根，病叶犹可救，伤根则命绝矣。以枯杨落叶堆盆面，护根已足。至于出土之蕊，宜用虫茧，剪开一端，去其蛹，以套于兰蕊，则更周密矣。虫茧，柳树上不少垂挂，即俗所云皮袋虫也。又兰蕙忌蚁，恐伤其根也。而建兰尤易招蚁，据云其根肥而甜，蚁喜食之，遂即窟穴其中，而根之受伤甚矣。防之者，或用大缸储水，缸中叠置石鼓（即承柱之础石），或叠砖，务使高出水面，

（清）蒋栩《盆兰图》（局部）

台北故宫博物院藏

盆兰数株，一茎数花，若置于几案，则幽香满室。

而后以花盆置于其上，则蚁虽嗅觉敏锐，不得不望洋兴叹，以为弱水三千，莫能飞渡也。此为绝蚁之根本法。若盆已穴蚁，自当即行翻盆，庶悉去之无遗。或当不宜翻盆之日，则有钓蚁之法，用鱼腥等骨，或其他甜性之物，置于纸上，以纸铺盆面，少顷，蚁来觅食，则举而尽弃之，再用前法，必钓尽而后止。"盖师艺兰数十年，经验之谈也。

"兰生深谷，与众草伍，不求自异也。而其香清远，有狷洁之操。春时，山中樵苏者，捆载适市，资以获利。好事家设花会，相与争奇于花之形似，大抵以瓣之似梅、似荷、似水仙者为上，素心则次之。四者外，概置勿论。余于世俗所品，懵不能辨，惟领其馨逸之致，如空山岑寂，忽逢幽人，相契无言，两忘形迹而已。客有过余斋者，尝于瓦盆丛杂中，指一茎而诧曰：'此异种也。缘瓣白而瓣悉抱心，现值已应若干金，明年复发，值更数倍。'复叹曰：'仆之癖此深矣，而久无所得，乃子得佳种而不知贵，负兰实甚矣。'余曰：'然。然天下之相需愈迫而相遇愈疏者，岂第兰哉！且如子之所品第者，取其貌而遗其神，论其似而失其真，但形迹之求肖，几馨逸之不闻。余诚负兰，而子以世俗之所贵贵之，果兰之知己乎？否乎？夫以值之重轻定品之高下，犹悬千金以市骏，好名者或趋之，狷洁自爱者将闻而远引矣。子其何解于是兰耶？'客嘿而退。兹存其说，借以告世之艺兰者。"见毛祥麟《墨余录》。

兰之故事，予尝记述之，为录于此。沈归愚先生有书舍，曰"七来室"，取"七日来复"而名之也。或曰：先生少时喜蓄兰，曾窃得名兰一种，喜而名其书舍，又不便直言，故谐声以寓其意也。先是，先生有方开之素心兰，供之厅事。一卖菜翁至，折其花，置耳旁，先生见之，大怒，谓此系素心名种，尔何得偷折。卖菜翁曰："是何足奇，我篱畔甚多，花大于此。以兰皆红心，而我花独白，引为不祥，不甚爱惜。我明日带来，悉以奉偿可乎？"先生曰："诺。"明日果送至，乃大块素心荷瓣也，惟花仅存两三朵，据云，为他人所见而折去者。先生受之，随以有花处切下小块，而以己兰之普通者，补入大块，用竹签缀之，骤视仍如原块，盖先生逆知卖菜翁必被人指引而来索归也。既而翁果来，谓此系名贵物，今始知之，愿索归，已有人许以巨价也。先生坦然曰："尔可将去。"乃捧之出，岂知佳种已大部分留下矣。是年添筑书舍，因以"七来"为名。又独山处士金小岩，与名医傅芝庭为友。金贫不能自存，喜艺兰，庭中有兰数十盆，皆山中自掘而手植者也。某年冬，因病不自收拾，秋间所生兰蕊，悉冰僵，不复能放。金病至明年夏间始痊。一日傅来，见庭中冰僵兰蕊，依然兀立，未之拔去，因偶有所触，谓小岩曰："君困甚，今有一机会，可以使君略有所润。"金问何事，则曰："君庭中冰兰蕊可悉数取而收藏之，今已干，不再烂矣。某宦者，富而不仁，今其子病，极信余，已服药数剂矣，大约非药百剂不为功。兹后为定方，写药引，用冰兰蕊，彼无处觅，我可告以君有收藏，令彼来购，索价尽昂，彼为其子，必不吝也。"金喜曰："如此，甚感老友矣。"后某宦来乞购冰兰蕊，每一蕊，得银二钱，后递加至每蕊银一两，最后余三蕊，乃售银十两。综计前后共得银九十余两。小岩因以得谋数月之粮。又相传西太后为叶赫那拉·惠徵之季女，名兰。以故清宫中凡遇兰花，均呼之为蕙。宫中三海、颐和园所有联额，无敢用"兰"字，避后讳也。

汪子佩韦，旋闽有年。顷来沪渎，过予寓舍。为谈闽中植物，谓闽兰四时着花，了不为异。曾见一兰，茎绝弱，花放力不胜，皆委卧于盆盎间，有似杨妃醉酒于掖庭，媚冶入骨，是花闽人称之为鱼魷娇，名贵殊常。相传有傅子玖者，性风雅，嗜兰成癖，罗致数十百种，花奴司之。子玖日夕欣赏，视人间无足易其乐者。既而悉某士人家有鱼魷娇名兰一种，不可以价购，子玖慕之甚，萦梦寐中。有献计者曰："某士人贫而丧偶，无力再娶，主人媵侍多，不妨赠婢以易花。"遣人往说之，某士人果为所动。盖士人有母，盼孙甚切也。婢既来归，士人赐以芳名曰似兰。谓其人似兰之馨逸，爱之弥笃。逾年，似兰举一雄，名之曰兰荪。兰荪幼慧，读书过目不忘。稍长，文名噪里闬，驰骋科场，登进士，累官至礼部右侍郎。士人之母尚健在，极含饴颐养之乐。傅子玖以不善治产故，家道已中落。兰荪遂迎之归，供养甚厚。此一段佳话，闽中父老，类能道之。鱼魷娇栽护不易，春避风，夏避日，秋不干，冬不湿。壅以鸽粪，根易生虫，则以绿茶浇洗之。花落朵，可蜜渍充食品，咀嚼之余，香生齿颊也。

桃　花

点缀韶华，桃为绝艳。故言春景者，辄以桃红而偶柳绿。实则桃决不能与柳并栽，二者相映，未免失诸于俗。但此只可与一二素心人言耳。

清明时节，士女似云，相率至龙华，观野外夭桃，以饱眼福。而村童辈折枝求售，繁英重萼，满载肩头，而士女往往斥资买春，带将归去，亦一年一度之韵事也。

美人之颊，比诸桃花。时彦有诗云："烘染胭脂一朵云，似含羞态似微醺。儿家惯妒桃花色，要比桃花胜几分。"色泽如此，真足令人销魂蚀魄已。

明皇爱桃成癖，一再见诸《开天遗事》。御苑新有千叶桃花，帝亲折一枝，插于妃子宝冠上曰："此花尤能助娇态也。"又与贵妃日宴于树下，帝曰："不独萱草忘忧，此花亦能销恨。"

植桃宜于溪畔，照影婷婷，别饶妍态，而落花水面，自成文章，于斯益叹造化妙手。

(明) 张纪 《人面桃花图》

大英博物馆藏
古拙老树桃花正开，树下女子静对
折枝桃花，凝神沉思，恰如唐朝诗
人崔护诗句"人面桃花相映红"。

　　桃花和雪水洗面，能美容颜，此闺阃旧法，非所语于今
日之摩登女子也。

　　北里中有芳标曰小桃者，尤物也。蝶梦生与之缱绻，赠
以诗云："斑骓莫误马缨花，一树夭桃即若耶。知否天台无俗
艳，得餐秀色便胡麻。"又媵以联语云："小玉情怀原烂漫，
桃根踪迹自清高。"闻小桃落落寡合，自赏孤芳，一洗寻常卖

笑娘习气，宜乎蝶梦生之颠倒也。

宋张敏叔以桃花为狂客，清俞曲园以息夫人为桃花神，其殆取《汉书》"桃李不言，下自成蹊"意耶？

《蜀都碎事》云："梁山县有桃花洞，洞口小溪中出鱼曰冰雪鱼。每当桃花胜开之时，其鱼头上有红骨一片，状类花瓣。桃花落尽，鱼之头骨亦无矣。"是鱼艳绝，令人爱煞。

偶至愚园路，见人家篱落间桃花零落殆尽，不觉忆及某诗人句："美人消息问桃花。"春事阑珊，花魂早断，美人消息，其从何处问讯耶？为之怅然者久之。

湘中名士杨南村，小品隽永，可乱六朝人楮叶，予最爱诵之。有《寻花日记》一种，尤属风华绝世，录其观桃一则云："邑城东北有山曰月坡乡者，桃花极盛，每届二月，灼如野烧，士女引领神飞，车马填路，蔚为一年之胜游。故俗有'月坡春宴'之题目，列为八景之一。自予莅世，久矣不见斯风，惟存故老之流传，资为故实。然桃为上果，乡人艺之最多，虽不及彼佳胜，要亦有足观焉。春服既成，东风已和，翱翔郊原，触目皆成图画。旷逸娟静之趣，尤有足多。因叹月坡之游，徒资豪举，尘嚣凑杂，反乱花真，安得此爱日亲风，友蜂侣蝶，独来独往，消受无言之风范邪？"

世俗有催花之法，非时蓓蕾，诚足以侔造化而通仙灵。《神仙传》载，王琼妙于化物，方冬，以药栽桃杏数株，一夕繁英尽发，月余方谢。则可知催花之法，自古有之，今之花奴，不过师其故智耳。

武陵源在吴中。山无他木，尽生桃李，俗呼为"桃李源"。源上有石洞，洞中有乳水。世传秦末丧乱，吴中人于此避难，皆得仙。见《述异记》。此殆袭陶靖节《桃花源记》之说欤！寓言八九，不足凭信。

桃性早实，十月辄枯，故称短命花。

女子有在广座大庭，姿态平庸，了无可喜，然一旦置诸云屏绮幕间，而反耐人端详平视者，惟桃亦然。桃之在树，自远望之，一片模糊，不甚可辨。然偶折一二枝，插于素瓷胆瓶，晴窗玩赏，觉粉瓣上轻晕红脂，花须灿然，错落有致，殊可爱也。

桃宜与竹伍。李中云："灼灼偏宜间竹阴。"韩愈云："临窗映竹见玲珑。"二贤所见略同。

八指头陀寄禅，因见白桃花为风雨所摧，不觉失声大哭，慨然动出尘想，遂投湘阴法华寺剃度为僧。非奇隽人不能有此奇隽事。又近贤咏白桃花有句云："恰似文君新寡后，素妆犹未嫁相如。"白桃花抑何感发人情乃尔！

李 花

雨水三候李花

暮春三月，桃李争芳，桃以秾艳胜，李以淡雅著。盖李花缟衣淑态，绝素洁也。树高一二丈，性较桃为耐久，可活三十余年。种桃宜密，植李则宜疏。而世俗有于元旦五更照以火炬，谓之嫁李，既行嫁礼，当年结实。又若以桃枝接之，则实红而甘。

（清）董诰《二十四番花信风图·李花》

台北故宫博物院藏

《承平旧纂》云："李有九标，谓香、雅、细、淡、洁、密，宜月夜，宜绿鬓，宜白酒。"《花经》云：千叶李，五品五命。《瓶花谱》：千叶李，七品三命。

桃花如丽姝，歌舞场中，定不可少。李如女道士，宜置烟霞泉石间，但不必多种耳。别有一种郁李子更美。见《长物志》。杨南村之《寻花日记》述及李花，语绝隽永。如云："李花之盛，以南城外为最，市廛夹杂绿阴中，远观尤胜。当二三月顷，温香冷玉，万叠琼瑶，残月挂林，积雪锁翠，天开图画，泥人魂消。日事之余，辄蹑屐相访，裴回瞻眺，憾不能施锦障千重，虑或飞去耳。"

李有神话一则，见于《枢要录》，云：沅陵伍贯卿家李花一，月夜，奴婢遥见花作数团，如飞仙状，上天去。

李花诗不乏名作。予所知者，如杨基云："江城二月城西路，谁惜柔香满翠苔。"司马光云："碎锦不飞蒙树合，素云歆亚举枝难。"陈与义云："燕公楼下繁华树，一日遥看一百回。"

云间朱鸳雏，才清若水，天不永年，论者惜之。著有《桃李因缘》长篇说部，笔墨幽蒨绵邈，得未曾有。惟按期载于《小说丛报》中，未椠单本，为可憾耳。

梨　花

《格物丛话》云："春二三月，百花开尽，始见梨花。"梨为乔木，以年年采实，屈曲其枝，或芟刈之，故多成灌木形。高二三丈，枝叶扶疏似杏，而花开六出，又与李相仿佛，惟稍大耳。有红、白二色。然昔贤咏句，如雷渊云："雪作肌肤玉作香。"陆游云："梨花堆雪柳吹绵。"苏轼云："梨花淡白柳深青。"张建云："嫩苞开破雪搓球。"鲜于枢云："华簪人对雪霏霏。"皆指白梨花而言，红者非正色也。

种植之法，以熟梨瘗埋经年，至来春生芽，次年分栽之，越岁即开花。春分时，用桑木或棠梨剪接，结实自佳。又上巳无风，则实亦蕃硕。

梨宜月下窥之，幽蒨皎洁，光溶溶似水。此朱淑真所以有"靓妆长与月为邻"之诗也。又宜于雨中看，自然凄艳动人。世以美人泣涕曰带雨梨花，此喻洵属妙绝。

美人颊上酒涡，称曰"梨涡"。见于《鹤林玉露》云："胡澹庵十年贬海外。北归之日，饮于湘潭胡氏园，题诗云：

'君恩许归此一醉，傍有梨颊生微涡。'谓侍妓黎倩也。厥后，朱文公见之，题绝句云：'十年浮海一身轻，归对梨涡却有情。'"

《酒颠补》云："杭俗酿酒，趁梨花时熟，名梨花春。"白乐天诗"青旗沽酒趁梨花"是也。

老翁偶少妇，白发红颜，相映成趣，有"一树梨花压海棠"之称。钱虞山娶柳如是，自属佳话。

梁绪于梨花开时，折花簪戴，压损帽檐，至头不能举，宠异如此，的是美谈。

徐枕亚著《玉梨魂》说部，一编出世，不知赚多少人之眼泪。书中以已残之梨花，方开之辛夷，暗合梨影与筠倩二人，极哀感顽艳之致。卷首之《葬花》《夜哭》，尤竭力为薄命梨花写照，出于沈泊尘手绘。

(清)邹一桂《梨花夜月图》

台北故宫博物院藏
月下窥梨花，幽倩皎洁，"一树梨花一溪月，不知今月属何人"，留下无限遐想。

海　棠

海棠，落叶亚乔木。凡数种，贴梗其一也。丛生单叶，花开最早，不结实。其树绝难长大，故人多植作盆玩。高一二丈，木坚而多节，枝密而条畅者，曰西府海棠，一名海红，乃接梨树而生。二月开花，五出若梅，色绝妍丽。含苞时仿佛点点胭脂，及既坼蕾，灿比明霞。三萼五萼成丛，心中有紫须，香甚清烈。秋间实熟，大如山楂，皮红微酸，俗名海棠果者是。别有一种黄海棠，叶微圆而色青。初放鹅黄色，盛开则为浅红，尤为名贵。蔡松年《黄海棠》诗云："轻如红豆排冰雪，一拂新鹅色更奇。"花梗细长者，谓之垂丝海棠，盖取樱桃树接之而成者。其瓣重密，娇媚无与伦比。前贤喻美人偃卧曰棠睡，殆以其娇媚欤！

海棠有色无香，昔人引为憾事。然舍香而论色，其娇艳处自足傲视寻常卉木。百六韶华中，固不可无此以为点缀也。

宋陈思著《海棠谱》，其自序云："世之花卉，种类不一。或以色而艳，或以香而妍，是皆钟天地之秀，为人所钦

(明) 陈栝《海棠图》

台北故宫博物院藏

一树海棠花正盛，粉红点点似胭脂。

羡也。梅花占于春前，牡丹殿于春后，骚人墨客特注意焉。独海棠一种，风姿艳质，固不在二花下，自杜陵入蜀，绝吟于是花，世因以此薄之。其后都官郑谷已为举似。本朝列圣品题，云章奎画，烜耀千古，此花始得显闻于时，盛传于世矣。"（编者注：原作"都官郑谷"，今据《海棠谱·自序》改之。）杜陵不咏海棠，又见于《韵语阳秋》，云："杜子美居蜀累年，吟咏殆遍，海棠奇艳，而诗章独不及，何耶？郑谷诗云'浣花溪上空惆怅，子美无情为发扬'是已。本朝名士，赋海棠甚多，往往皆用此为实事。如石延年云：'杜甫句作略，薛能诗未工。'钱易诗云：'子美无情甚，都官着意频。'李定诗云：'不沾工部风骚力，犹占勾芒造化权。'独王荆公用此作梅花诗，最为有意，所谓：'少陵为尔牵诗兴，可是无心赋海棠。'末句云：'多谢许昌传雅什，蜀都曾未识诗人。'不道破，为尤工也。"（编者注：郑谷诗原作"浣花溪下"，李定诗原作"风骚格""独占"等，今皆据《韵语阳秋》改之。）一昨偶读《容斋随笔》，载有杜少陵母名海棠，故不咏海棠，理或然欤。

玉峰张景云诗才绝艳，尝有句云："玉栏小倚瞒鹦鹉，金屋偷开摘海棠。"为一时所传诵。景云馆南通张四先生謇家，既客死，张四先生为之狼山营圹，题曰"诗人张景云先生之墓"。

范石湖每岁携家泛湖，赏海棠。见《太平清话》。

海棠亦有香者，况夔笙词人曾于蜀中见之，遂以香海棠名其馆，的是佳话。

海棠为蜀客，见《三柳轩杂识》。重海棠曰花命妇，多叶海棠曰花戚里。见丘濬《牡丹荣辱志》。而《花经》云："海棠六品四命，垂丝海棠三品七命。"

"郑太常仲舒开宴觞客于众芳园，时日已西没，乃列烛花枝上，花既娟好，而烛光映之，愈致其妍。"见宋濂《看海棠诗序》。美人灯下，无怪其妙也。

《长物志》云："木瓜花似海棠，故亦有木瓜海棠。但木瓜花在叶先，海棠花在叶后，为差别耳。别有一种曰秋海棠，性喜阴湿，宜种背阴阶砌。秋花中此为最艳，亦宜多植。"

海棠非中土之花，乃自夷域移植者，惟无从考其时地耳。《平泉草木记》："凡花木以海为名者，悉从海外来，如海棠之类是也。"

海棠艳什，如宋祁云："浅深双绝态，啼笑两妍姿。"王叔承云："湿翠浓芳树，娇红袅碧丝。"刘子翚云："几经夜雨香犹在，染尽胭脂画不成。"杜伫云："海棠正好东风恶，狼藉残红衬马蹄。"梁持胜云："粉白漫夸宫样巧，胭脂难染睡痕新。"

沈立《海棠记序》云："海棠足与牡丹抗衡，而可独步于西川矣。"推崇海棠如此，海棠亦当之无愧也。

海棠初折，薄荷嫩叶包根入水，可以延久不萎。

社友烟桥记有《瞻园垂丝海棠》一则云："南京大功坊瞻园，故中山王徐达邸也。园有太湖石极夥，颇具玲珑剔透之致。有垂丝海棠，花时珠珞垂光，明媚庄严，如古代美人作新嫁娘装。今春含苞欲放之际，适逢雷雨，诘旦起视，已零落可怜。诚如唐诗所谓'夜来风雨声，花落知多少'也。陈佩忍丈主持江苏革命博物馆，常卧起于园中，睹花状，赋诗以伤之云：'淡粉轻烟正好春，无端狼藉变香尘。无心亦复行秋令，我辈惟应垫角巾。冰鉴一泓翻止水（原注云：园故有止鉴堂，即今之静妙斋也），雷车三月送花神。红妆自古遭奇劫，银烛徒怜照病身。'徐自华女士和之云：'一丛秾艳一丛春，闻道摧残委劫尘。无复阿娇贮金屋，剧怜香女湿衣巾。花花叶叶原皆幻，雨雨风风慢怆神。欲写绿章连夜乞，乞他休现女儿身。'"

月　季

"花亘四时，月一披秀。"此宋祁赞月季花之语也。月季为常绿灌木，与蔷薇同。或有谓为蔷薇之变种者。茎蔓生有刺，花按月开放，故名，俗称月月红。《群芳谱》云：月季花，一名胜春，一名瘦客，又名斗雪红。有红、白及淡红三色。更有白瓣洒以红点者，曰五色云。

语云："弄花一年，看花十日。"盖花之护养綦难，而蓓蕾之时又殊暂也。然若植月季一株，芳菲不断，耐人久赏，足以弥此阙憾。亦可作盆玩，然盆玩者，一花再花而已，不能次第续放。土力有限，使之然也。

扦种月季法，于谷雨时节，摘取未花之新枝，劈竹管为二，置诸管中，并实以山泥。然后将管合拢，细索缚之，即花奴之所谓箍者是也。每日晨晚，润以清泉。三来复后，根已苗生，去管移栽于地，蔽以芦帘，稍避风日，且灌溉以时，则蕃茂甚易也。

昔苏子瞻有《月季花再生》诗："幽芳本长春，暂瘁如蚀

(清)蒋廷锡《月季披秀》(局部)
台北故宫博物院藏

月。"比喻绝妙。又杨万里云:"一尖已剥胭脂笔,四破犹包翡翠茸。"状花之形态亦殊佳肖。又有句云:"闰年开到十三回。"则不忆何人所作矣。

赵眠云《心汉阁笔记》,有《月季谱》一则,爱采之以为资料:"月季一花,千态百色。江右王天裔者,风雅士也。觅得月季有百数十种,皆佳品,稍次者尚不在此数。有妾扬州人,善艺植,盖产自园艺家。天裔游江都时,知其尤善插月季,遂以重金纳为箧室。后天裔著《月季谱》,未就而卒。友人有张君者,颇好事,亦爱是花,本与天裔最相契合,愿就其妾,讲求花品及接插诸法,为续成《花谱》,妾亦愿之。未及浃旬,戚党有中以蜚语者。张君叹曰:'此风雅事,而乃被污浊名乎?天裔名节我辱之,非友也。'遂绝迹不至王家,妾未通文墨,乃中辍,闻者咸致惜焉。此清光绪中叶事。王妾无所出,妻有一子。闻今家道中落,已改业为花奴矣,大约犹妾之传授也。"

紫罗兰

　　夷域之花，而最足发人绮思瑶想者，厥惟紫罗兰。紫罗兰产欧洲北部，茎高二三尺，春风翕和，开花作艳紫色，有似绝世美人，轻盈作态。考诸希腊神话，谓女神维纳斯（Venus），有夫远行，把别时泪珠沾泥，来春忽萌蘖吐葩，遂有毋忘侬花之号。某诗人有诗以咏之曰："湖海飘零酒一卮，偶无聊赖动相思。灵均底事悲香草，情种应归维纳斯。"

　　我国旧籍，有紫罗兰一种，茎紫翠如鹿葱，四月发花者，实系鸢尾，非欧产之紫罗兰也。

　　社友周瘦鹃，爱紫罗兰成癖。颜所居曰紫罗兰庵，更名所辑述之书曰《紫罗兰集》《紫兰花片》《紫兰芽》《紫罗兰庵小品》。盖瘦鹃有一段影事，借紫罗兰以寄其情愫也。

　　当兹春日，绣塍芳陌间，有紫荷花草，与紫罗兰绝相类。顾悼秋因有诗云："风寒风暖桃花病，春浅春深燕子知。只有紫荷花不管，一塍如锦舞参差。柳外愔愔月正圆，风前相对意恬然。野花当作名花赏，笑坏吴门周瘦鹃。"

西人以紫罗兰制成香水，视为红闺恩物。闻美国某女交际家，日浴紫罗兰香水中，年耗五千镑，豪奢如此，令人咋舌。前辈陈蝶仙先生，以说苑之俊才，创化装之品物，制紫罗兰粉，越娃吴姬，莫不乐用。顾子佛影成《绮罗香》词一阕以赋之云："碾月成硝，烘霞做絮，几两暖风春透。钿匣团圞，珍重绣奁之右。漫挑拨惊燕钗梁，怕沾惹舞鸾衫袖。最怜他纤掌搓融，晚妆楼上两眉斗。　　妆成何限娇蒨，记取芳名好，色香俱有。笑说渠侬，也似紫兰花否？消受到宝枕横时，收拾起金盆靧后。蓦忘却镜屉星星，阿侯搬弄久。"

琼 花

世俗有隋炀帝赏琼花故事之传说，遂目琼花为珍异之植物。叶柔平莹泽，花大瓣厚。色淡黄，清馥异常。昔惟扬州后土祠有一株，世传为唐人所植。士大夫爱重之，曾筑无双亭于花旁，且改后土祠为琼花观。德祐乙亥，北师至，花遂不荣。有人以绝句吊之云："名擅无双气色雄，忍将一死报东风。他年我若修花史，合传琼妃烈女中。"乃补植聚八仙于其地。凡元人所称之琼花，皆聚八仙也。又玚花玉蕊，与琼花亦相类。

《代醉编》云："宋时德清岳祠庑下，有琼花一本，春时盛放，每告朔设会，特开数朵，时号月旦花。"又朱显祖有《琼花志》，谓："今江西赣南道署有此花，世以其罕有，甚珍赏之。"又《续夷坚志》云：鄂县南十里炭谷，入谷五里，有琼花，树大四人始合抱，逢闰即花。以初伏开，末伏乃尽。花白如玉，中有玉蝴蝶一，高出花上，花落不着地，乘空而起。按此则不止扬州有之矣。

曩岁沪上某游艺场，曾有琼花之陈列，且登报大事宣传。

惜为期甚促，予未及往观。不知此一树琼花，是真是伪，其状究若何也。

昔人赞美琼花，张问有云："惟水仙可并其幽闲，而江梅似同其清淑。"鲜于侁诗："百花天下多，琼花天上希。"郝经诗："坼腻雪以摇碧，刻春冰而带黄。"韩琦诗："千点真珠擎素蕊，一环明玉破香葩。"

紫　藤

紫藤一架，春暮着花。坐卧其间，可以忘世。其花作蝴蝶形，为总状花序，垂垂一二尺，殊可爱玩。实成长荚，其蔓甚坚强，可以束物。皮之纤维，可制丝织布。

吴中拙政园进门处，有明文徵明手植紫藤一株，立碑曰："文徵明手植藤。"其大可合抱，厥茎纠蟠交互，阴覆数屋。花时累艳赘紫，有如璎珞。邑中士女，争往赏之，亦名胜之一也。一度开拓衢路，拟代之，周瘦鹃力阻，始得存留。

玉 兰

世俗往往以玉兰、木兰、辛夷三花混为一谈，即类书中亦同列不分。然据植物学家之考证，谓玉兰花白，花瓣内白外紫者为木兰；至若辛夷，有紫、白二色，白者俗称为玉兰，实则玉兰九瓣而长，辛夷六瓣而短阔，以此为别耳。

玉兰，落叶亚乔木。树高数丈，而不易成长。一干一花，皆着木末。春初蓓蕾，瓣绝巨。未开时裹以厚苞，其苞密生细毛，花落后始生嫩叶。

《长物志》云："玉兰宜种厅事前，对列数株。花时如玉圃琼林，最称绝胜。别有一种紫者，名木笔，不堪与玉兰作婢，古人称辛夷即此花。然辋川辛夷坞、木兰柴，不应复名，当是二种。"可谓有识。

我吴娄门接待寺东为明蒋忠烈公宅，有玉兰堂，庭植玉兰五株，枝干奇古。

玉兰佳句，如张茂吴云："但有一枝堪比玉，何须九畹始征兰。"王世贞云："霓裳夜色团瑶殿，露掌晴晖散玉盘。"沈周云："韵友自知人意好，隔帘轻解白霓裳。"方大治云："与君采折充琼佩，独笑旁人应未知。"皆是也。

撷取玉兰瓣，和以面浆，以麻油煎食，极佳。蜜浸亦可。

辛 夷

《群芳谱》云：辛夷一名侯桃，一名木笔，与玉兰相似，然开放较玉兰为迟。花初发，尖锐若笔，北人因以"木笔"呼之。有紫、白二色，大如莲花。香味馥郁，树高数丈，落叶乔木也。

辛夷四品六命。见《花经》。

园圃间植辛夷，最宜与玉兰同种，则秋后接枝，明春自然蕃茂。

皮日休云："一枝拂地成瑶圃，数树参庭是蕊宫。"朱曰藩云："檀心倒卷情无限，玉面低回力不支。"张新云："谁信花中原有笔，毫端方欲吐春霞。"陆龟蒙云："堪将乱蕊添云肆，若得千株便雪宫。"皆咏辛夷佳句也。

木 兰

俗之所称紫玉兰，实则木兰也。木兰一名杜兰，又谓之木莲。陶弘景谓生于零陵山谷间，《楚辞》"朝搴阰之木兰"是也。《白乐天集》谓生于巴峡，树大者高五六丈，涉冬不凋。叶如桂而厚大，花绝如莲。有红、黄、白数色。四月始开，二十日即谢。其木肌细而心黄，民呼为黄心树，似是而非，当系别种。

木兰佳话之见于古人笔记者，如《述异记》云，木兰洲在浔阳江，其中多木兰树。又《酉阳杂俎》云，太和中，长安百姓家有木兰树，花色深红。桂州观察李勃家以五千钱买之，经年花紫。又《岚斋录》云，张抟刺苏州，堂前植木兰花盛开，宴客赋诗。陆龟蒙后至，题两句云："洞庭波浪渺无津，日日征帆送远人。"颓然醉倒。客欲续之，莫详其意。既而龟蒙稍醒，续曰："几度木兰船上望，不知元是此花身。"遂为绝唱。

木兰诗什，有李商隐之"弄粉知伤重，调红或有余"、白居易之"怪得独饶脂粉态，木兰曾作女郎来"等句。木兰代父征戍，见《古乐府》，此香山之所以云云也。

紫　荆

　　尝读昔人笔记：田真兄弟三人分产，堂前有紫荆树一株，议析为三，荆忽枯死。真谓诸弟："树本同株，闻将分斫，所以憔悴。是人不如木也。"因悲不自胜。兄弟相感，不复分产，树亦复荣。草木有情，亦可称艺圃佳话已。

　　紫荆，一名满条红，为落叶灌木，丛生。春开红紫花，一簇数朵，有如缀珥。或生木身之上，或附根上枝下，无花梗，花事既过，嫩叶始苗，结荚子甚扁。枝干光洁无皮。僧行持有颂曰："庭前紫荆树，无皮也过年。"见《老学庵笔记》。

　　荚子种沃壤，来春即活。若取根旁之枝分种之，亦易生长。性喜肥畏湿。与棣棠并植，则灿漫时金紫相映，更是耐人欣赏。

樱　花

扶桑人士以樱为国花。樱为落叶乔木，叶深碧，花五瓣，有红、白、绿三种。我国樱桃，亦其一种也。

春深岛屿，举国若狂，各学校放樱花假。携榼就花下为辟克桌。尤以大阪天王寺公园为多。昔归安张翌城太守留学彼邦时，曾与彼邦骚人结樱花诗社，唱和多至数百首，汇刊成集，风行一时。

我苏盘门日领署畔，樱花夹道，缤纷昳丽。瓣缘微晕轻红，然自远望之，则一色纯白，似凝雪也。厥状如梅，但有梅之妍而无梅之韵致，且更乏香气。初蓓蕾时，亦不着叶，及花谢而嫩叶渐舒，则又与萼绿华相类无异。予在苏时曾驱车往赏之，奈已时序入夏，花半辞柯，因作《吊樱记》一文，以志予感。

徐仲可之《康居笔记》云："我国有樱桃花而无樱花，康居庭园有樱花一本，亦移自日本者。曩闻沈寐叟言，樱花与海棠同种……枝叶跗萼皆相类。"

〔日〕佚名《樱花谱图卷》（局部）

　　沪北六三园以绿樱花著。树凡数十株，蔚然成林。王西神先生至其地，有《瑶华词》一阕赋之云："玲珑梅雪，葱蒨梨云，试鸾绡红浣。亭亭小立，妆竟也、一角水晶帘卷。露寒仙袂，好淡扫、华清娇面。似那时、珠箔银屏，唤题九华人懒。　　丝丝绿茧低垂，伴姹紫嫣红，不胜清怨。移根何处。只恨望、三岛蓬莱春远。明光旧曲，早换了、看花心眼。对玉窗，凤髻重簪，吟入郑家魂断。"词与徐仲可同作，惜仲可词不获见。

　　邓尔雅之《樱花》诗，绝古丽可诵。如云："昨日雪如花，明日花如雪。山樱如美人，红颜易销歇。"

玉　蕊

玉蕊为夏日之花。条蔓如荼蘼，柘叶紫茎，久之根株合抱成树。花苞初甚微，经月渐大，暮春方八出。须如冰丝，上缀金粟。花心复有碧筒，状类胆瓶。其中别抽一英，出众须上，散为十余，犹刻玉然，花名玉蕊以此，与琼花、玚花同为白色，而其实各异。《群芳谱》云：玉蕊花，李衡公以为琼花，黄山谷以为山矾，皆非也。唐人甚重此花，歌咏者颇多。周必大集有《玉蕊辨证》一卷。

唐昌观玉蕊花甚繁，元和中忽有女子，年可十七八，衣绣绿衣，乘马，峨髻双环，容色婉婉，从以二女冠、三女仆，既下马，以白角扇障面，伫立花下良久，观者如堵，咸觉烟霏鹤唳，有轻风拥尘随之而去，望之已在半天矣，方悟神仙之游，余香不散者经月。见《剧谈录》。读此觉玉蕊一花，亦有仙乎仙乎之概。

王琪云："清芬信幽远，素彩非妖丽。"周必大云："花开金谷空千种，蕊叠瑶英自一家。"刘禹锡云："玉女来看玉蕊花，异香先引七香车。"古人宠爱玉蕊，可见一斑。

玫　瑰

夏花之色香俱饶者，当以玫瑰为第一。玫瑰为落叶灌木，一名徘徊花。蔓生有刺，绝类蔷薇，惟茎较短。花绛萼绿，亦有白花，香气浓郁，可制香水，闺阁中人，视为恩物也。又，"洛中鬻花木者言：'嵩山深处有碧花玫瑰，而今亡矣。'"见《酉阳杂俎》。

玫瑰可浸酒，可焙茶，醇烈清芬，饮水悦脾。更有玫瑰酱一种，尤为隽品。制法以将熟未黄之梅实，入锅煮之，去其酸汁，并除皮核。别取半放之玫瑰花，捣烂加以糖霜，再与梅实拌和，文火煎之，至相当火候，盛诸瓷盎。色艳如脂，香浓欲醉，涂于糕粽食之，胜于舶来之果子酱远甚。吴中有植玫瑰以亩计者，获利甚丰也。

英吉利人以玫瑰为国花。曾制一种金币，名之曰玫瑰之尊（Rose Noble），今已为故物，不易得见。彼邦之玫瑰诗传诵于世，我国蒋万里亦曾译之成古诗一首云："阳春二三月，玫瑰何鲜妍。花叶不相当，落叶谱哀蝉。特质有堪夸，高出众卉上。叶萎色已消，香仍赚人赏。人生亦如此，年貌两不坚。日月催人老，修养总徒然。毋以此骄人，二者日就衰。努力崇明德，流芳如玫瑰。"冶欧亚于一炉，的是佳构。

杂志有取名《红玫瑰》者，与瘦鹃之《紫罗兰》相媲美。《红玫瑰》凡若干卷，不胫而走寰宇，当时予亦为撰述人之一，并藏有全卷，以"一·二八"之役失之。

西人往往佩花以示意。如玫瑰浅红者，谓："请对我浅笑。"深红者谓："我疾恨尔。"白者谓："我足为尔偶。"黄者谓："我心含妒。"黄玫瑰与长春藤合，谓："我之情爱日增，终有结缡之望。"至若玫瑰花去瓣掷之于地，则谓："我不许尔。"异域俗尚，足资谈助也。

玫瑰分栽无不活，古称"离娘草"，谓其无骨肉之情也。学友华吟水爱玫瑰，尝设辞以辨之云："玫瑰情如娇好小女儿，天真烂漫，不解离别事，非真忝于情者。"又云："玫瑰多刺，人或病之，不知有刺适足见其贞洁，比之谢鲲邻女之梭，凛乎不可犯也。"花如有知，闻吟水言定必首肯。

蔷　薇

　　清和时节，蔷薇着花。蔷薇为落叶灌木，高四五尺，花五瓣而大，有红、白、黄三种。然《群芳谱》云有紫者、黑者，则未之睹见也。更有野蔷薇，生于原野，与家种略同，惟花较小，有纯白、粉红二色，皆单瓣而香过之，其花可制香水。

　　立春之际，折新枝条，接地即活。《浣花杂志》云："压枝为上，扦枝次之，潮泥易发，黄泥次之。如生虫，倾银炉灰撒之。"

　　蔷薇多刺，爱赏者引为憾事。近闻某植物学家，以科学方法，使刺自然消灭。于是茎滑花妍，绝无棘手之患。人工夺得天工巧，信然。

　　《宋史·占城国传》：占城"有蔷薇水，洒衣经岁香不歇。猛火油得水愈炽，皆贮以琉璃瓶。"此即今日花露水之滥觞也。

　　花有花侯、七姊妹、宝相花诸名。按诸《花经》，蔷薇七品三命。宋张敏叔以十二花为《十二客图》，蔷薇称野客。

《两般秋雨庵随笔》云："嫁女送亲，所在皆然，广东顺德县为尤甚。凡来者环立门外，主不迎送，亦不供茶酒，名之曰密蔷薇，其名色甚新。"

香水花，朵大而重瓣，色或红、或白、或紫，颇类蔷薇，故亦称西洋蔷薇。

蔷薇一名蔷蘼，见《本草》。

植蔷薇，宜于檐前，俾拂檐生姿；宜于墙畔，得依墙弄影；宜于架上，可托架争荣；宜于廊间，使接廊逞艳。

时人有耕庵者，咏蔷薇句："便许攀援总刺人。"语有寄托，妙妙。又严伯勋有白蔷薇诗，其联句云："露下盥香怜素手，风前买笑洗浓妆。"又云："艳迷缟袂三春雪，枝压红墙四月霜。"亦可诵。

院落间红蔷薇与碧芭蕉，交相映发，此境欲仙。又看美人摘蔷薇一二朵，就鼻试香，脸霞艳衬，亦足销魂。

蔷薇故事可资谈助者，如《花史》云：

"徐知诰会客，令赋蔷薇诗，先成者赐以锦袍。陈濯先得之。"《全唐诗话》云，裴晋公度第在兴化里，凿池种竹，起台榭。贾岛下第，怨愤作诗云："破却千家作一池，不栽桃李种蔷薇。蔷薇花落秋风起，荆棘满庭君始知。"《老学庵笔记》云："寿皇时，禁中供御酒，名蔷薇露。"又《云仙杂记》：柳宗元得韩愈所寄诗，先以蔷薇露盥手，然后发读。《寰宇记》云：梁元帝多种蔷薇，有十间花屋，枝叶交映，芬芳袭人。《清异录》云：东平城南许司马后圃，蔷薇花根，掘得一石，如鸡，五色，郡人遂呼蔷薇为"玉鸡苗"。

蔷薇有一艳史：汉武帝与丽娟看蔷薇，时花始开，态若含笑。帝曰："此花绝胜佳人笑也。"丽娟戏曰："笑可买乎？"帝曰："可。"丽娟奉黄金百斤，以为买笑钱。因名蔷薇为"买笑"。

英吉利有争王位之乱，取红白蔷薇以为识别，称之为蔷薇之战。兵凶战危中，不知作蹋几许嘉苑。其煞风景，胜于焚琴煮鹤。

《红楼梦》说部，有蕊官与芳官蔷薇硝，芬芳异常，有可以擦脸治癣之功用。

赵眠云《心汉阁杂记》："日照孙碧琴，客都下时，馆于某富室。其邻右有园，前清遗老张侍郎健侯宅也。张有女小霞者，颇著才名，诗工艳体，年十九，尚待字闺中。当四月中，园中蔷薇盛开，碧琴闻香咏诗云：'一院蔷薇两院香，花香风与度回廊。吟楼妆阁遥难接，蜂蝶纷纷空过墙。'……一诗作合，遂成鸾凤之交。"此事若演衍之，一绝妙艳情小说也。

杜　鹃

　　江南草长，杜鹃啼血。而其时嘉葩烂漫，遂袭杜鹃之号。杜鹃多异名，如山踯躅、红踯躅、山石榴、谢豹花、映山红皆是。为常绿灌木，高三四尺，色或红、或紫、或黄、或素。清和时节，遍山野有如簇锦。亦有春日发花者为春鹃，花后舒叶，以荷兰鹃为最佳。夏鹃则先叶后花，较易护养，我国之五宝绿珠，瓣数十重，其名种也。性喜阴而恶肥，壅以山黄泥，烈日中更上遮帘箔。及花谢既尽，则摘去花蒂。迨叶成老绿，则略浇肥汁，叶上则以清水润之。明岁花事，定繁荣也。

　　杜鹃于仲夏时最多害虫。厥虫似蝇，匿于叶背，叶经虫蚀，日就焦萎，宜用烟末浸水除之。舶来品虽有黑叶牌烟精，然价綦贵，非经济之道也。

　　润州鹤林寺，有杜鹃花高丈余。相传贞元中，有僧自天台移种之。见《苏诗注》。又云：周宝镇浙西，谓殷七七曰：鹤林寺花，天下奇绝，常闻能作非时花，今九日将近，能开此花以副此日乎？七七乃前二日往宿寺中，中夜有二女子，谓七七曰：妾为上帝命司此花，今与道者开之，然此花不久归阆苑矣。遂瞥然不见。及九日，烂漫如春，宝惊异，游赏累日，花俄不见。其后，兵火焚寺，树失根株，信归阆苑矣。花之神话，姑妄听之而已。《三柳轩杂识》："杜鹃为仙客。"厥花秀逸，允当其称。

杜鹃诗不多见，捃录胡天游一首云："暖风深巷卖花天，争买繁花袅鬓边。拣得一枝红踯躅，隔帘抛与沈郎钱。"

真如黄君岳渊，恢奇之士而隐于农者也。治园圃凡一百六十有余亩，悉以莳卉栽树。君日处其中，课奚奴，抱瓮头，灌溉剔芟，以为乐事。迩来杜鹃盛开，柬邀往赏。我道中人如王小逸、谢闲鸥、陈达哉、徐行素、施济群、沈秋雁、胡佩之诸子，相率同去。入园右折，芦箔荫下，瓦盎比列者，皆为杜鹃。花以绛色者为多，黄白者占十之一二，然绛色中深浅互异，判分之亦可得一二十种。间有半桡半白，似凤仙之缀锦者，尤为可喜。正观玩间，主人已出而招接，引至一覆茆精舍，烹花露以饷客。精舍中叠架高下，均杜鹃名种，盖产于荷兰、法邦，经主人扦插以苗发者。据云，种花须用山泥，是泥松，宜于花性。泥自其故乡奉化之金峨山辇来。山有一壑，秋冬风劲，卷败叶坠入壑中，叶积压久，腐烂为泥，壅花乃称绝妙。视之，花果茂美非常，瓣间偶有若干白斑，匀细成文。询诸主人，谓系雨点留著其上，砂红销褪，非花之本来面目也。婆娑而矮者曰桃鹃，为国粹隽品，形若夭桃，花中别有一蕊，及谢而蕊复舒荣如故。否则，中土之杜鹃，花时已过，此际无从领略其妩媚意态矣。别有一枝，矫然挺秀，密范结成盖状，则出于剪裁使然。其时主人备有旨酒园蔬，施宴设席，我侪乃纷纷入座，为之醉饱。

萱　花

　　萱花古作谖草。《诗传》：谖草可以忘忧，故又号忘忧草。妇人怀娠，若佩此多生男，亦称宜男。叶似菖蒲而柔狭，花仿佛百合，有红、黄等色，及单瓣、重瓣之别。单瓣者开较迟，结子圆黑，俗名石兰。重瓣者初夏即吐艳，枝柔不结子。又有一种花差小而香清叶细，但不易着花，须肥壤加意培植之，可作高斋供玩。

　　花宜种下隰地，初虽疏列，一年后自然稠密。茎及单瓣之花，曝干为蔬，俗称金针菜。惟重瓣绛花者有毒，不可食。又有一种类似者曰鹿葱，惟萱花叶尖，鹿葱叶团，萱花茎实心，鹿葱茎虚心，此其别耳。《长物志》云：萱花"可供食品，岩间墙角，最宜此种。又有金萱，色淡黄……义兴山谷遍满，吴中甚少。他如紫白蛱蝶、春罗、秋罗、鹿葱、洛阳、石竹，皆此花之附庸也"。

　　《葩经》："焉得谖草，言树之背。"背，北堂也，俗因以称母。相传明海虞金吾校之母殁，江南名士悉执绋会葬。尝与客饮谖花前联句，潸然曰："取义萱花人不见，晚风三匝草堂前。"座皆掩面。

寓楼一角，悬有我友马君万里所贻之萱花立幅，疏疏几笔，自然雅韵，题有"金英翠带，玩此忘忧"八字。曩年万里君开个人画展，许以是画见赠，奈以敝址遗忘，无从致送，而旋即遭"一·二八"烽火，予居青云路，所藏书籍画卷，焚掠殆罄，乃移徙沪西，以度劫后生活，于无意中重觌万里，恍如隔世。万里遂遣人送是画来，以偿前约，点缀蓬壁，居然生辉。始幸画之搁置两三年，免为"一·二八"之牺牲品，殆天之所以保全此法藻欤。

（清）余穉《花鸟图册·萱花》

故宫博物院藏
萱草叶盛，萱花俏丽，引来蝴蝶立上头。

夹竹桃

竹之萧疏，桃之妍冶，在卉木中各具其胜，惟夹竹桃得兼而有之。夏日园林，获此一丛，以为点缀，其亦可以快子猷之意，助贵妃之娇者乎！洵佳品已。

夹竹桃为常绿灌木，高六七尺，自岭南来。夏间开淡红花，间有白色者，五出，一苞约数十萼，至秋深犹烂漫不已。因其花似桃，叶狭长类竹，故得是名，非真桃也。《群芳谱》中载之：根有毒，虽折枝插瓶，瓶水忌入口。性恶湿而畏寒，初冬即宜遮护之以避霜雪。喜肥壅，开花时，越五六日施粪一次，灌溉以时，然水不可过多，多则恐冰冻而萎损也。旧时妇女，往往摘其花与茉莉等，同簪鬓边，以增妩媚。

温台之夹竹桃有丛生者，一本至二百余干，晨起扫落花盈斗，最为奇品。

前人笔记中绝少涉及夹竹桃，即吟咏亦不多见。惟王世懋云："绛分疏翠小，青入嫩红深。"又云："布叶疏疑竹，分花嫩似桃。"梅圣俞云："桃花夭红竹净绿，春风相间连溪谷。"足为是花生色。又高葩庐吹万有《望江南》词，如云："山庐好，时序烂成霞。夏似春光桃夹竹，老逾年少叶如花。诗句发天葩。"某道人为之评云："葩庐诗句，擅发天葩，自昔已然，于今为烈。夹竹桃，老少年，本非门当户对，多谢吹万作月老，经过一度颠三倒四之说合，居然将他们匹配作成嘉偶，桃小姐春去犹卖春，老少年老而不甘老。'诗句发天葩'，不禁拍案叫绝。"妙评亦趣评也。

犹忆予初来沪埠，服务上海影戏公司，于摄影场之西偏，辟一小室，以安卧榻。窗前植夹竹桃数株，风来摇曳，有如人之探头。予凭案撰述，凝神之际，往往为之愕然。而着花繁茂，映书函稿笺以俱红。即风而岑寂，盘桓其间，亦足排袪愁思不少。如是者凡半年，既而予移家别居，不再与花为伍矣。

予友祝君幼珊，尝倩金石家朱其石，镌一印曰"夹竹桃庵"，予以为别致。祝君曰："子知我之所以命名乎？"予曰："不知，愿闻其说。"祝君曰："我姓祝，而我妻恰姓陶，祝、陶谐音为竹、桃，则同居之爱，不当为夹竹桃庵乎？"予拊掌称善。

(清) 陈舒《天中佳卉图》

台北故宫博物院藏
天中指天中节，即端午节。萱草、石榴与夹竹桃为五月佳卉，其时竞相绽放，与石为伍，别有韵致。

绣　球

（清）恽寿平《绣球》

选自《春花图》
上海博物馆藏

　　"天工之巧，至开绣球一花而止矣。"此李笠翁《闲情偶寄》之言也。绣球为落叶灌木。春日烂漫，五瓣色白，间有粉红者，诸花簇聚，团圞如球，叶长圆形，微皱，色深绿，低矮者可为盆玩。

　　与绣球相类者，有粉团花，或谓大者为粉团，小者为绣球。又，八仙花亦为绣球异种。《花镜》云："蜀中紫绣球，即八仙花。"

　　绣球诗，见于昔人集中者，如张新云："风来似欲拟明月，好与三郎醉后看。"张昱云："落遍杨花浑不觉，飞来蝴蝶忽成团。"杨巽斋云："料想花神闲戏击，随风吹起坠繁枝。"皆可诵也。

　　沪上花肆有洋绣球花，盖异邦移植者，花色素洁。若于栽植时，置洋红于土中，开花即成红色；置洋蓝于土中，开花即成蓝色，殊足珍贵也。

榴　花

榴多异号，一名丹若，一名金罂，又称安石榴，相传为张骞通西域，自安石国带回。树高一二丈，仲夏着花，色绛，间有红花白缘、白花红缘者，尤为可贵。花或单瓣，或千瓣。《群芳谱》云：燕中有千瓣粉红，单瓣者比别处不同，中心花瓣如起楼台，谓之重台。别有一种曰火石榴，其花深赤似火，树高不过一二尺，可供盆玩，且宜置诸架上，不使近地气，盖着地即蓬勃生长，非盆中物矣。

榴树性宜砂石，故产山间者大都硕茂。洞庭山除枇杷、杨梅外，植榴亦殊盛。在此端阳前后，遍坡麓俱作殷红之色，至秋结实，山氓视为利薮也。

榴畏寒，故十月间即须以蒲蒿裹护其干，二月始行解放，盖不若是便易于冻损也。如取巨石压其根，则实繁而不落。

《长物志》云："石榴，花胜于果，有大红、桃红、淡白三种。千叶者名饼子榴，酷烈如火，无实，宜植庭除。"品评至当。

衡山祝融峰下法华寺，有石榴花，春秋皆发。见《酉阳杂俎》。今不知此阆苑异种，尚在人间否？

古人咏榴，不乏佳句。魏澹云："新枝含浅绿，晚萼散轻红。"元稹云："绿叶裁烟翠，红英动日华。"张弘范云："游蜂错认枝头火，忙驾薰风过短墙。"刘敞云："薰风四月浓芳歇，红玉烧枝拂露华。"马祖常云："只待绿阴芳树合，蕊珠如火一时开。"俱足为榴花生色。

清同光间有名校书张珊珊者，爱榴成癖，尤擅刺绣，自制榴花绣屏四幅，工致得无伦比。南亭亭长过之，为颜"榴红阁"三字以为额。珊珊大喜，遂以"榴红阁主"自号焉。不料逾年隔邻不戒于火，殃及妆阁。时在夜午，珊珊醉酒不及逃避，竟葬身火窟中。说者谓榴之为花，红艳欲燃，谶兆如此，无怪珊珊之死于火窟也。

（清）邹一桂《蜀葵石榴轴》（局部）

台北故宫博物院藏
蜀葵硕大的绿叶遮不住似火的榴花。

昙　花

　　世俗以偶见即逝者，称之为昙花一现。此说见于《法华经》："佛告舍利弗，如是妙法。""如优昙钵华，时一现耳。"盖昙花为梵语，亦名优钵华，为无花果类，产于喜马拉雅山麓及德干高原锡兰等处。干高丈余，叶有二种，一平滑，一粗糙，皆长四五寸，端尖。雌雄异花，隐于凹陷之花托中。花托大如拳，或如拇指，十指聚生，可食而味劣。《南史》云：优昙华乃佛瑞应，三千年一现，则金轮出世。以少见故，未免过甚其说，不足为信也。

　　闽中产昙花，名著南国。曩年徐树铮将军驻节闽地，曾觅得多株，携至沪上，土候不宜，率多枯萎。余二株乃移植于圣母院路某氏园中。仲夏之月，花既烂漫，园主人折束邀名流，宴赏其间。诸名流为好奇心动，欣然命驾。花高四尺许，翠叶素瓣，亭亭玉立。黄昏灯上，花遂徐徐开放，约一小时，乃冉冉卷合。亡友毕子几庵躬与其盛，且目睹开合之状，摄影撰文以刊诸某报。

　　甲子岁，赵次珊京寓，昙花吐艳。有见之者，谓花生叶侧，凡七层，层各七瓣，厥心色黑。自开至合，历五时许，则较某氏园中者稍为延久。洵不易多得之眼福也。

栀 子

夏花之最馥郁者，曰栀子，亦名山栀。栀通"卮"，酒器也。栀子似之，故名。为常绿灌木，高丈余，叶长圆而厚，花白六出。《酉阳杂俎》云：诸花少六出，惟栀子六出。《隐居别录》云：其花六出，如剪刀剪刻。而里巷俚歌，亦有所谓"栀子花开六瓣头"者，不可谓之无本也。

栀子本名薝萄花。佛经云：譬入薝萄林，惟闻薝萄，不闻余香。《万花谷》云，杜悰别墅建薝萄馆，形六出，器用之属皆象之。栀子，一名丹木，亦名越桃，俱载《本草》。而《潜确类书》云，《上林赋》所谓鲜支，即栀子树也。又《格物总论》云栀子花叶"差大者，谢灵运目为林兰"。

昔孟昶十月宴芳林园，赏红栀花，其花六出，清香如梅。红固非正色，而十月亦非花时，且香亦不同寻常，其殆栀子之异种欤？

栀子更有"禅友"之号。王十朋诗："禅友何时到，远从毗舍园。"盖相传是花为异方天竺种也。

花以香气浓烈故，不可近鼻嗅领，因刺激太甚也。且其蕊中有细黑虫，易入人窍。

卖花佣有取栀子若干编为绝玲珑之花篮者，悬诸帐间，以为点缀。而暑夜熏蒸，气益馨逸，一枕梦回时领之，几疑此身在香国花天，无复人间之想。

古人不乏宠栀子以诗什者，如沈周云："薰风吹结子，白玉衔新花。"杨万里云："孤姿妍外净，幽馥暑中寒。"简文帝云："疑为霜裹叶，复类雪封枝。"颜测云："濯雨时摘素，当飙独含芬。"朱淑真云："玉质自然无暑意，更宜移就月中看。"皆是也。

栀子结实时色青，熟则灿然似金，可入药，并为黄色染料。

（五代十国）徐熙《写生栀子》（传）

台北故宫博物院藏
或许是白色的栀子花浓烈的香气吸引了小小的胡蜂，使其浑然不觉后方的麻雀正凝视着自己。

凌霄花

湖上笠翁云："藤花之可敬者，莫若凌霄，然望之如天际真人，卒急不能招致，是可敬亦可恨也。欲得此花，必先蓄奇石古木以待，不则无所依附而不生，生亦不大。予年有几，能为奇石古木之先辈而蓄之乎？欲有此花，非入深山不可，行当即之，以舒此恨。"

凌霄为蔓生木本，攀缘他物，高达数丈。《三柳轩杂识》固有"凌霄花为势客"之语。叶有锯齿，夏秋之间开花，大如牵牛，五瓣，赭黄色，有毒不能入口，为观赏品。

富郑公圃中凌霄花，无因附而特起，岁久成大树，高数寻。朱弁曰："是花岂非草木中之豪杰乎？所谓不待文王而犹兴者也。"见《花史》。

花多异名，一名紫葳，一名女葳，一名陵苕，一名菱华，一名武威，一名瞿陵。昔人咏之，如范成大云："天风摇曳宝花垂，花下仙人住翠微。"贾昌朝云："披云似有凌云志，向日宁无捧日心？"陆放翁云："高花风堕赤玉盏，老蔓烟湿苍

龙鳞。"赵汝回云："袅袅枯藤浅浅葩，蔂缘直上照残霞。"均足为是花写照。

紫　薇

紫薇有"百日红"之说，盖自夏徂秋，烂漫不绝也。为落叶亚乔木，干高丈余，树皮极滑泽，花紫色，瓣多皱襞。白色者曰白薇，红色者曰红薇，紫带蓝色者曰翠薇。五月开，九月始已。宜于远望。以干光不易攀援故，又号猴刺脱树。

（南宋）卫昇《写生紫薇》

台北故宫博物院藏

紫薇有一特性，不能以手爪搔爬，偶一搔爬，则枝叶摇动，有似人之怕痒，俗称怕痒花。

最与诗人有缘者，厥维紫薇。虚白堂前有紫薇两株，俗称白居易所种。又杜牧之为紫薇舍人，号杜紫薇。按，唐中书省多植紫薇，故有是号。

咏紫薇颇多名句。如白居易："独坐黄昏谁是伴，紫薇花对紫薇郎。"周必大："归到玉堂清不寐，月钩初上紫薇花。"李商隐："天涯地角同荣谢，岂要移根上苑栽。"蔡襄："繁枝欲卧不胜力，落片将飞犹自香。"韩偓："浅色晕成宫里锦，浓香染著洞中霞。"不胜收罗也。

木　香

牡丹以木香、玫瑰、蔷薇为婢，见于《瓶史》。木香为蔓生植物，丛条多刺，常攀附他木，叶有细锯齿，春暮开花，小而色白，香甜可爱。有花大而黄者，香味微逊，一名锦棚儿。《草花谱》云：木香紫心白花，香馥清润，高架万条，望若香雪。俗以荼蘼为木香，实则荼蘼花色浅红，稍有分别也。

《闲情偶寄》云："木香花密而香浓，此其稍胜蔷薇者也。然结屏单靠此种，未免冷落，势必依傍蔷薇。蔷薇宜架、木香宜棚者，以蔷薇条干之所及，不及木香之远也。木香作屋，蔷薇作垣，二者各尽其长，主人亦均收其利矣。"

木香诗，捃录一斑如下。黄庭坚云："汉宫娇额半涂黄，入骨浓薰贾女香。日色渐迟风力细，倚栏偷舞白霓裳。"张耒云："紫皇宝辂张珠幰，玉女薰笼覆绣衾。万紫千红休巧笑，人间春色在檀心。"张舜民云："庭前一架已离披，莫折长枝折短枝。要待明年春尽后，临风三嗅寄相思。"刘敞云："粉刺丛丛斗野芳，春风摇曳不成行。只因爱学宫妆样，分得梅花一半香。"

　　繁殖木香，须于五月间用插压法，喜燥，好日光，施以
人粪油粕，自然茂美。

荷　花

　　荷，旧为六月之花，有莲、芙蕖、芙蓉、菡萏、水芝、藕花诸名。自周茂叔爱之，厥品益高贵无伦。相传六月二十四日为观莲节，亦曰荷花生日。《吴郡记》：荷花荡，在葑门之外。每年六月二十四日，游人颇盛，最好昧爽即划小船前去。既至中流，弥望碧叶绛花，香浓欲醉。撷莲菂数十枚，煮之为羹，略和糖霜，清隽鲜美，足以糟粕一切。予曩曾尝之，至今犹渴念此味。

　　吴阊七襄公所，为文徵明旧宅。池多芙蕖，来自潇湘七泽间，名贵殊常。筑有爱莲窝，为花最盛处。又遂园为毕尚书沅别业，池植白莲，辄见并蒂。

　　吴三桂好色，宠陈圆圆外，更爱一侍姬连儿。连儿年十七，姿容秀丽，夏日尝侍三桂游荷塘。练裳缟袂，执白羽扇，亭立九曲桥上，遥视之，如神仙中人。

　　《吴兴掌故》：秋深时，湖上人作裹鲊，小鱼加香料米粉，荷叶包裹，名荷叶鲊。是与吴人斋肉和粉，裹以鲜荷叶，隔水蒸之，名之曰粉蒸肉，同为绝妙家肴。

浙有荷菊，日开一瓣，开足成荷花形，见沈兢《菊谱》，不知今已绝种否？颇欲一赏其花。又牡丹别种，春月开淡红花，如荷包然，名之曰荷包牡丹，庭院间多栽植之。荷花多红、白二色，然有淡黄者，香弥清远，出永州半山。又九嶷山涧中，产莲作深黄色，曰金莲。又有色紫若辛夷者，曰紫荷花，亦为名种。

七里山塘，画舫如织。虎丘之后，大半为花农之宅。有刘姓家者，最多异花，广搜佳种，故名特著。某年夏，有淡黄色之四面莲一缸，一时喧传，观者络绎，索价至二百金，盖因城绅某某数人，争相欲购之故。后为虎林某寺方丈所知，出三百元购去，蓄之池中，闻五年后，满一池矣。方丈特筑精舍三楹于池上，而自称黄莲老禅。方丈善为诗，有《黄莲集》行世。

荷植诸缸中，借以点缀庭院，隔帘望之，清绝入画。植荷之法，惊蛰后取泥垫于缸底，

（清）吴应贞《荷花图》

故宫博物院藏
荷花颜色俏丽，莲子饱满，鱼戏莲叶水草间，灵动美好。

再将河泥平铺其上，任日晒龟坼，雨则盖之。直至春分后，将藕秧埋种，用肥泥及猪毛壅好，勿使外露，仍如前曝晒，坼裂后方贮河水，则花时自然蕃茂。

沈三白《浮生六记》有："夏月荷花初开时，晚含而晓放，芸用小纱囊，撮茶叶少许，置花心。明早取出，烹天泉水泡之，香韵尤绝。"是真雅人深致。

荷花初折，宜乱发缠根，取泥封窍，不致遽尔萎败。

荷之别种，名曰睡莲。叶如荇而大，浮于水面，其花布叶数重，当夏昼开，夜缩入水底。见《北户录》。又《琅嬛记》云："霍光园中凿大池，植五色睡莲，养鸳鸯三十六对，望之烂若披锦。"睡莲名色绝佳，惜未目睹。顷游兆丰花园，见碧水沦漪间，有田田平贴波面者，俗呼外国荷花，疑即古之所谓睡莲，不知究属是否？

荷有五色者，见《峤南琐记》。驳鹿山僧堂前，池水绀碧，间出莲花，五色绚烂，名飞来莲。

张勋复辟失败，辜鸿铭在津闻之，笑语人曰："今日之事，可以古诗二句概括，即'荷尽已无擎雨盖，菊残犹有傲霜枝'。人不解，询之，则曰："上句指张勋之红缨帽，下句指康长素之大辫也。"闻者大笑。

我苏盘门内沧浪亭，门临碧水，小桥通之。水中亭亭玉立者，皆素白荷花，红蜻蜓偶集花端，风来摇曳，画意自饶。亡友吴子双热甚爱赏之，谓"沧浪亭美尽于斯，若径入徜徉，反觉了无佳趣"，的是知言。

葑门外黄天荡多荷花。夏末秋初，游舫栉比，为一年胜事。学友金季鹤曾有诗咏之云："手点轻篙刺素波，黄天荡水镜新磨。红妆那比侬娇艳，底事檀郎爱赏荷。""莲心细剥膡香槟，妙剂清凉上绛唇。醉眄檀郎先一笑，笑他湖上采莲人。""画桥灯火送归桡，已过葑溪入近郊。此意分明赏花罢，故将荷叶挂船梢。"与海上龙华观桃，钿车载得花枝，同一韵迹。

撷取荷瓣，夹于书册，可以免蛀，但颇易发霉，书留霉迹，亦一憾事。

四时之花大都可充食品，如铁脚道人之细嚼梅花，古诗餐秋菊之落英，以及玉兰片、炙兰蕊、面拖南瓜花、晚香玉与云南竹笋作羹汤、樱花叶裹糍团，皆是。荷花啖之，令人口气常香。载于《花镜》。

美人蕉

予尝评四时之花，谓：春之花韵雅，夏之花冶艳，秋之花萧疏，冬之花清癯。然冶艳夏花中，尤以美人蕉为最。美人蕉为多年生草，形如芭蕉而小，由叶心发花，数十苞相鳞次。花多深红，间有黄色者。红者其茎微带绛色，黄者则茎纯绿，未花时亦不难辨别也。其种来自闽粤，一名红蕉。《岭南杂记》云："红蕉，中抽一花，如莲蕊，叶叶递开，红赤夺目，久而不谢，名百日红。"明陈悰《天启宫词》曰："春风香艳知多少，一树番兰分外红。"注云："即美人蕉。"然美人蕉决不于春日舒艳，所注未免有误矣。

荆人嗜花成癖，曩在吴门，赁庑钮家巷袁氏家，庭院绝广大，荆人乃亲栽美人蕉一丛。叶初卷，渐舒作嫩绿，著以晓露，尤明净可喜。自夏初花放，直至深秋始已，次第先后，可相继也。浴后，移一藤榻于花畔，花高与榻齐，耐人端详平视。觉富家郎金屋藏娇，犹逊予之艳福也。翌年，根旁又生稚蕉，花愈繁茂。所憾者，一如海棠之有色无香耳。既而予家迁徙小曹家巷，恐损花之生机，未加移副，今时隔十余

年，不知此柔翠娇红者，尚无恙否？殊念念也。

美人蕉忌肥壅，燥则以冷茶润之。可分根栽种，当年便可有花。以其低矮，可为盆玩。闻在闽中有四时花不断者，盖气燠使然也。

美人蕉诗绝少见。惠康野叟有七绝云："芭蕉叶叶飐瑶空，丹萼高擎映日红。一似美人春睡起，绛唇翠袖舞东风。"又段筱衡七律云："倩女魂销韵事多，花花叶叶奈愁何！风情袅娜心常卷，雨意沉酣色转酡。红袖隔帘窗悄倚，绿天窥月镜新磨。倘联姊妹传芳姓，要并虞兮一例歌。"美人蕉无典实，殊难着墨也。

(明) 文俶《美人蕉图》

美国弗利尔美术馆藏

木 槿

"有女同行，颜如舜英"，盖以槿华喻女子之美色也。木槿为落叶小灌木，高六七尺，枝叶婆娑，自夏秋之交开花，入冬不绝，故徐凝有"谁道槿花生感促，可怜相计半年红"之句。花有红、白、紫、黄数色。五瓣短柄，如蜀葵，日光所烁，疑有焰生。朝开暮落，因有"朝菌"之号。其他别名，如佛桑、扶桑、玉蒸、日及皆是。或云舜英，即纯白无间之花也。

木槿诗如崔道融云："槿花不见夕，一日一回新。"李商隐云："殷鲜一相杂，啼笑两难分。"杨凌云："向晚争辞蕊，迎朝斗发花。"杨万里云："夹路疏篱锦作堆，朝开暮落复朝开。"予所掇录，仅此而已。

花以重瓣者佳，单瓣者只堪编插成篱，因名篱槿，花之最低下者。据云：编篱时须连插不可住手，如断续为之则难活，未知确否？殊不可以理解也。

木槿嫩叶，可代茶饮。闽江之汀州人，以槿花拌面煎食，遂呼为面花。又《虞衡志》云，采红木槿、连叶包裹黄梅，盐渍曝干以荐酒，名玉修。

岭南红槿，自正月迄十二月常开。见《岭南异物志》。终岁烂漫，的是可爱。其殆以南方气候燠暖之故欤。

茉　莉

　　花之来自西域者，素馨与茉莉是也。且二者同类，总称耶悉茗，厥后始以尖瓣细瘦者为素馨，而圆瓣者则谓之茉莉。其花色白，香味甚烈，凡香片茶叶，皆此花窨成。然亦有异色者。《广东志》云，雷、琼二州有绿茉莉。黄茉莉名黄馨，又有紫茉莉，午后潮来始开，故名潮来花。《烬宫遗录》云："宫中收紫茉莉实，研细蒸熟，名珍珠粉。"

　　《丹铅总录》云：佛书谓之鬘华，北土曰㮈。《晋书》：都人簪㮈花，为织女带孝，即此。又《扪虱新话》云：南中茉莉，"惟六月六日种者尤盛，市中妇女喜簪茉莉，东坡所谓暗麝着人者也"。

　　《花经》："茉莉二品八命。"《三柳轩杂识》："茉莉为狎客。"《三余赘笔》：曾端伯以茉莉为雅友，张敏叔以茉莉为远客。

　　制茉莉酒，载《快雪堂漫录》云："用三白酒或雪酒，色味佳者，不满瓶，上虚二三寸，编竹为十字或井字，障瓶口，不令有余、不足。新摘茉莉数十朵，线系其蒂，悬竹下，令齐，离酒一指许，贴用纸封固，旬日香透矣。"

茉莉佳句，习见者如刘克庄云："野人不敢烦天女，自折琼枝置枕旁。"叶庭珪云："露华洗出通身白，沉水薰成换骨香。"范成大云："明妆暗麝俱倾国，莫与矾仙品弟兄。"茉莉一名抹丽，一名末利，本梵语，"无正字，随人会意而已"。见《本草》。

广州城西九里曰花田，尽栽茉莉及素馨花，故郑松窗有"九里花田地"之句。

《长物志》云："夏夜最宜多置，风轮一鼓，满室清芬。章江编篱插棘，俱用茉莉。花时，千艘俱集虎丘，故花市初夏最盛。培养得法，亦能隔岁发花。"

蒸茉莉取其液可代蔷薇露。见《香谱》。茉莉作末，和面药甚奇。又蒸液作面脂，泽发润燥香肌。见《辋川诗注》。

（南宋）马麟《茉莉舒芳图》

珠　兰

珠兰一名金粟兰，亦称珍珠兰，常绿植物之一也。栽于园圃，茎高二三尺，有节。叶椭圆而厚，稍类茶。花黄绿，圆而甚小，无花被，为穗状花序，香气浓郁。

珠兰与茉莉，同为炎夏之花，妇女尤喜戴之。顾铁卿之《清嘉录》有《珠兰茉莉花市》一则云："珠兰、茉莉花来自他省，薰风欲拂，已毕集于山塘花肆。茶叶铺买以为配茶之用者，珠兰辄取其子，号为撇梗；茉莉花则去蒂衡值，号为打爪花。花蕊之连蒂者，专供妇女簪戴。虎丘花农，盛以马头篮，沿门叫鬻，谓之戴花。""蔡云《吴歈》云：'提筐唱彻晚凉天，暗麝生香鱼子圆。帘下有人新出浴，玉尖亲数一花钱。（注：俗数钱五文为一花。）'又蒋宝龄《吴门竹枝词》云：'蘋末风微六月凉，画船衔尾泊山塘。广南花到江南卖，帘内珠兰茉莉香。'"

旧时首饰，往往以珍宝制成花状，用以炫奇。如以白玉琢为含苞之茉莉，为茉莉簪。更有以翡翠为珠兰之叶，穿扎匀细之明珠于其上以为花者，殊有韵味。一自妇女截发，绮阁红闺间，无复有斯点缀矣。

玉　簪

秋花之艳，写入我文者已数种，而温其如玉，浑不胜簪之玉簪花，遗而未列。花如有知，当抱向隅之叹矣。玉簪多异名，如白萼、季女、白鹤仙。汉武帝宠李夫人取玉簪搔头，后宫人皆效之，花名遂取此。盖花含苞时，洁白似玉，形似簪头。及放，微绽四出，黄蕊有须，香甜袭人，朝开暮合。叶丛生，团团光泽。花谢结黑子，可以栽种。

春初，须去其老根，移种肥壤，则花自繁茂。但移种忌铁器，而根性毒，不可入口，以免损齿。性喜湿，宜于盆盎水石间。若墙边骈植，花时一望如雪，亦饶佳致。犹忆苏寓庭除中有玉簪一丛，花发殊盛，"披拂秋风如有待，徘徊凉月更多情"，黄昏纳凉时，对之吟孙铎佳句，的是乐事。

花未开时，装铅粉在内，以线缚口，久之，妇女用以傅粉，经岁尚香。见《群芳谱》。或曰，能治颊上雀斑，未知究有效否？

玉簪有紫者，曰紫萼，比白玉簪差小，且无香气，先一

（南宋）林椿《写生玉簪图》

台北故宫博物院藏

月而开，性亦喜水石，可为盆玩。

玉簪瓣，以糖霜干面调和之，炸以油，食之香美可口，胜于玉兰片。

玉簪诗之可喜者，如罗隐云："雪魄冰姿俗不侵，阿谁移植小窗阴。若非月姊黄金钏，难买天孙白玉簪。"近人李慈铭云："夜凉起凭曲栏斜，半臂轻笼杏子纱。月色中庭谁共看？晶帘刚映玉簪花。"二诗均清丽绝俗，足为玉簪生色。

素 馨

秋花之艳，玉簪、海棠外，当属素馨。素馨为常绿灌木，其种来自西域，俗称玉芙蓉。叶大于桑，蚁类喜聚其上。花似茉莉，而四瓣尖瘦，有黄、白二色，白者气更馥郁，黄者名黄馨，亦号金雀花。性畏寒，自霜降后，即当遮护其根，来年便可分栽，黄梅时扦之亦可。

广州三角市，有地曰素馨斜，距省城十余里。相传南汉美人素馨，喜簪素馨于髻。美人既殒，好事者植素馨花于其墓畔，故以"素馨斜"为名。番禺屈翁山有一诗云："花田旧是内人斜，南汉风流此一家。千载香销珠海上，春魂犹作素馨花。"花田者，素馨斜之别称也。

影星吴素馨，亦嗜素馨成癖，是足与南汉美人后先辉映。花如解语，当深深致谢以酬知己矣。

《广东新语》云：当宴会酒酣，出素馨献客，闻寒香而醉醒。以挂帐中，虽盛夏能除炎热，枕簟为之生凉。谚曰："素馨辟暑。"又陈止斋《素馨说》云："香清而体白，郁郁盈盈，可掬可佩。"述花佳胜，殊可喜也。

素馨诗之可诵者，如杨慎云："金碧佳人堕马妆，鹧鸪林里斗芬芳。穿花贯缕盘香雪，曾把风流恼陆郎。"又林鸿云："素馨花发暗香飘，一朵斜簪近翠翘。宝马未归新月上，绿杨影里倚红桥。"

素馨宜焙茶，予曾在吴门沈子衡家品饮一过，觉清芬沁脾，令人意远，较诸寻常澹澹花、珠兰花者，不可同日而语。夏宜滋以"茶圣"名海上，未知亦有素馨所焙者否？似乎当备一格也。

晚香玉

晚香玉，茎高三四尺，根似雅蒜，茎狭长，互生，阔如韭叶，软而下垂，至梢渐短，在顶别成鳞形。茎腋发花，六瓣，色白无萼，暮开朝敛，香气颇烈。入夜，尤馥郁，故有是称，亦谓之"月下香"。

胆瓶中插晚香玉两三茎，香溢一室。而花容素艳，仿佛淡扫蛾眉之虢国夫人，最足动人遐想。

曩岁海上来一鼓娘，曰晚香玉，秀色明姿，称以绝艺，誉腾南国，我友尤半狂剧赏之。今时隔十有余年，不禁有青娥老去、芳讯久沉之感。

王西神爱晚香玉成癖，其《菊影楼话堕》有云："妆阁中晚香玉数盆，培种甚茂。花时玉朵琼英，攒芬透馥，必坐水晶帘底，于酒醒人静时，细细领略，香远益清，得未曾有。今楼中人去，露叶风苗，不知尚在尘世否？"又于秋平云室，折晚香玉插瓶，凌波罗袜，顾影生怜，调寄《绮罗香》以宠之云："雪艳描痕，云痴簇影，叶叶罗衣青剪。淡立亭亭，新睡起来还懒。似玉奴、花骨搓酥，比珠娘、粉肌无汗。伴黄昏、爇罢都梁，退红衫薄那时见。　　纱橱凉约细记，唤作素馨也称，蕊宫仙眷。莫是兰姨，沦滴上清幽怨。尽香薰、拜月眠迟，防露冷、踏波归晚。更怜他、碎摘南强，上头钗凤颤。"

向日葵

　　葵有多种，如蜀葵，色如牡丹。锦葵为绿肥红瘦时之绝妙点染。秋葵淡黄疏韵，俗呼侧金盏花。落葵为蔬类，一称胭脂菜。然未有若向日葵之特殊者。向日葵其种来自西域，一名西蕃葵，高六七尺。夏末秋初，茎端只开一花，瓣黄似蜡，大者径七八寸，厥形仿佛一盘，能随日光以移转。如日之东升，则花东向；正午日居中天，则花仰承直上；夕阳西下，葵亦西向以送之。或曰：无知之植物，尚且如此，无怪今世亲日媚日甚至降日附日者之多，为之一叹。

　　向日葵结子甚繁，状如蓖麻子而扁。撷取一花，获子可升许，除榨油外，又可炒熟佐食，即俗称香瓜子者是。江北窭户，大都植葵荫门，葵子既熟，筲篮盛之，唤卖于街头巷陌，数铜币可易取满握。剥而啖之，香腴松美，比诸西瓜子、南瓜子，别有风味。最好浴罢乘凉，与家人庭除闲坐，备香瓜子，谈仙说鬼，其乐可傲南面。

　　余姚戚饭牛先生有香瓜子癖，每日能啖香瓜子凡十数斤，遂有"香瓜子大王"之号。闻其操觚为谐著时，必须剥香瓜子以助文思，往往一稿既成，而香瓜子遗壳堆积如小丘，亦雅癖也。

社友范烟桥之尊人葵忱先生，颜其居曰向庐，所以取葵心向日之意也。星社雅集，常于向庐举行之。

昔贤咏叹葵花之什绝少，仅姚孝锡云："倾心知向日，布叶解承阴。"许衡云："绛脸有情争向日，锦苞无语细含风。"余不多见也。

牵 牛

偶过村舍，见篱落间蔓生牵牛，其时晨露未晞，花开殊盛，厥色浅碧，微带赪红，形似漏斗，别有一种野逸之致。烈日照灼，即渐萎损，其柔弱无异十七妙年华之女郎，不堪受任何折辱也。

《烬宫遗录》云："宫花旧无牵牛花，熹庙时，客氏自民间传入。其色青紫，如初出炉之银，亦称为炉银花。宫中音讹为露行花，后识为牵牛也。亦喜宫嫔戴之，后闻露行之名，谕尽除去。"牵牛掌故不多，此外绝鲜闻见也。

湘绮老人有《牵牛花赋》，传诵当时，一小序亦清丽旷逸，足为是花生色。爱录其序云："牵牛花者，蔓生蒙茸，不任盆盎之玩。待晓露而花，见朝日而蔫，虽无终朝之荣，而有连月之华。豪贵之士，将晡而起，终莫能睹也。湘绮楼前，往架植一丛。花时，侵晨对妇晓妆，乘露簪鬓，明丽清绝。盖名花五色，翠碧为绝。胎于初秋，应灵匹之期，故受名矣。又采花浸泉，为染姜梅，备尊俎之荐，案考图谱，长沙又谓之姜花是也。予去岁游京师，寓愍忠寺南寮，此花娟然杂于蔓草。今秋在祁门，军屯城西，荒垣旧井间，丛发万蕊，而赏心寂寥，莫无一顾。客居凉独，颇乏携手之观。弥思故园，知其孤秀，譬犹幽兰之芳，不谢于无人；茝楚之华，岂乐于无配也。嗟夫！自我不见，于今三年，虽非淮橘不迁之情，又怀汉柳今移之恨。物微感多，遂赋之云尔。"

胡石予师诗："牵牛已实苍藤瘁，螃蟹初肥霜节交。"按，牵牛实为球状，有蒂裹之，子圆而黑，俗称黑丑，有毒入药。

凤 仙

时序入秋，凤仙吐艳，庭前圃后，带露摇风，其色彩韵致，比诸小家碧玉，亦自有其动人处也。是卉为一年生草本，高尺余，叶如箭镞，花形宛似飞凤，首、翅、尾、足俱全，故名金凤。有单瓣，有重瓣，或大红，或浅绛，或深紫，更有白者、碧者、洒金者。若以五色种子同纳竹筒，则花开杂糅可喜，所谓五色凤仙者是。

凤仙多异名，曰菊婢，曰羽客，曰旱珍珠，曰小桃红。又宋避李后讳，改为好女儿花。而旧时闺阃中人，撷红花，去其白络，加入少许明矾，一同捣烂，用染指甲，因号指甲花。予早年喜作香奁体诗，有一绝云："红红白白画栏西，谁道秋来景色凄。戏捉檀奴绵样手，替他点上凤仙泥。"自欧风东渐，蔻丹流行，凤仙染指，已属落伍，无复举行之者矣。

凤仙有子，既老色黑，外有包壳，微动即裂，俗名急性子。庖人煮肉胾，着二三颗即烂。白花可浸酒，饮之调经，根可入药，无弃材也。

清季，鸳鸯湖畔江云岩，善画凤仙花，每一本值银一饼。人因呼之为江凤仙，云岩喜，镌章焉。

前辈丹砾先生尝谓："四时之花，凤仙最久，五月初开，九月中犹未尽也，连续可至百五十日。凤仙得以仙名，洵弗愧耳。顾其名退然常处于后，似不与他花竞名者，此又其所能仙耳。表而出之，不知世之喜栽植花卉者，对于朝荣夕瘁之艳，作何感想耳。"前辈之言，可谓先得我心。

昔人咏叹凤仙者，如晏殊云："九苞颜色春霞萃，丹穴威仪秀气攒。"杨维桢云："一点愁凝鹦鹉喙，十分春上牡丹芽。"又云："有时

（清）蒋廷锡《凤仙倒挂》

台北故宫博物院藏
石旁斜出凤仙花，引来蝴蝶探究竟。

漫托香腮想，疑是胭脂点玉颜。"而时彦许颂慈有《凤仙》一律云："飞来金凤堕墙东，幻作花身点缀工。生性不甘栖枳棘，分支偏喜傍梧桐。九苞文采迎眸炫，一抹胭脂入手融。雌伏何须怨迟暮，乘时好待羽毛丰。"亦工稳可诵也。

友人方子葆初，湘潭人。为述其家香邻小筑，有一木本凤仙，高一丈有余，花色殷红，一如草本，自秋孟至冬仲，历五月之久，花开不绝。结籽坚硬若铁，撒播他处，概不萌芽，故湘中无第二株也。葆初之父遂生公，吟诵之余，喜栽卉树，以灌溉芟薙为乐。某岁秋日，凤仙盛放，忽风雨交作，疾电下掣，一凤仙之茎，自根而斩，不之意。越日，茎又生苗，渐长渐高，居然草而干木矣。遂生公以为祥异，乃就其旁筑木凤仙馆，为舒啸宴乐之地。距今已十余年，一年一花，尚未萎悴云。

鸡　冠

"吴中称鸡冠、雁来红、十样锦之属，名秋色。秋深，杂彩烂然，俱堪点缀。然仅可植广庭，若幽窗多种，便觉芜杂。鸡冠有矮脚者，种亦奇。"此《长物志》之语也。

鸡冠一年生草，只数寸长，而花大如盘，可为盆供。其他又有一簇二色者，曰鸳鸯鸡冠。更有缨络鸡冠，则茸然如缨络，故名。花有红、紫、黄、绿、白五色，然以红者、紫者为多。花最耐久，霜后始蔫，的是秋篱隽物。

《曲园杂纂》："七月鸡冠花陈后主。"注云：考《枫窗小牍》，鸡冠花，汴中名洗手花。中元节，儿童唱卖以供其先，即古之玉树后庭花也。苏黄门诗云："后庭花草盛，怜汝系兴亡。"即咏鸡冠花。《碧鸡漫志》非之，然其云吴蜀有一种小鸡冠，高五六寸，目为后庭花，则仍与黄门诗合。《玉树后庭花》曲，系陈后主所作。风流亡国，词客怜焉。今以此当之，或者鸡口犹胜牛后乎。

予赁庑吴门时，荆人喜于庭除墙阴杂栽卉草，如秋海棠、

（清）张若霭《画高宗御笔秋花诗轴》

台北故宫博物院藏

亭台楼阁前，秋日的花园繁花一片，秋葵、菊花、凤仙、红蓼等，最为惹眼的还是那火红的鸡冠花。

凤仙、鸡冠花等。花时，摘败叶，剔害虫，培护甚殷。而鸡冠结子，细黑有光，与秋葵、凤仙、海棠者，大小相殊，即药物中之青箱子是，荆人均一一收贮钿盒中，留待明春播种焉。自来海上，讨生活于鸽笼中，无复有此闲情逸致矣。

鸡冠有一佳话，见《花史》，云："明解缙尝侍上侧，上命赋鸡冠花诗。缙曰：'鸡冠本是胭脂染。'上忽从袖出白鸡冠，云是白者。缙应声曰：'今日如何浅淡妆。只为五更贪报晓，至今戴却满头霜。'"其敏捷如此，不让陈思王七步豆萁也。

鸡冠佳什，如梅尧臣云："乃有秋花实，全如鸡帻丹。"百氏集云："雨余疑饮啄，风动欲飞鸣。"何栋如云："独立莓苔闲伴鹤，卑栖蘋藻静群鸥。"杨万里云："有时风动头相倚，似向阶前欲斗时。"作双关语，尤足耐人玩味也。

秋海棠

　　秋色中以秋海棠为最娇冶，或比诸倦妆美人，颇为神似。一名八月春，本矮而叶大，叶上密布红筋，如胭脂作界纹然，亦有绿筋者。花四出，色浅红，间有白、黄二色，尤为名贵。花将尽时，则朵结铃状，异常可爱。收子散于墙下，或盆盎中，明夏即苗发，入秋而繁荣矣。花谢子结后，若剪去其茎，根上浇以白糖水，来年叶稀而花巨。性畏寒，冬日霜雪，须以草覆其根，庶免冻损。

　　昔有女子怀人不至，泪洒于地，遂生秋海棠，色如妇面甚媚，名断肠花。见《采兰杂志》。是与西方之毋忘侬花，同为情天奇植。

　　淮南烈士周实丹，多情善为悱恻之辞。有棠隐女士者，慕实丹才，以遇人不淑，发愤呕血死。实丹倩人绘《秋棠图》以见意，并作《秋海棠》诗，先后数十叠。见者以为痴，实丹不顾也。

　　李笠翁尝谓秋海棠"较春花更媚。春花肖美人，秋花更肖美人；春花肖美人之已嫁者，秋花肖美人之待年者；春花肖美人之绰约可爱者，秋花肖美人之纤弱可怜者"。大可玩味。

曾见郭君景卢有《秋海棠》五绝，为花写照，弥复可喜，如云："亭亭弱质不禁风，一点寒灯寂寞红。花若也知怜玉意，托根故近宋墙东。""嫣红姹紫总飞烟，情到难时只自怜。无限娇羞无限憾，一帘风雨九秋天。""不与韶华斗颜色，偏留孤艳照寒枝。美人心事高人节，两样情怀一样痴。""是嗔是怨是情思，零落西风强自支。更有恼人魂梦处，五更残月酒醒时。""含情脉脉寄墙根，一幅鲛绡剩泪痕。个里有人谁识得，红楼深锁又黄昏。"

市上有出售海棠糕者，以面粉制之，实以糖馅，作四出形，以其类似秋海棠也，故名。然有撷秋海棠瓣，和以少许之面粉，于荤油中炙之，临啖蘸以糖霜，自饶佳味。据云，以白秋海棠为佳，红者较逊，盖微带涩苦也。

（清）邹一桂《秋海棠高宗御题轴》

台北故宫博物院藏
"不与春光争艳冶，却教秋圃擅风流"，说的就是这如倦妆美人般的秋海棠。

剪秋罗

秋花烂漫，不让春色，剪秋罗其一也。一名剪秋纱，又名汉宫秋，为多年生草本，叶似剪春罗，茎高二三尺，丛生细毛。仲秋着花，有白及深绛、浅红三色，瓣分数歧，尖峭可爱。花时甚久，秋尽犹开。性喜阴，春分后分栽，植于沃土，灌以清泉，不可曝于烈日中。若下子种，则将稻秧覆盖其上，以防暴雨。别有一种花作黄色者，曰剪金罗，亦殊艳茂，或谓皆萱花之附庸。

摘剪秋罗叶捣烂之，和以麻油，可以治癣。此友人许仲周为予道者，谓甚有效也。

维扬校书蒋茝香，性风雅，能诗词，喜与名流往来，而于诗词中辄露憔悴自伤之意。有《剪秋罗》一绝云："几丛零落夕阳中，冷蕊疏枝也自红。莫效轻罗作团扇，恐随汉苑弃秋风。"作楚楚可怜语，读之令人销魂无已。

桂　花

仲秋时节，丛桂着花。桂为常绿亚乔木，宜种庭院中。叶光泽而厚，凌寒不凋。一名梫，一名木樨，一名岩桂。诗词中所称之兰桂，即岩桂是。至若方药中之附桂，则别为肉桂，不同类也。花小而四出，香甜袭人。白色者曰银桂，黄者曰金桂，红者曰丹桂，又曰火桂。银桂、金桂，可制桂花糖浆，涂诸糕饼，留芬齿颊。丹桂香味较逊，且汁苦不能充食，然枝干不高，可为盆玩。或云，桂接石榴树，其花即成丹桂，不知确否？更有所谓紫桂，出永嘉。又桂子木樨，厥香无比，为桂中第一。

以花开次序而言，可分年桂、四季桂、月桂三种。年桂每年于秋时着花，亦有花后经旬而重开者，曰二桂。四季桂春荣夏茂，秋艳冬芳，发花凡四次。月桂按月蓓蕾。但四季桂、

（清）蒋廷锡《桂花轴》（局部）

台北故宫博物院藏

花虽小，但香气袭人，仲秋时节着花，中秋赏桂沏为节日佳事。

月桂培植綦难，故绝少见。

昔曾端伯以岩桂为仙友，张敏叔以桂为仙客。见《三余赘笔》。又《瓶史》："木樨以芙蓉为婢。"又《南部新书》："招贤寺僧植桂，香紫可爱，郡守白公号为紫阳花。"又《花史》："无瑕尝着素裳折桂……女伴折取簪髻，号无瑕玉花。"俱为桂之佳话。

我苏惠荫园以桂著。当着花时，氤氲金粟，林壑俱香。园中有桂苑、丛桂山庄，绕屋植桂，偃蹇连蜷，高三四寻，繁英细簇，虽竭目力而不得见，更疑天香自云外飘来也。一日予与慕莲同游，慕莲为之大乐。予曰："子慕莲而今忽慕桂，濂溪翁有知，当起而严辞斥责矣。"慕莲为之莞尔。

故庞檗子词人曾写桂花小帧贻桂姬，调寄《秋蕊香》以题之云："吹下半天香雾，霓袖惊寒傞舞。惺忪一笑人间去，三十六宫何处。　星星散作花无数，秋心苦，何如月里长生树，夜夜不知风露。"一时和章几成帙云。

科举时代，以登科为折桂，此指郤诜对策，自谓桂林一枝也。梁溪酒丐《三借庐笔谈》，记有郁姓仆，敏慧能诗。小主人好游荡，不喜读书。仆诗以劝之云："郎君莫爱闲花草，要折秋风桂子香。"为士林所传诵。

古有桂宫，乃陈后主为张丽华所建。宫在光昭殿后，作圆门如月，障以水晶，后庭设素罳罳。庭中空洞无他物，惟植一桂树。见《南部烟花记》。如此境地，仙乎仙乎，陈后主洵风流帝子哉。

《曲园杂纂》有《花神议》一种：八月桂花，为唐太宗贤妃徐氏，云本以嫦娥配之。然嫦娥乃常仪之误，实无其人，即俗说嫦娥为月仙，究不得即以为花神也。考《唐书》太宗徐贤妃传，八岁能文，父孝德，使拟《离骚》，《小山篇》，曰："仰幽岩而流盼，抚桂枝以凝想。"然则淮南丛桂，不得专美矣。

余杭山中多野桂，山氓植栗其间。栗熟绽，剥而啖之，自带桂花香气，称之曰桂花栗，的是隽物。

真如黄岳渊，栽花千万本，各类咸备。夏初杜鹃着花，承折柬邀赏，并谓园中桂亦繁茂，凡七十余种，此时想已发荣。惜予羁身尘俗，不克前往一观，否则霏金泫露，苞粟凝珠，徘徊其下，足以蠲遗世虑，亦一乐事也。

人之诞生，世俗往往以花序为题名。如诞生于正月者曰梅生，二月者曰杏生，即贤哲亦未能免俗。如烈士山阳周实丹，生于八月，小名桂生。实丹，即从桂字上着想而得也。

咏桂名句，美不胜收，略录一二，以为我文生色。如杨万里云："苔砌落深金布地，水沉蒸透粟堆盘。"范成大云："昨朝尚作茶枪瘦，今雨催成粟粒肥。"刘禹锡云："根留本土依江润，叶起寒棱映月开。"沈周云："高攀才子沾衣绿，争插佳人压鬓黄。"陆游云："重露湿香幽径晓，斜阳烘蕊小窗妍。"罗从彦云："风摇已认飘残菊，日照浑疑缀散金。"

据种植家言，桂须浇以猪秽，若移栽，宜于高阜半日半阴处。严冬以腊雪壅其根，则来年不灌自茂。如木生蛀，取芝麻梗悬诸树间，自收杀虫之功云。

菊　花

"菊有黄华"，载诸《月令》。盖菊以黄色者为夥，据云凡五十四种。浅黄者为御袍黄，深黄赤心者曰金孔雀，外浅内深而香烈者曰龙脑，重蜜色者曰绣芙蓉，花朵小而并蒂者曰鸳鸯金。他如太真黄、莺乳黄、鹅儿黄、报君知、赤金盘、二色玛瑙等，皆名种也。

"吴中菊盛时，好事家必取数百本，五色相间，高下次列，以供赏玩，此以夸富贵容则可。若真能赏花者，必觅异种，用古盆盎植一枝两枝，茎挺而秀，叶密而肥，至花发时，置几榻间，坐卧把玩，乃为得花之性情。甘菊惟荡口有一种，枝曲如偃盖、花密如铺锦者，最奇，余仅可收花以供服食。野菊宜着篱落间。种菊有六要二防之法，谓胎养、土宜、扶植、雨旸、修葺、灌溉、防虫及雀作窠时，必来摘叶。此皆园丁所宜知，又非吾辈事也。至如瓦料盆及合两瓦为盆者，不如无花为愈矣。"见《长物志》。其说颇隽永有理，录之以告世之有渊明癖者。

或有评菊者曰：按诸旧时《菊谱》，凡一百五十三品，然以钩为上，带若针次之，毛又次之，至于瓣则自郐以下矣。

有名菊而实非菊者，如蓝菊、万寿菊、僧鞋菊、西番菊、扶桑菊、双鸾菊、孩儿菊，然皆脆弱不足傲霜，纯盗虚声而已。

闻诸园艺家云，培兰最难，栽菊亦不易。菊苗于清明、谷雨之间，必须分种，壅以沃土。性喜阴燥，不可多见日光。若水多则有虫伤湿烂之患。小满时，每日须捉剪头虫，虫赭首而体黝黑，在辰、巳二时，专啮菊头，如被并剪然，故名。又有黑色小虫名菊虎者，亦足害菊，菊遭咬过，其头见日即垂垂不振。宜于咬伤处去寸许即摘去，否则全株萎损，不可救药。更有细蚁，侵蛀菊本，须用鱼腥水洒其叶，或浇土，自除。至若象虫，色青，蠕蠕叶上，不易辨别，此虫喜蚀叶，当寻其穴，以针刺杀之。蚱蜢亦喜以叶为食料，非捉去不可。

菊苗长尺许，则以细竹扶植之，俾正直苗发，不受风折。叶不可沾泥，沾泥即瘁，如雨溅泥污，即以清水涤净。四月中摘去其头，令其分长歧出，总之每本三四头，肥大者至五六头，多则摘去。夏至时，粪壅须浓厚，至结蕊，尚须五日一浇，及着花始已。或有力不足者，以硫黄水浇根，经夜即怒发。至于佳种难得，可用扦接法。扦接大概在五月间，不可一日无水，并不可见日，便易活。花残后，留老本寸许，以穰草盖护之，不受霜欺雪虐，待至来春，苗自蓬勃有生意矣。花铺中有一盎只一茎，一茎只一花，不留其他枝叶者，称之为日本种菊法，实则我国旧时已有之，谓之剔蕊者是也。

有紫茎单叶、开黄白小花、气味甘芳者，曰茶菊。虽不足观，然可入药笼，或以泡茶，饮之清入腑脾，亦佳物也。

菊为逸品，枝贵疏而劲直，花贵稀而硕大。海上花匠，往往有荟集许多花蕊，札成一环状者，最为俗不可耐，渊明有知，定必呵斥。北里中有设筵于菊丛者，称之为菊花山，红粉成行，侑觞嬉笑于黄花掩映中，王孙公子及时行乐，年来百业萧条，此风亦渐替矣。

菊在百花中占最高品秩。而诸烈士，同瘗英魂于黄花岗，尤饶革命色彩。南社胡寄尘氏因提倡以菊为国花，有识者莫不称其允当。

徐仲可《康居笔记》云："初白后红之花曰锦带花，与忍冬同科。丁卯秋，康居庭园之菊，亦初白后红，邻杨氏之园丁见之，诧为特奇，乞种以去。"

菊古作"鞠"。予本姓鞠，以出嗣外家，遂从外家郑姓。曩岁曾倩黎里拊焦桐馆主蔡观雕治一印，曰"人澹似菊"，聊以寓意。而成语之"梅魂菊影"四字，亦殊暗合，蒙韬甫镌章见赠，殊可感也。

秋晚，藏菊于去瓤之老冬瓜中，再以桑皮纸密封，则可保存至来春，即有艳菊可赏。

菊可以酿酒，见《西京杂记》："菊花舒时，并采茎叶，杂黍米酿之，至来年九月九日始熟，就饮焉，故谓之菊花酒。"菊可以为糕，见《乾淳岁时记》："重九，都人各以菊糕为馈。缀以榴颗，标以彩旗，及糜栗为屑，合以蜂蜜，以为果饵。"菊又可以制枕，见《澄怀录》："秋采甘菊花，贮以布囊，作枕用，能清头目，去邪秽。"

史正志《菊谱》，菊"以黄为正"，然白者亦多佳品，如白佛头、玉玲珑、白牡丹、白木香、酴醾白、玉蝴蝶、劈破玉、水晶球、叠雪罗等皆是。红者，有大红袍、锦荔枝、娇容变、太真红、一捻红、海棠春、火炼金、晚香红、赛芙蓉等。紫者，有腰金紫、葡萄紫、鸡冠紫、紫雀舌、紫霞觞、紫袍金带等。品名之多，不亚于牡丹、兰草也。

蚯蚓地蚕，能伤菊根，须以石灰水灌之。虫死，则速将河水频浇，以解灰毒。

《癸辛杂识》载：思陵朝，掖庭有菊夫人，善歌舞，号菊部头，既而称疾告归。宦者陈源以厚礼聘之，蓄于西湖之适安园。一日，德寿按《梁州曲》舞不称旨，提举官关礼奏曰："此事非菊部头不可。"遂令宣唤，再入九禁，陈感怆成疾。有某士演而为曲，名曰《菊花新》以献之。陈大喜，酬以田宅金帛甚厚，其谱则教坊都管王公谨所度也。陈每闻歌咏，泪下不胜情，未几物故。《齐东野语》亦载此事，惟语焉不详，录此以为谈助。

俗呼农历九月为菊月，盖其时菊正怒花也。实则此称甚古，陆机《纂要》云："九月亦名菊月。"

张宛邱呼凤仙为菊之婢。治蔷、日精、帝女花、节花，皆为菊之别名。

梨园有女伶粉菊花者，为武旦中之翘楚，红氍毹上，名噪一时。兹则青娥老去，容态已非，无复曩年之风采矣。

古人之宠赞菊花者，无过于钟会，谓菊有五美焉："圆花高悬，准天极也；纯黄不杂，后土色也；早植晚登，君子德也；冒霜吐颖，象劲直也；流中体轻，神仙食也。"

　　旧时都下宴客，往往以白菊花和入鱼羹，味甚鲜美，名曰菊花羹。徐筱云侍郎尝有句咏之云："分来异种应添谱，餐到秋英可作羹。"如此隽物，惜无口福以尝之。

　　吴中老画师顾仲华，艺菊有心得，未蓓蕾时，已能辨其花之何色何种，甚至撷叶搓烂，一嗅之余，亦能断定其孰紫孰黄、孰贱孰贵，洵极艺圃之能事已。程小青曾师事之。

　　任味知爱菊成癖，四方物色，不惜巨金罗致。最饶别致者，为锦心绣口，花瓣阔大，中心绿色，以电火映之，则见花瓣有绿丝缕缕，由深而淡，似春兰然。其他若柳线金、饶虎须，皆臻菊之极变也。

　　《陶庵梦忆》云："兖州张氏期余看菊，去城五里，余至其园，尽其所为园者而折旋之，又尽其所不尽为园者而周旋之，绝不见一菊，异之。移时，主人导至一苍莽空地，有苇厂三间，肃余入，遍观之，不敢以菊言，真菊海也。厂三面，砌坛三层，以菊之高下高下之。花大如瓷瓯，无不球，无不甲，无不金银荷花瓣。色鲜艳，异凡本，而翠叶层层，无一叶早脱者。此是天道，是土力，是人工，缺一不可焉。兖州缙绅家，风气袭王府，赏菊之日，其桌、其炕、其灯、其炉、其盘、其盒、其盆盎、其肴器、其杯盘大觥、其壶、其帏、其褥、其酒、其面食、其衣服花样，无不菊者。夜烧烛照之，蒸蒸烘染，较日色更浮出数层。席散，撤苇帘以受繁露。"

真如黄岳渊，治园圃有年，园中菊以千种计，折束邀赏。是日适霏微而雨，予乃冒雨前往。同游者以丹青家为多，如沈心海、谢闲鸥、孙味薖诸子，而味薖尤善品评。谓择菊有四字诀："一为光，其晔然鲜艳自开至落不变也。二为生，其枝茎挺秀始终不垂丧也。三为奇，其须瓣泽采矫然出众也。四为品，其标格天然自有一种神韵也。具斯四者，庶为佳花。"其时雨已稍止，乃由主人循径导观，然泥泞黏足，步履为蹇，而芳芳菲菲，触目皆是。菊之最名贵者，为十丈珠帘，色皎然而白，瓣细下弹，长可一尺，所谓十丈者，夸辞也。有墨菊，乃深紫近于墨耳。别有白菊似极寻常之物，味薖曰："此非梨香菊乎？"主人曰然。试以掌覆之，就鼻嗅领，居然作甜香，一若曾掬梨在手然者。据云，是菊出于大内，慈禧太后以赐张大帅勋，张之园丁，分种出让，遂得流传于外。其他如绿荷作浅绿色，巨大逾恒，亦殊可喜。主人曰："旧法艺菊，只知扦插，扦插者，绝鲜变化，不若今之撒子栽植者，岁得一二新颖佳种也。"

曩岁购物于某公司，时适九秋，黄花蓓蕾，公司即以盆菊为赠品，坼金裁雪，照灼盈眼，予得两盆，然以距家太远，携带殊觉累赘，但弃之又未免可惜，踌躇良久，忽忆及钱子化佛设艺乘社于三马路，遂转贻之。元杂剧有"借花献佛"语，本属比喻，不料予竟实行其事，思之失笑。

临海许秀山布衣保，喜种花，尤爱兰菊，菊种多至百余。每至花时，五色缤纷。先君子恒从乞种，因书联以赠云："啖淡饭，着粗衣，眷属团圆终岁乐；伴幽兰，对佳菊，花枝烂漫满庭芳。"载陆以湉之《冷庐杂识》。如此生活，予甚羡之，虽欲望非奢，然不知何日始得偿愿耳。

民十二年癸亥季秋，金山高吹万丈，为其哲嗣君湘纳妇金静芳。时菊花盈庭，越日宴新妇饮酒赏花，家人咸集，丈以杜牧诗"菊花须插满头归"句，分韵赋诗。长媳严绣红得"菊"字，静芳得"花"字，季君君宾得"须"字，女甥即君宾之聘妻姚盟梅得"插"字，夫人顾婉娟得"满"字，长君介子得"头"字，丈自得"归"字。而又以杜句成五古、七绝、七律、七古，并同人之和章汇梓之，颜曰《黄华集》。一门风雅，世所罕见，蒙丈邮赐一册，至今犹存箧衍中。

(清) 黄山寿《菊石延年图》

王紫诠之《瀛壖杂志》，记数十年前之海上花事，足资考证。如云："沪人都不好事，弗解莳花，而艺菊者绝少，重九登高，持螯对酒，醉后不能簪菊归来，深为恨事。余昔侨居北关潘舍时，每岁值菊船至，必购异种，花时环列几案间，凉灯欲㸑，新月如珪，殊觉瘦影萧疏，分外逸致，惜其近市地狭，不能自植。壬子秋，沪人葺绿荫堂而新之，萃菊数百本为菊花会，佳者殊鲜。所集之人率皆市侩，罗腥膻，杂丝肉，以夸宴赏，渊明有知，定当捧腹。"又云："菊花会多在九月中旬，近或设于萃秀堂门外。瘦石疏苔，曲廊小榭，已觉萧然有秋意。绕湖石折而东北，境地开朗，遥见菊已婆娑，毕呈眼底。循回栏而入，则万卉齐花，高低疏密，罗列堂前，棐几湘帘，瓷盆竹格，无不尽态极妍，争奇斗胜。所有之花，先经识者品评，第其甲乙。凡区为三种：一曰新巧，二曰高贵，三曰珍异。名目之繁，不可胜记。盆盎皆标列艺菊主人别字，殊令观者神飞心醉。微风偶拂，清香徐来。如此盛集，亦足以点缀秋光矣。"

予尝闻园艺家有能诗者，其人金姓行二，种菊有特长，扬州人，后迁于阜宁，阜宁绅士家争迎之。凡经其手植者，咸茂美无比。或劝之设花圃，不愿，曰："我奔走各家，但劳我力，而不瘁我心也。"一家并妻女为三人，十余年后，居然买屋三楹，有园地一方，以艺菜蔬。或又劝之现可设花圃，屋不须租，园地亦足以树艺，则曰："我无子，女嫁后，即无人助理也。"又数年女嫁，夫妇年高，亦不复为黄华忙矣。招之去者，悉以其术授人，不吝也。阜宁固风雅薮，金二楚楚通文辞，亦学为吟咏，惟不肯示人。有曾见其稿者，谓率多俚俗语，大类竹枝词也，惟有两句云"年年忙到花开日，一醉篱边笑口开"，为士林所传诵。

雁来红

雁来红有"秋色"之号，其点缀商飙、风流占断可知。为一年生草，一名老少年。宜植于庭园间。高二尺余，茎叶类鸡冠。及秋深序晚，则脚叶深紫，而顶叶赪红。亦有全紫者，又有红绿相间殊悦人目者。《徐园秋花谱》云：叶全红者，名雁来红。红绿相间者，名十样锦。《群芳谱》称之为锦西风，盖十样锦与锦西风，一种异名也。其他更有于雁来之时，近根处叶绿，而顶叶纯黄，其黄也光泽异常，非老叶萎悴者可比，则为雁来黄。均可收子下种。春分后当以灰覆其上，以免蚁食。苗既苗生，壅以鸡粪，以细竹竿扶植之，恐茎弱易被风雨摧折也。

《蓉塘诗话》载无锡周子羽《雁来红》诗云："翔雁南来塞草秋，未霜红叶已先愁。绿珠宴罢归金谷，七尺珊瑚夜不收。"后京师达官有画此者，遍求品题，无切咏者，一士人题曰："汉使传书托便鸿，上林一箭堕西风。至今血染阶前草，一度秋来一度红。"为压卷云。

古人诗什，绝少咏及雁来红者，尝见时贤许颂慈有一律云："借叶为花色倍娇，紫红相间笔难描。小桃依旧如人面，衰柳从新斗舞腰。庾信文章增绚烂，徐娘丰致逞妖韶。秋光更比春光好，庭草经霜未肯凋。"对仗绝工丽，不易着笔也。

芙　蓉

　　"艳粉发妆朝日丽，湿红浮影晚波清。"此范石湖咏芙蓉之什也。当兹孟冬时节，烂漫花开，其傲气拒霜，殊不减于东篱佳话已。

　　芙蓉为落叶灌木，干高四五尺，叶掌状浅裂，柄长互生。秋半开花，有红、白、黄等色，白最后开。又有换色者，一日白，二日浅红，三日黄，四日深红，更为名贵。莲花亦称芙蓉。《离骚》："集芙蓉以为裳。"释皎然《诗式》："谢诗如芙蓉出水。"则皆指莲而言。故芙蓉又称木莲，亦名木芙蓉以别之。

　　撷芙蓉若干朵，盛盆而以水浸之，自成黏汁，可以润发，为旧时闺阁中用品，盖其功效胜于刨花也。

　　世俗喜用吉祥名辞，不获，辄以谐声者代之。于是芙蓉之"蓉"，一变而为荣华之"荣"字。丹青家迎合世俗心理，有绘芙蓉及白头翁（鸟名）者，往往题之为"一路荣华到白头"，所以为婚娶佳兆也。

鸣禽中有以芙蓉为名者，状如雀，羽色黄，翼浅黄微白，纤洁可爱，人多饲畜之。

温州芙蓉，高与梧桐等。八月杪即放花，九月特盛。最妙者名醉芙蓉，晨起白色，午后淡红，晚间则变为深红，产于瓯江一带，瓯江因此又名芙蓉江。

古人之以芙蓉为点缀者，《成都记》：孟后主时，成都城上遍种芙蓉。每至秋，四十里锦绣高下，名锦城。以花染缯为帐，名芙蓉帐。杜甫《乐游园歌》："青春波浪芙蓉园，白日雷霆夹城仗。"注：园本古曲江，文帝改其名，以其水盛而芙蓉富也。

《长物志》云："芙蓉，宜植池岸，临水为佳。若他处植之，绝无丰致。有以靛纸蘸花蕊上，仍裹其尖，花开碧色，以为佳，此甚无谓。"

莲幕，一称芙蓉幕。独孤授《清簟赋》："入芙蓉之幕，焕以相鲜。"小裤，名芙蓉衫。见《方言》。

江山渊曩曾撰一长篇说部，曰《芙蓉剑》，颇脍炙人口，奈予未尝寓目，不知其叙述何事也。

（清）马荃《白头荣贵图》

天津博物馆藏
桂花盛开，枝头伫立一对白头翁，树下芙蓉花开，寓意"白头荣贵"。

芦 花

陂塘秋老，景色萧然，惟此成丛芦花，一白似雪，摇曳生姿，最足发诗人之感想而付诸咏叹。《葩经》之所谓"蒹葭苍苍"者，即芦之类也。

芦为多年生草，生于水泽，茎高丈许，中虚有节，无枝，叶细长而尖，开细花甚繁密。茎可以制帘，简朴合于高士之居，故往往以芦帘、纸阁并称。或用为薪。萌芽可食，即芦笋是。

芦草子实上所生之细毛，茸白如絮，望之极似花穗。俗多误芦絮为芦花，可以实枕，村氓更有取以制为靴者，然终不及绵絮之暖，此古孝子闵子骞所以有芦衣故事也。

余杭西溪，以芦著闻全国，建有秋雪庵。夹岸霏花，有似玉戏，月色照之，最为幽旷。

雁喜宿芦中，故丹青家辄以二物点缀尺幅，尤以边寿民所绘，名重艺苑。

芦莩候气，见《礼记·疏》："吹灰者，谓作十二律管，于室中四时位上埋之，取芦莩烧之作灰，而实之律管中，以罗縠覆之，气至则吹灰动縠矣。"

（清）边寿民《芦雁图册·蓉渚修翎》

上海博物馆藏

山　茶

篱菊既残，山茶始放。在此仲冬天气，正宜对此嘉葩，岁寒共话。盖山茶繁艳淡香，花时甚久，自十月起至明年二三月方歇。故陆游诗云："雪里开花到春晚，世间耐久孰如君。"又曾裘甫诗云："惟有山茶殊耐久，独能深月占春风。"盖以此也。山茶一名曼陀罗，树高一二丈，产南方各省，云南尤著名。《滇中茶花记》："茶花最甲海内。种数七十有二。一望若火齐云锦，烁日蒸霞。"叶如木樨，稍厚而硬，面深绿，光滑，背浅绿，经冬不凋。以其类茶，又可作饮，故得茶名。又称玉茗花。花有单瓣、重瓣，红、白、斑数色，皆美艳。其树通常盆栽者，不过高二三尺，性喜阴燥，不宜太肥，春间腊月，皆可移种，以单叶接千叶，则花盛而树久。

山茶，据我所知，凡十有余种。曰玛瑙茶，红黄色，白粉为心，大红为盘，产自温州。曰鹤顶红，产滇中。曰宝珠茶，千叶攒簇，殷红若丹砂，出苏、杭。曰焦萼白，花白，九月开，甚香。曰杨妃茶，单叶，花开最早，作粉霞色。曰石榴茶，中有碎心。曰梅榴茶，青蒂而小花。曰真珠茶，色淡红。曰串珠茶，亦淡红。曰踯躅茶，色深红，如杜鹃。曰晚山茶，二月方开。曰南山茶，出广州，叶有毛，实大如拳。曰照殿红，叶大而红。曰茉莉茶，色纯白，一名白菱，开久而繁。其他尚有正宫粉、磬口茶、一捻红等。至于"浅为玉茗深都胜，大曰山茶小海红"，名色綦多也。

古人诗词，宠山茶者多。如苏轼云："游蜂掠尽粉丝黄，落蕊犹收蜜露香。"郝经云："丹霞皴月雕红玉，香雾凝春剪绛绡。"谢薖云："素质定欺云液白，浅妆羞退鹤翎红。"马祖常云："千枝蜡炬烧春夜，羯鼓催花打六么。"王安中云："绿裁犀甲层层叶，红染猩唇艳艳花。"王十朋云："莺声老后移虽晚，鹤顶丹时看始嘉。"范成大云："折得瑶华付与谁？人间铅粉弄妆迟。"刘克庄云："性晚每经寒始坼，色深却爱日微烘。"

名士汪燕庭，家我苏茶磨山，山茶甚茂。答友人诗："来函问我家何处，门外山茶一树红。"雅隽为人传诵。

故琴南翁译有《茶花女遗事》，传诵一时。我友吴东园先生为作《法京巴黎茶花女史马克格尼尔行》一章，有句云："至今青冢埋香骨，一片山茶湿冷红。"惜篇长不克全录。

吴中拙政园，清初为海宁陈相国之遴别业。园中有宝珠山茶三四株，交枝连理，巨丽鲜妍，吴梅村有长歌以咏之。至今花早菀折，其香洲屏门间，犹镌有南皮张枢所书之祭酒诗，聊以点缀而已。

杨瑀《山居新话》云："余外祖英德路治中冯公（世安）

园中茶花一本，其花瓣颜色十三等，固虽出人
为，亦可谓善夺造化之功者。"

《庚己编》纪有鹦鹉山茶之异云："正德
己巳春，与数友游青山。入寺，僧房庭中，
山茶盛开。僧出一花示客，其状宛如一鹦鹉，
二瓣左右互掩为翼，二瓣合为腹，二须垂为
足，而蒂横生为头，两旁复有黑点如目焉。"

蜡　梅

岁寒清伴，蜡梅与水仙、天竹尚已。蜡梅，落叶灌木，树不甚大，叶作长圆形，花黄色，蒂紫，瓣似捻蜡所成。《学圃余疏》云：蜡梅本名黄梅，故王安国尚有咏黄梅诗。至元祐间，苏东坡、黄山谷始命为蜡梅。《梅谱》云：蜡梅本非梅类，以其与梅同时而香，故名。

蜡梅又号素儿，见《宾朋宴语》。王直方父家多侍儿，而小鬟素儿尤妍丽。王尝以蜡梅花送晁无咎，无咎以诗谢之曰："芳菲意浅姿容淡，忆得素儿如此梅。"其事绝艳韵。其他更有寒客、久客之名，见《三柳轩杂识》：姚氏《丛语》以蜡梅为寒客，今改久客。

蜡梅凡多种，一曰磬口，虽盛开亦半含，瓶供一枝，清芬盈室，出河南，香、色、形皆第一。一曰荷花，出松江，瓣圆，品次之。一曰九英，以子种出，未经接过者也，名狗蝇，后讹为九英，花小而香淡，品最下。别有特种，开最先、色深黄、名檀香梅者尤佳。折枝插瓶，以鲜鱼汁养之，可以耐久。其香宜远闻，不宜近嗅，近嗅之易使人头痛，盖其气殊烈也。

昔贤咏蜡梅诗什，美不胜收，略取一二，以实我话。高荷云："只恐春风有机事，夜来开破几丸书。"谢翱云："蜜房做就花枝色，留得寒蜂宿不归。"耶律楚材云："枝横碧玉天然瘦，蕾破黄金分外香。"范成大云："金雀钗头金蛱蝶，春风传得旧宫妆。"陈与义云："只愁繁香欺定力，薰我欲醉须人扶。"尤袤云："浑金璞玉争多少，要与江梅作近亲。"又有锡蜡梅以一品九命，及蜡梅以水仙为婢，菊分颜色，梅分风韵者，其宠喜可谓至矣。

　　女明星陈玉梅，爱蜡梅成癖，每届花时，几案闺阃间，触目皆蜡梅，人因戏改其名为陈蜡梅，影界传为笑柄。

　　余曩在吴门，赁庑同学袁缵之家，庭院间有蜡梅一株，冬末春初，发花繁密。其时予任学校教务，寒假在家，终日以执卷吟哦为乐，而蜡梅飘香，溢于几席，益觉心脾俱清，不复忆人世间尚有宠辱事。今时隔多年，环境大变，在此岁暮天寒，不知此一树蜡梅，着花未也，为之梦寐系之。

(清)邹一桂《蜡梅天竺山茶图》
台北故宫博物院藏

水 仙

凌波微步，罗袜生尘，侔诸名花，厥维北窗下之一盎水仙，差足得其仿佛，然则水仙亦尤物矣哉。

岁暮天寒，花事衰落，纸阁芦帘间，绝少可以点缀者。而玉盎中蓄水仙一丛，佐以雨花台文石，杜门却扫，镇日读书吟啸其中，直堪鄙视党家之徒解销金帐底，浅斟低唱，进羊羔美酒也。

水仙一名金盏银台，为多年生草。叶细长似萱，叶中抽出一茎，茎顶数蕊，分有层次，逐渐开白花，厥心灿黄，清芬袭人，仿佛带有六朝烟水气者。其地下茎块状若蒜头，外有赤皮裹之，有毒，闻可治痈肿。有单叶、千叶二种，千叶者名玉玲珑，花作皱襞，下青黄而上淡白，以其难得，人多重之。栽培须以沃壤，按月施肥，则将来开花自盛。若置宿根于肥土内，亦得苗发，但叶长花短，不甚可观耳。至旧历十一月间，以木盆列排其根，稍取沙石实其隙，时以微水润之，日曝夜藏，不再着土。如不起土，则遮护宜密，不使遇霜雪。凡起种须用竹扦，若犯铁器，则永不蓓蕾。寻常花木，

(清)陈书《岁朝丽景轴》

古梅、奇石、天竺、山茶、百合、柿子、灵芝、苹果,当然还有水仙,美好的寓意都在其中了——"天仙拱寿""百事如意""平安如意"。

最忌咸水,惟梅与水仙,却以咸水为宜,斯亦奇矣。

明人文震亨撰《长物志》,其品评水仙云:水仙花高叶短,冬月宜多植。"但其性不耐寒,取极佳者,移盆盎,置几案间。次者杂植松竹之下,或古梅奇石间更雅。"六朝人呼为雅蒜。

水仙多韵事。如《花史》:宋杨仲囦自萧山致水仙一二百本,以古铜洗艺之,作《水仙赋》。水仙又多奇闻。《学圃余疏》:枸楼国有水仙树,树腹中有水,谓之水浆,饮之七日醉。《内观日疏》:姚姥住长离桥,十一月夜半，梦观星坠地，化为水仙，花甚香美，摘而食之，既觉生一女，长而令淑能文，因以名焉。所观星即女史星，故今水仙花名女史花。谢公梦仙女畀水仙花一束，明日生谢夫人，长而聪慧，能吟咏。

曩至茶圣夏宜滋家，宜滋以古瓷盏进茗，饮之厚留舌本，而微挟水仙之香。询之，果以是花伴茗，洵雅人深致也。

水仙所植之盎，普通者大多为长方形。然是形只可植一株，不若圆形较大之盎，能若干株并列其中，四面见花，尤为繁艳。水仙古人亦多爱崇之。如高观国词，与素兰而为友。黄庭坚诗，呼梅花以为兄。而杨诚斋更爱千叶者，以千叶为真水仙，皆水仙知己也。

古人咏叹水仙，颇多佳句。如林洪云："翠带拖云舞，金卮照雪斟。"王谷祥云："仙卉发琼英，娟娟不染尘。"刘克庄云："不许淤泥侵皓素，全凭风露发幽妍。"梁辰鱼云："瑶坛夜静黄冠湿，小洞秋深玉佩凉。"屠隆云："萧疏冷艳冰绡薄，绰约风鬟露气多。"姜特立云："清香自信高群品，故与江梅相并时。"陈旅云："水香露影空清处，留得当年解佩人。"孙齐之云："乍向月中看素影，却疑波上步灵妃。"贡师泰云："龙宫自与尘凡隔，别有铢衣白玉冠。"

水仙别名綦多，上述者外，尚有姚女花、玉霄、俪兰等称。而《瓶史》"水仙神骨清绝，织女之梁玉清也"，比拟尤妙。

《拾遗记》以屈原为水仙，《越绝书》以子胥为水仙。水乎水乎，仙哉仙哉，人之与物，二而一一而二者矣。

我友马万里，以《开天遗事》有明皇赐虢国夫人红水仙十二盆故事，乃调弄胭脂，绘红水仙十有二帧，因颜其斋曰"十二红水仙花室"。

水仙有夷种者，花繁而浓艳，王西神蓄诸于秋平云室，品题之为逸品与妙品。逸品凡三种：一绿萼仙，白色重薹，微带浅绿，花中最珍异之品也；二紫云囊，花外缘为浅紫色，瓣之中心，则坟起作深紫色，深浅分明，益形葱蒨，名曰云囊，昭其实也；三红砂钵，红色花瓣四周，有深红色之细点，如碎蘸胭脂，雅丽无匹。妙品亦三种：一鸳鸯锦，白色重薹，每瓣中心有深红一线，中分到底者；二西施舌，白色重薹，花瓣似雪，中心有红须数根，如点燕支，如染红叶；三翠镶玉，粉红色重薹，每一花瓣之端，有绿色之缘，不啻美人头上之簪也。牒谱花城，盟留香国，洵雅人韵事已。

昔人种水仙诀云："五月不在土，六月不在房。栽向东篱下，花开久且芳。"盖仲夏掘起，以童溺浸二宿后晒干，至季夏悬近灶房暖处，八、九月以豚粪拌土壅之，种于篱下也。供置之法，亦宜向阳光，则花蕊怒放，香逾旬日。

客有告予者，水仙单瓣高逸，双瓣繁艳，采购时有简法以甄别之。法以手指轻捏苞头，坚硬者则花发为双瓣，反是则为单瓣。其实单瓣为水仙之正花，产于闽中者多，浙之萧山次之。

虎　刺

天寒少卉木，可供玩赏者，蜡梅、水仙、天竹而外，尚有虎刺。虎刺一名虎茨，又号寿庭木，为常绿多年生草，状如小灌木，生于苏、杭、萧山等山中阴地。叶绿而有光泽，上有小刺，夏开细白花，花开时子犹未落，花落后复结子，红如珊瑚，为一种浆果，然性坚，虽严冬冰雪不能摧败。本不易长，高者亦只二三尺。宜用山泥，忌粪水并人口中热气相冲。浇以冷茶汁，则自然蕃茂。可分栽盆中，以补冬景之不足。

虎刺以叶叠数十层，每盆十余小株成林者为贵，玩之令人忘餐。更须古雅之盆，奇峭之石为佐，架以朱几，方惬心赏。

近来园艺家，往往集多种卉木，合为一盆景者，如古梅干下，累石一拳，石畔虎刺成丛，极高短疏密之致者，供诸书斋，最为雅致。

迎 春

　　迎春，为小灌木，高数尺，茎上部纤细，延长如蔓，因名腰金带。花淡黄色，六瓣，形如瑞香，不结实，先花后叶，对节生小枝，一枝三叶，柔条婀娜，花繁且韵。分栽宜于二月中旬，须用持牲水浇灌。又辛夷旧亦名迎春。

　　咏迎春花诗不多见。晏殊云："浅艳侔莺羽，纤条结兔丝。"白居易云："金英翠萼带春寒，黄色花中有几般。"韩琦云："迎得春来非自足，百花千卉共芬芳。"盖迎春于花中较为冷僻也。

（清）董诰《二十四番花信风图·迎春》
台北故宫博物院藏

象牙红

　　象牙红，西俗圣诞之点缀品也。此类植物，为我国《群芳谱》《花镜》所不载，盖来自美利坚国。兹日本亦以最新颖之法栽种之。据云，美国者未免落叶，日本者能持久不凋。高三四尺，堪作盆玩，叶碧而微有红络，顶上则殷然纯赤，与圣诞老人之绛氅，同其绚烂，其殆雁来红之异种欤？

柳

清明三候柳花

(清)董诰《二十四番花信风图·柳花》

台北故宫博物院藏

漏泄春光，柳条是属。柳为落叶乔木，高三四丈。枝细长下垂，去其皮可编器者，如筐筥之属。叶狭长，暮春柳花黄蕊，其种子上带有丛毛，随风堕落，茸散如絮，故称柳絮。柳絮中含水分甚多，凡着裘毛易生蛀虫，入池沼即化浮萍。但柳絮飞时至短，前辈陈蝶仙因有"柳絮飞三日，桃花落一春"之句。旧与杨合称，惟柳枝下垂，杨枝上挺，此其别耳。

《长物志》云：柳须临水种之，柔枝拂水，弄绿搓黄，大有逸致。西湖柳亦佳，惟涉脂粉气。

微风摇柳，自具朦胧云烟之意。且莺之啼，蝉之吟，皆于柳为宜。最妙于柳荫堤畔，舣一小船，船上为十七年华之村娃，青帕幂首，丰姿娟娟，此境此情，惟费晓楼画中有之，殊令人魂销意远也。

柽柳为柳之别种，一名观音柳，干不甚大，枝绝柔弱，叶细如丝缕，婀娜可爱。一年作三次花，色粉红，厥形如蓼，花遇雨即开，宜植诸池边，叶经霜不落，春时扦插，甚易活也。

《涌幢小品》云："蜀地杨柳多寄生，状类冬青，亦似紫藤，经冬不凋。春夏之间作紫花，散落满地。冬月之望，杂百树中，荣枯各异。"

予二十年不至西湖，犹忆某岁游杭，时苏、白二堤，泥径绝窄狭，无车马之喧。与二三学友，缓步"柳浪闻莺"胜处，柳丝结翠，垂阴似幄，静候黄鹂，偶然作一二好音，浏亮足砭俗耳。逸致闲情，此生不复再得，思之思之，系诸梦寐已。

但杜宇自白下归，示其所摄之莫愁湖水榭景迹，槛外柳丝交萦，含烟惹雾，衬以一片空蒙，回清倒影，自有一种不可名状之妙。予曰："若于盛夏之晚，浴罢偶临其地，独坐无言，凉风飒至，人在画里，无复尘心，其乐不知将何若也。"杜宇为之莞尔。

名士袁翔甫著有《谈瀛录》一书，士林传诵，引为先觉。寓居海上泥城桥畔（今福州路、浙江路口），植柳多株，名杨柳楼台，的是雅人深致。

柳饶几分女儿气，故昔人咏柳，辄以眉若腰比拟之。如张昱《柳枝词》云："悔尽江州白司马，一生空咏小蛮腰。"又欧阳永叔《柳》诗云："残黄浅约眉双敛，欲舞先夸手小垂。"

尝见闺秀陆芝仙《拟古乐府》一首云："柳小比侬短，送君拂征衣。柳长覆侬屋，征衣犹未归。"思妇之情，托之于柳，佳什也。予深喜陈小翠女史之《湖上闲居》诗，如云："向晚余凉遣扇招，嫩晴天气换轻绡。湖楼小立无人见，槛外垂杨绿万条。"又："绿杨楼阁女儿家，一带红栏抱水斜。照影春波人似玉，绣襟新缀白山茶。"又："满天香雪落珠矶，邻院箫声隔紫薇。十二楼台春似海，红灯簇处美人归。"涉及杨柳，一何其妙。又金陵名妓素娥有《送人》诗云："扬子江边送玉郎，柳丝牵挽柳条长。柳丝挽得行人住，多向江边种数行。"作情痴语，亦妙。

曼殊上人之轶事，时彦纪之详矣。然予尝闻友谈，上人在日本居逆旅中，时方易岁，家家门前，松竹满缀，且什九于檐下悬白纸稻稿，以为神祇来临。通衢大道，华衣钿车，往来如织，富贵气象中，不容穷措大厕身其间也。上人经济奇窘，杜门不出。有下女曰柳青者，婉娈可人，而纤腰娉婷，又恰如春柳之舒青，上人深爱之。而红粉怜才，亦殊敬爱上人，知上人之侘傺无憀也，乃镇日来伴，并约数女郎同作《小仓百人一首》。《小仓百人一首》者，倭地流行之一种叶子戏也。每叶各记音读，附有倭诗，主戏者诵之，乃寻其合于诗之首音者，争之以为笑乐，上人愁闷为解。上人固善丹青，绘山水人物多帧，悉着以毵毵碧柳，极空蒙淡远之致。彼邦人士，见而大为赏识，纷纷求画，旅囊为之稍充，得以购糖大啖。既而柳青患猩红热症死，上人甚痛悼之。从此每岁元旦必画柳，所以寄其一片哀情于艺事也。此与彭雪琴之纪念梅姑，誓画十万梅花相辉映，洵无独有偶已。

芭　蕉

昔人句："深院下帘人昼寝，红蔷薇映碧芭蕉。"又云："红了樱桃，绿了芭蕉。"则此墙东卓翠者，洵当令之佳卉也。

芭蕉为多年生植物，高八九尺，茎软，重皮相裹，外青里白。叶甚修巨，一叶舒则一叶焦，概不谢落，与秋菊之不落花，同为艺圃之俊物。三年以上着花，瓣大小不整，色淡黄，其实垂垂而长，即香蕉是，然非于热地不熟。

芭蕉多异名，曰甘蕉，曰芭苴。又号扇仙，盖叶可制扇，且舒展飐动，亦若扇之挥拂，故唐贤李玉溪有"芭蕉开绿扇"、杨万里有"绕身无数青罗扇"之句，比喻殊妙切也。更多异种。美人蕉娇小玲珑，着花秾艳，为园林间不可少之物。赣州产凤尾蕉。福州有铁蕉，闻以铁屑和泥壅之。羊角蕉结子尖锐，形若羊角。板蕉结实味淡。佛手蕉实小而甜，俗呼为蕉子。鸡蕉尤香嫩甘美，南人珍之。水蕉则不结实。胆瓶蕉其身特大，而其上渐小，叶展开作翠绿，正如胆瓶中插数枝蕉叶也，亭馆列植，深可爱玩，亦名象蹄蕉，言如象蹄然。

（清）费丹旭《芭蕉美人图》

美国弗利尔美术馆藏

"午窗梦醒浑无事，偶解琴囊自在行。"

　　粤东人家多植蕉，缉之如麻，织为衣，较葛为美，名为蕉葛。琉球更有芭蕉布，略带褐色，东瀛人取以黏附于屏幛间，甚古雅也。

　　雨滴芭蕉，厥声淅沥清越，然愁人闻之，为之百端怅惘，不能自已，曲调中因有《雨打芭蕉》一折。球王李惠堂喜弄月琴，辄于夜静更深，弹《雨打芭蕉》以为排遣。其所著《病中回忆录》，一再述及之也。

　　我师胡石予先生，曩致景云词人书，言及芭蕉之韵致，殊耐人玩索。书云："余家小楼下种蕉三年，今高与楼齐矣。其叶放半月者，深绿色，放未十日，绿稍逊。初放一二日，色浅碧，间以淡黄，净比秋河，媚如春柳。每当晓露夜月，推小楼之窗，倚小窗之槛，一种秀色清影，时涵溢于吟榻囊书、妆台奁镜间。余家止此劫余一楼，倘所谓一室小景非耶！王禹偁《竹楼记》云：

'夏宜急雨，有瀑布声；冬宜密雪，有碎玉声。'余于芭蕉亦云：方今盛夏，烈日可畏，而余空庭如张翠幕，绿阴浓厚，颇受其益也。"

但杜宇去夏尝作一油画，邀予观之。画中一巨蕉叶披拂舒展，翠色欲流，裸女荫憩于下，叶受阳光，映肌肤俱绿，佳妙无与伦比，的是眼福。

《长物志》有品评芭蕉一则云："绿窗分映，但取短者为佳，盖高则叶为风所碎耳。冬月有去梗以稻草覆之者，过三年即生花结甘露。"

古人作画，忽于实而重于意境，故摩诘丹青往往不问四时。《袁安卧雪图》雪中有蕉，高启诗"寒池蕉雪诗人画"即谓此，不料竟有见诸事实者。余戚冯秋华自吴门来，谓其邻王氏之巢云小筑，多植卉木，错落有致。王翁性本风雅，脱匏系之官，作菟裘之计，花须月碎，鹰爪茶香，晏如也。榭左所栽芭蕉，入冬未萃。日前天甚寒而风，浮浮漉漉，飞雪满园，而芭蕉一树，犹峭蒨青葱，与石畔含苞欲坼之小梅若争荣然者。翁大喜，宴客赋诗，成《蕉雪酬唱集》一卷，地方报纸竞载之，洵属一时佳话。又据人传称，是蕉本为荇溪许玉岑家物，翁于今岁移植者。玉岑潇洒风流，与一妓名蕉影者相缱绻。蕉娘楚楚可怜，无时下北里习气，玉岑为之脱籍，别营金屋而藏娇焉。奈被其妇侦之，妇酸娘子也，不能容。然故饰其貌似甚表同情者，自谓无姊妹妯娌，得此彡为伴甚善，盍徙之来宅。玉岑为甘言所惑，竟允之。如是妇百般凌虐。蕉娘病，不许延医，缠绵床笫者兼旬，遂致不起。

蕉娘死，玉岑为之伤悼不置。而善妒之妇别有肺腑，见庭除中之碧蕉一丛，弄月成影，恐其夫之触景怀人也，嘱臧获辈锄去之。王翁与许家有世谊，时相过从，知碧蕉之将遭斧斤也，乞而移栽巢云小筑中，以保其天。经雪摧风欺而不萃者，乃蕉娘之魂所附托也。斯则语述诞妄，不足信。

僧怀素学书无纸，种芭蕉万本，以供挥洒，号其所居曰绿天庵。又南汉赵纯节轩窗馆宇，咸种芭蕉，时称之为蕉迷，可与和靖之梅、渊明之菊、濂溪之莲、子猷之竹，媲美千古。

《坚瓠集》云：有人召仙，以芭蕉一叶置袖中，请仙赋之，仙即书云："袖里深藏一叶青，知君有意侮神灵。今宵试听芭蕉雨，久滴潇潇一二声。"蕉之神话，足资谈助。

芭蕉可分其小株种之。若以簪脚横刺小孔令泄气，则低矮婆娑，终不长大，即盆玩中物也。

梧　桐

梧桐叶大似掌，爽豁宜人，夏日庭院间，植立一株，阴满屋宇，色翠欲滴。我侪葛衣团扇，吟啸其间，仿佛处晋唐之世，与彼七贤六逸，晤言交接于一堂。而《六研斋笔记》云："元人喜写《桐阴高士图》，子久、叔明、云林、幼文俱有之，虽景物各布，而一种潇洒超逸之趣，令人不知人间有利禄事则一也。"与予之观感恰同。

《能改斋漫录》云："韩子华兄弟皆为宰相，门有梧桐，京师人以'桐木韩家'呼之。"

鸟有名梧桐者，《燕京岁时记》云："京师十月以后，则有梧桐鸟。梧桐者长六七寸，灰身黑翅，黄咀短尾，市儿买而调之，能于空中接弹丸，谓之打弹儿。"

梧桐夏日开黄色细花，雌雄同株，果为骨朵，熟则裂开为叶状，种子生于边缘。我友陈觉庵擅绘事，绘梧桐小幅，作骨朵结子之状，为从来画家所未有。询之，则曰："渠家有一梧桐，秋日叶及骨朵，往往随风飘落，委积阶头，此写

(明）唐寅《桐阴清梦图》

故宫博物院藏

实也。"并谓渠家之梧桐，干粗巨可三抱，某岁大风雨，竟被摧折，充诸空屋，不一年，朽蛀殆尽，可知桐木殊不坚，琴之需桐材，殆别有所取乎？

桐叶知闰，为理之不可解。《埤雅》云：梧桐知日月正闰。其树生十二叶，一边有六叶，则知无闰，有闰则生十三叶。从下数起，每叶为一月，视叶小者，则知闰何月。

桐性喜高燥，沙土栽之，最为相宜。苗高三四尺，即可移植，移植后，苗生甚速，一二年即可达丈许。惟干根未固，而枝叶已繁茂，上重下轻，易于仆折，不可不设法扶持之也。

菖 蒲

菖蒲为多年生草，一名菖歜，一名尧韭。共三种：生于陂泽者，浜菖也；生于溪涧者，水菖也；生于水石中者，则为石菖蒲。高只数寸，叶纤细，因称细叶菖蒲。

相传文王好菖蒲，故取名昌。周人祭先人昌歜为献。又苏子由亦善蓄菖蒲，盆中菖蒲忽开九花，人以为瑞。

四月十四日，菖蒲生日，修剪根叶，积梅水以滋养之，则青翠易生，尤堪清目。见《陶朱公书》。

石菖蒲有六，金

（明）徐渭《十二墨花图·虎须蒲》

美国弗利尔美术馆藏

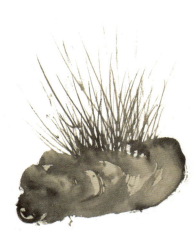

钱、牛顶、虎须、剑春、香苗、台蒲是也。种诸盆中，为书斋清供者，大都为金钱、虎须、香苗。性喜阴湿，宜于沙石浅水。震泽张听蕉植菖蒲有年，经验綦富，遂多关于菖蒲之著述。予曾抄得论菖蒲十则，录之以为法诀：

（一）菖蒲嗜者既多，又一种青钱小堆，叶似稍粗，性不喜水，花圃中多有售者，惟叶细多根，不如虎须为佳。

（二）菖蒲长在水中，惟石不烂，惟水不枯，石中栽虎须者为贵，得鼠粪乃更盛。

（三）菖蒲性好阴，若烈日烘曝，叶反不青。最爱花阴空隙处安置，略见日光，而风露滋浸飘荡，周年长青。

（四）菖蒲得水而养，水宜陈陈相因，盆内宿水，慎勿倒换，干则添水，河中活水为上，池水次之，矾水深禁忌之。

（五）菖蒲剪在春夏之交，剪时须净，不留杪上分毫，手段要猛，用竹剪将杪梢剿尽，闷足则报芽方细，惟到冬令，切宜慎剪，恐冻块受伤。因性喜雪，遇雪消冰融，分外光洁，其枝叶乃正入妙时。

（六）菖蒲宜小宜矮，以寸为度。蒲色青，石色白；蒲色葱蒨摇曳，石色环绕晶莹。中能细细凿空，嵌以石子，乃觉剔透玲珑。

（七）菖蒲愈分愈多，根不盘实，多亦无用。近以棕栗蒲头入水不霉，色最黝黑朴茂。更以棕片细裹作馒头式，中成隆脊。得黄土性，枝叶畅茂，久之根须联络，如绶带然。

（八）菖蒲独得乾坤清气。深山陡壁，大气盘旋，往往于断崖飞涧，挖取真种。两间灵趣，惟静者得之。若长大如剑，天中节所用，产水泽中，其种不入品。

（九）菖蒲久种，年月既深，根蒂牢固，沙石瓦盆，皆可插种，能得十年之久，逐层包裹，势成盘龙而上乃妙。其根捣烂开窍，叶虽有香气，功效反次，若不剪多年，经久自能开白花。

（十）菖蒲有山林气，无富贵气，有洁净形，无肮脏形。清气出风尘之外，灵机在水石之间。此为静品，此为寿品，玩者珍惜，爱菖蒲者不可不知。

菖蒲须用白瓷盆盎，既古雅，又洁净，垫以紫檀之架，静则生灵，允为文房至宝。而披卷著述，目倦之余，对之尤为清豁。灯前置一盆，可收烟气，颇有益也。

入冬防护，必须注意。昼间置于檐下阳光处，用活水遍洒，夜则密藏于室。菖蒲可任雪压，不可冰冻；雪有潜滋暗长之机，冰有冻损根叶之虞。且瓷盆易裂，故每当气候严寒，先将盆水沥尽，保盆即保蒲也。若冻久枝叶将萎。又适天阴不见阳光，则暂用温水化之亦无妨。

古人有菖蒲忌诀云：添水不换水（添者虑其干，不换存元气），见天不见天（见日沾雨露，见日恐焦枝），宜剪不宜分（分多则叶粗），浸根不浸叶（浸叶则烂）。其法尽之矣。

文　竹

竹饶淇澳之趣，具凌云之概。然亦有婆娑而矮，为书斋清供者，厥为文竹，乃竹之别种。盆植数竿，使生渭川之想。《湘中记》云：高平县有文竹山，上有石床，四面绿竹扶疏，随风委拂此床。按，高平即今之新化县也。

玉峰胡石予师，喜栽文竹，曾谓文竹幽秀深碧，望之如新篁成林，疏密参差，风致自媚，乃盆景之佳者。惟栽之不得其法，则过于修长，易致欹斜，失美观矣。欲其免此，夜不宜露，不露则不至过长，又不宜置之墙侧，墙下回风迫压，则欹斜不正。又有一法，栽时以风炉灰夹入泥土中，则清滋有致，且免过长之病，炉灰无滋养分故也。大约土七灰三，最为适中。又宜用白油瓦盆或白瓷盆，取其与绿色相掩映耳。盆中或更配置小石，以成合景，案头座右，养目之佳品也。

我吴顾鹤逸为画苑祭酒，兹已殁世有年。鹤逸尝书斋额为"杨梅文竹之家"，骤视之，以为指庭圃间垂红密翠之点缀而言，实则不然，"杨梅"谓杨补之画梅，"文竹"谓文与可画竹。传世真迹，为稀有之珍。而顾家收罗古书画，竟得藏之，因以名之耳。但补之姓"扬"，不姓"杨"，不毋有误。

棕榈

予爱花，亦喜常绿植物。盖花不能四时常好，聊以慰情者，其惟常绿植物乎！棕榈为常绿植物之一，又名栟榈，干高一二丈，叶散歧成荫，颇饶清致。唐人画园林山水，辄点缀棕榈于其中，郭忠恕每为之。某夏，沪西某学府举办暑期班，邀予授课，校有林树之胜，棕榈数株，尤耸秀出檐，因风摇曳，映书帙俱绿，诸生弦诵其间，几忘身在尘嚣溽暑中也。棕榈可盆栽为供玩，高尺许，恒数年不变。忆予幼时，大父锦庭公广罗盆卉，以限于地位，乃列诸庭畔石桌上。然沾雨露少，诸卉相率萎死，惟棕榈为鲁灵光。予每于清晨灌溉之，锦庭公掀髯笑，称童子习勤当如此。事隔数十年，及今回忆，此郁郁亭亭者，犹似在目前也。

棕榈皮有绿毛，作深黄色，可剥取缕解，为椶垫之需。据云，皮岁必剥两三次，否则树不长，但多剥亦足伤树。古人则以皮制拂尾，《杜诗注》云：杜甫因朝廷以李林甫琐琐之材，代张九龄为相，作《棕榈拂》诗寓意。《高士春秋》云：方镕隐天门山，以棕榈叶拂书，号曰无尘子。《梁书·处士传》云：张孝秀性通率，不爱浮华，常冠穀皮巾，蹑蒲履，执枎桐皮麈尾。

世俗往往以蒲葵误为棕榈，实则蒲葵较为柔薄，拂暑所用之蒲扇，即葵之叶也。李商隐诗云："何人书破蒲葵扇，记着南塘移树时。"注，蒲葵，棕榈也。可知古人即误蒲葵与棕榈为一，不自今日始也。宋梅尧臣《咏宋中道宅棕榈》云："青青棕榈树，散叶如车轮。拥箨交紫髯，岁剥岂非仁。用以覆雕舆，何惮克厥身。今植公侯第，爱惜知几春。完之固不长，只与莽本均。幸当敕园吏，披割见日新。是能去窘束，始得物理亲。"盖棕榈本岭南物，晋唐后豪家巨第，乃移植之，借以添幽佐静也。

黄　杨

黄杨四时长青，枝丛叶繁。叶为长圆形，质厚而柔软，春初开浅黄色小花，其材坚致。《坚瓠集》云："世重黄杨，以其无火。或曰以水试之，沉则无火。取此木，必于阴晦夜无一星，则伐之，为枕不裂，为梳不积垢。"又云："黄杨一年长一寸，遇闰年退一寸。宋人《闰月表》：梧桐之叶十三，黄杨之厄一寸。予反其意云：'敢期绿草逢春雨，惟冀黄杨长闰年。'"

厄闰之说，早见于《本草纲目》云："黄杨性难长。俗说岁长一寸，遇厄则退。"又东坡诗云："园中草木春无数，只有黄杨厄闰年。"然《长物志》云："黄杨未必厄闰，然实难长，长丈余者，绿叶古株，最可爱玩，不宜植盆盎中。"古时印版，梨枣木外，黄杨亦为佳材，惟不易致。

黄杨之别种，叶缘有黄白斑点者，俗称之为镶边黄杨，则滋生较易，不若黄杨之名贵。

黄杨以难长故，绝鲜巨干大枝之获见。然予曩居吴中钮家巷袁缋之家，则厅事之侧，黄杨一树，高过屋檐，殊森耸可爱。据云为明时物，更属难得。

万年青

万年青，为多年生之常绿草。叶厚而大，由地下茎丛生，花茎生于叶丛之中央，长四五寸，花浅绿，结子殷红可爱，亦有黄色者。经冬不凋，故有此称。

种法：于春分、秋分时，分栽盆内。性喜阴湿，浇以残冷之红茶汁，最为相宜。

苏沪人家，什九植万年青于园庭。盖以万年青之茂悴，以觇家运之盛衰也。且举凡移徙行聘一切喜庆事，必备之以取祥瑞，即不得新鲜者，亦须剪绫裁绢肖其形以代之。旧历四月十四日，为神仙诞，妇女往往于先一日之夜，芟去老叶，散委巷陌，谓神仙游戏人间，偶然践踏，主得吉兆，而新叶苗生，自然秀发云。

（宋）佚名《宋人万年青图》

台北故宫博物院

吉祥草

庄子之言曰："虚室生白，吉祥止止。"植物中袭取其名者为吉祥草。是草湿地自生，茎延贴地面。叶丛生其上，仿佛幽兰，长尺余，狭而尖，有平行脉，四时长青。叶丛之下，复生根须，夏开细花，内白外紫。人家庭院中，往往与万年青骈植，但花开殊罕见。

雨后分栽，什九得活。以伴孤石灵芝，尤为清逸，不仅其名色之可喜也。

(清) 陈书《岁朝吉祥如意图》

台北故宫博物院藏
瓶插梅花、茶花，散落的是灵芝、柿子、桃子、佛手、石榴，还有一株吉祥草，寓意"新春如意，事事吉祥"。

书带草

我友大漠诗人尝以僧鞋菊、书带草，喻予小品文字。书带草出山东淄川县郑康成读书处，本为我家之物，诗人比喻，可谓确切不移。

书带草，一名秀墩草，又号麦门冬。叶如韭，长尺余，软柔丛生，鲜碧可爱，虽隆冬不凋。中央生短花茎，开淡紫色细花。植之庭砌，披拂四垂，堪供清玩。实圆而蓝，更有根上结小白色之实者。若取而剖涤之，泡以沸水，可以代茶，厥味津津而甜，且性凉，有治喉病之功。

枫

节序入冬，晚枫犹赭。一名櫙櫙，为落叶乔木。树绝高大，可三四寻，有似白杨，叶小而成三尖角。枝弱善摇，二月开花，黄褐色。雌雄同株，丛集为圆球状。结实若龙眼，上有芒刺，既不可食，又不耐观，惟焚之可代沉水。枫有脂，名白胶香，一云"入地千年即成琥珀"。叶经霜后，红烂如花，故名丹枫，秋色之最佳者。汉时宫殿前皆植枫，因号帝居为枫宸。又有一种稚枫，高止尺许，可作盆玩。别有所谓枫杨者，亦名嵌宝枫，俗呼元宝树，欧洲种之乔木。取子下种，最易萌发，四五年蔼蔼成荫矣。

我苏天平山有长枫数十株，在童子门坡下高义园之修径间。春夏时蔚翁一如常树，了无异致，然一经秋霜，烂似霞锦，自远望之，几疑桃杏之争芳斗丽也。犹忆曩在故乡时，秋日买棹前去，见红叶喜撷若干，邮贻海上诸文友，用以炫我故乡秋色。今者时异境迁，鬻文海上，我之炫人者，行将人以炫我矣。思之思之，曷胜怅惘。

首都栖霞山亦以枫著。每届秋深，满山俱赭，因此谚有

"春牛首，夏莫愁，秋栖霞"之说。

我吴金阊门外有枫桥，本名封桥，因张继诗相承作枫桥。又有迎枫桥，在葑门内之盛家带。社友朱枫隐先生居迎枫桥久，以迎枫桥徒有其名，乃亲植二枫以点缀之。

锡山西乡，亦以枫著名。故词人谢介子有《清平乐》云："秋光正好，枫叶经霜饱。临水一株红更妙，妙在斜阳烘照。　　回头天半烟霞，鹅黄深翠交加，画里耐人寻味，又殊三月桃花。"

枫之神话颇多。如《山海经》云：黄帝杀蚩尤于黎山之丘，掷其械于大荒之中宋山之上，化为枫木之林。《述异记》云：南中有枫子鬼，木之老者为人形，亦呼灵枫，盖瘤瘿也。越巫得之，以雕刻鬼神，可著灵异。《朝野金载》云：江东、江西山中多有枫木人，生于枫下，似人形，长三四尺，夜雷雨即长与树齐，见人即缩依旧。《异苑》：乌伤陈氏，其女未醮，着屐遥上大枫树巅。颜真卿《浪迹先生元真子张志和碑》："母留氏，梦枫生腹上，因而诞焉。"《周书·武帝纪》：天和二年，"梁州上言，凤凰集于枫树，群鸟列侍以万数"。《化书》："老枫化为羽人，朽麦化为蝴蝶。"姑妄听之而已。

古人爱枫，往往付诸吟咏。如杜牧云："停车坐爱枫林晚，霜叶红于二月花。"杨万里云："小枫一夜偷天酒，却倩孤松掩醉容。"赵成德云："山色未应秋后老，灵枫方为驻童颜。"杜甫云："雨急青枫暮，云深黑水遥。"钱起云："停船披好句，题叶赠江枫。"又唐崔信明以"枫落吴江冷"一句得名，不啻潘大临之"满城风雨近重阳"也。

"枫天枣地"，名辞绝隽。见明陈继儒《枕谭》："张文成《太卜判》有'枫天枣地'之语，初不省所出，后见乃《六典三式》云：'六壬卦局以枫木为天，枣心为地。'"

宋人有记汴京故事者，曰《枫窗小牍》，凡二卷。

友人为述青枫店事。据云：青枫店，某处市集之名也，或曰清风店。有巡政厅郁君，分巡该处，不卑小官，廉公有法。三年去职，士民挽留，官许之，又数年，遂卒于官。人民感之不能忘，改青枫为清风，以郁巡厅两袖清风，殁几无以为殓也。青枫店古迹甚多。明末有李孝子者，轶其名，善事寡母，母年九十六而终。虽家贫，菽水尽欢，远近称述。孝子年九十七而殁，殁时适秋日，既葬，而墓旁枫树数株，经霜犹青，稍远枫林，咸红于二月花矣，独孝子墓枫不然。人咸以为异，远近来观者，络绎不绝，且争相捐资，为建坊焉。坊成，其横额上正面为"李孝子墓"四字，其背则"魂来枫林青"五字，用杜少陵诗句也。青枫店之名始此。至清乾隆时，又以郁巡检之廉正，改称清风。论者谓当两存之。李孝子墓坊，今不知尚在否？霜后枫青之异，殊可念也。或云，青枫店在湖南东部之某县云。

天　竹

天竹折枝插瓶，与蜡梅、水仙同为岁寒隽品。一名南天烛，亦作南天竺，为常绿灌木，习见吴楚诸地。树长三五尺，间有高至寻丈者，但不易见耳。高者不结实，叶似苦楝而小，经冬不凋。梅雨中开小花，五瓣色白，结子成簇，至冬渐红，有似丹砂，衬映雪中，甚为可爱。种类甚多，俗有油球、狐尾、满天星之别。油球子巨而密，最为红艳。狐尾，茂密而下垂，为市间寻常所卖者。满天星，子向上而极疏秀，合于庭心栽植，结实更有黄者，尤为名贵。采其子煎汤饮之，可治稚儿百日咳，极验。性喜阴而恶湿，最宜植之庭除附墙间。壅以黄泥，自然茂盛，不可浇粪，若浇只须冷茶野雉鹊毛水。苟于秋日髠其干，留取孤根，则旁生条枝。低矮可作盆景，为书斋清供。

天竹有似古美女子，娟娟可人；又似雅士，潇洒无俗韵。惜寓居湫隘，无隙地可种，且更迁徙无定。否则扶疏枝叶，旁列石笋一二事，对之令人忘世蠲虑，不必肥遁，而自得山林隐逸之趣。

岁尾年头，沪上昼锦里九江路一带，卖水仙、蜡梅与天竹者，麇集以为市。然人多作伪，有以已堕之子，扦插于枝间，非不殷红可喜，然购之归，不多时而子萎枯，转为黑色，审察不慎，动辄受愚也。

张子祥虽以画牡丹著名，然其他竹、石、兰、菊亦超逸拔俗，为人所重。一日作屏条，为春、夏、秋、冬四景，绘至末幅，忽因细故与妻争执，妻怒，掷其画具于地以泄忿，盎中胭脂，泼溅及于画幅间，点点不可胜计。子祥亟执笔就之为天竹一丛，别有意致，反远胜于平常所作。从此索画点景为天竹者，络绎不绝，生涯为之大佳。

石予师云，天竹欲其结实美满，有三字诀：曰拗、敲、包。拗者，将顶枝拗去，则着根处旁苗者多，结实亦多。否则顶枝直上，旁枝稀小，枝直上过高，容易为风吹折也。敲者，敲去其已残之琐碎花瓣。花瓣杂聚，则蛛丝盘结，一逢积雨，新实霉烂脱落，成熟时，稀疏无美观。敲法只须轻轻在茎上击之，则残谢之花瓣，自然散落，新实不致拥塞霉烂矣。包者，将已近成熟之实，用轻纱包扎，避小鸟之来啄食也。既经成熟，往往折之供花瓶中，与蜡梅同供，红黄相间，为岁朝清供之一景。若留于枝头，冰雪中易于凋落也。

竹

　　"青青复簌簌，颇异凡草木。"此白居易咏竹之诗也。竹之为物，虚中洁外，筠色润贞。偶于窗前植一二株，风至自成清籁，令人蠲虑忘世。惟性喜湿，不宜于北地，故燕赵间人不易睹此便娟倩影，辄以瑶草琪葩目之。物稀为贵，信然。

　　竹为多年生植物，高者四五丈，亦能结实，名竹米，形类小麦。第竹开花最不易，有时开花结实，全株即枯死者。由其地下茎展拓无所，而其地又乏养料也，故竹实亦罕见。

　　竹多异种。《清异录》："江湖间有一种野竹，其叶纠结如虫状，山民曰：'此蚱蜢竹也。'"《天宝遗事》：有竹丛密，笋不出外，因谓"义竹"。鲁登州产方竹，其干方，坚劲殊常。又竹有天然朱色者，《闽小记》："顷过剑津西山，数顷琅玕，丹如火齐，乃知此君亦戏著绯。"又予曩岁游槎溪，于某园中得睹紫竹。闻观音大士居紫竹林，于此令人作灵山咫尺之想。顷游真如黄氏园，见有佛肚竹，干近地处，肥硕突出，仿佛弥勒之祖腹然。又名金镶白玉嵌者，竹干一节青，一节黄，青之阴面为黄，黄之阴面为青，相间不紊，尤为罕见。

竹醉日，其说有二。《山家清事》："八月八日为竹醉日，种竹易活。"《四民月令》："五月十三日，谓之竹醉。"

竹夫人与汤婆子为暑寒之恩物。竹夫人一名竹夹膝，陆龟蒙有竹夹膝诗。是物纯以篾青为之，琢磨务极细致，相合处又费工夫，盖少不平贴，便不适于床席也。求诸今日竹工，已莫知竹夫人之制式，从此失传，可惜可惜。

《竹谱》，晋戴凯之撰，记竹类七十有余。又元李衎撰，则画竹之津梁也。

蓬莱秀才吴子玉善画竹，曾有"自起开窗画竹枝"之句，为海内所传诵。又兼绘梅，题有"大风压竹拜梅花"七字，见者无不叹为名隽。或云出于其秘书杨云史捉刀。

禽中有名竹叶青者，体青碧，甚美丽。又酒亦名竹叶青，则绍兴酒之三年陈者。皆绝妙名色也。

(明) 孙克弘《朱竹图》

台北故宫博物院藏
与墨石相对照，更觉得朱竹红得热烈。

古人往往喜竹，王徽之甚至有"不可一日无此君"之语。而嵇康、阮籍、山涛、向秀、刘伶、阮咸、王戎辈为竹林之游，世称"竹林七贤"。又唐天宝中孔巢父、李白、韩准、裴政、张叔明、陶沔，结社号"竹溪六逸"。

竹苗生于石罅中，被石所挤压，自成扁形，称为扁竹。予于友人处尝见扁竹笔筒，筒上且镂《长恨歌》一篇，字细如蚁足，尤为可贵。

非洲刚果之厄瓜多尔，地当赤道，炎气蒸郁，人易昏晕。幸该地产香竹，截取干枝，磨为粉末，嗅之其气香烈，仿佛奇楠沉檀，且凉沁心脾，可解昏晕之病。居民腰间，辄挂一囊，皆常备之香竹粉末也。天之生物，因地制宜，亦奇矣哉。

予尝闻有仙僧取竹事，绝诡异。开封某县有小集，多产竹，某姓有竹山数处。一日有僧至，乞竹建茅屋，主人许之。问当用几何，曰百数十茎足矣，主人曰诺。因问何日来取，僧言立刻取之。主人问带几许人来，曰不必带人。主人异之，曰随上人取之可也。僧于是出图一幅，则俨然主人之山，且满山苍翠，皆竹也。因指以示主人曰，某处至某处，拟向君乞之。主人曰可。于是僧出一笔，吮于口，略有墨色，即向所指定某某处作一圈，随合掌向主人曰：谢檀越赐竹。主人不知其故。僧即去。是时夕阳在山，倦鸟归林矣。明日，主人使仆往山中视之，则某处至某处之竹，尽伐去，斧痕宛然。守山者并未闻人声，巡视山溪，亦不见丝毫迹象，其后此山竹特茂于他处，云是仙僧来乞取也。姑纪之以博笑。

冬　青

　　冬青丛簇，四时不凋，加以剪裁，自成篱落。若种于山地，任其畅发，可高至丈许。叶作卵形，端尖互生，质厚有光泽。夏初开小白花。雄花为聚伞花序，雌花各朵生于叶腋。实红而小，如赤小豆，与女贞叶长而子黑者相别。坠地即生苗，移植易活，欲其茂盛，须用狗矢壅之。有细叶者，其树皮可制黐，用以捕鸟，谓之细叶冬青。

　　冬青，一名万年枝。宋徽宗试画院诸生，以"万年枝上太平雀"为题，无一知者，盖名甚僻也。明洪武时，杭州各市街，比屋植冬青，以取吉祥之意。

　　茔墓栽列冬青，常例也。李莼客过飍石湖南宋葬宫嫔处，有"六陵风雨一冬青"之句，为士林所传诵。

松

　　"岁寒三友"，曰松、
曰竹、曰梅。松为常绿乔
木，种类甚多。有赤松，
干高十余丈，树皮与嫩芽
皆赤色。有黑松，树皮作
黑褐色之鳞片。有白松，
树干光滑而白，俗有"白
皮松"之号。有海松，产
于关东，叶五针而丛生。
有五须松，亦称五鬣、五
钗，于松中为最磊珂修
耸。别有罗汉松，结实如
豆而红，其形庞然，若罗

（明）文徵明《岁寒三友图》

台北故宫博物院藏

汉之披袈裟。松以偃盖为佳，盖苗长时，截其干顶，仅留四旁茎鬣，矫揉造作，自然就范。松实甘香可口，产于滇南者色黑，辽东者色黄，实落地即能生，故崖壑有一二松，结实因风飘堕，往往稚松擢秀遍坡麓者。吴中灵岩、天平山氓往往以松秧运售，亦利薮也。

《居山杂志》：松至三月花，以杖扣其枝，则纷纷堕落。调以蜜，作饼遗人，曰松花饼。又《原化记》：以松花酒饮老人，益寿。饮食如此，清隽欲仙。

故张啬公之濠南别墅，有白皮松一株，古物也。闻取诸他处，迁植于别墅者，费数千金。盖松根四围，留故土方丈，恐根须与故土脱离，易枯瘁也。其方丈松根之土，围以布，缠以索，承以竹编之大筐，曲折以赴别墅，须经某委巷，阻塞不能前，乃立命拆民屋，待松大夫轩车行经之后，再行起造。沽价若干，由张担任，亦云豪矣。啬公没世有年，客有至南通者，谓此一树白皮松，已失护而萎悴，至可惜也。

黄山松高不满二三尺，生深岩石罅中，永无肥壅，故岁久不大，可作天然盆玩。画师吴子鼎曩自皖来苏，携得黄山松数十盆，细鬣攒针，婆娑栏槛。蒙函邀往赏，以事冗未果，其殆伧楚俗子，天故靳予以眼福欤！

赤松树下，易生蕈类，芬烈可食。又松根分泄液汁，在土不朽，结为松脂，久之成珀，饰物中之珍品也。

顷于真如黄氏园中，见有盆松若干，松针半翠半绛，异常可爱，有"洒锦松"之号，虽小品，亦有可观者矣。

甘　蔗

　　甘蔗为多年生草，闽、广间多栽种之。大者高丈许，叶狭而锐，长二三尺，花生于茎顶，圆锥花序，有内壳外壳。茎如竹，有节，为普通之食品。惟蔗最困地力，今年种蔗，明年改种五谷以息之。一作诸柘。《容斋四笔》云："甘蔗只生于南方，北人嗜之而不可得。魏太武至彭城，遣人于武陵王处求酒及甘蔗。郭汾阳在汾上，代宗赐甘蔗二十余条。《子虚赋》所云'诸柘巴且'，诸柘者，甘柘也，盖相如指言楚云梦之物。"

　　甘蔗有赤皮者，《本草》曰昆仑蔗。蔗有四色，曰杜蔗，曰西蔗，曰芳蔗，昆仑蔗亦其一也。

　　蔗须咀嚼，始得甘汁。欲免其劳，则以木制之榨床，榨之成浆，今则改用金属压器，螺旋使之上下，甚为便利。沪上沿街有唤卖者，尤以东新桥一带为多。按，以蔗为蔗浆，自古有之。宋玉《招魂》所谓"腼鳖炮羔有柘浆"是也。其后为蔗饧，孙亮使黄门就中藏吏取交州献甘蔗饧是也。后又为石蜜，《南中八郡志》云："笮甘蔗汁，曝成饴，谓之石蜜。"后又为蔗酒，唐赤土国用甘蔗作酒，杂以紫瓜根。至唐太宗遣使，至摩揭陀国，取熬糖法。而白糖一称蔗霜，《熙朝乐事》："重九日以苏子微渍梅卤，杂和蔗霜、梨、橙、玉榴小颗，名曰春兰秋菊。"

交趾、爪哇，产蔗亦有名。交趾者围数寸，爪哇者高二三丈，植物于热地，往往蕃生茂发，不独甘蔗为然。

甘蔗有趣事，有隽解。《三国志·魏文帝纪》注：帝自叙曰：尝与奋威将军邓展饮，展晓五兵，又能空手入白刃，因求与余对。时酒酣耳热，方食芋蔗，便以为杖，下殿数交，三中其臂，左右大笑。《群碎录》：吕惠卿曰"凡草木种之俱正生，蔗独横生，盖庶出也，故从庶"。

谚云：甘蔗老头甜。铁沙奚燕子老矣，以蔗簶为署，画家胡亚光别号蔗翁，所以自祝其晚景之佳，殊有意味也。

荸荠

荸荠介于果蔬之间，啖之味清而隽，如读韦苏州之诗。沪人称为地栗，粤人称之为马蹄，古又有乌芋、凫茈之别名。凫茈见《尔雅》，其由来甚古矣。然古人绝少吟咏及之者，故类书中亦不载列，盖无甚故实也。

荸荠产于水田，初春留种，待芽生，埋泥缸内，二三月后，复移水田中。茎高三尺许，中空似管，嫩碧可爱，花穗聚于茎端。所谓荸荠者，乃其地下之块茎也。吾苏葑门外湾村，出荸荠，色黑，华林出荸荠，色红，味皆甘嫩，名产也。

赣之南昌，产荸荠尤多甘汁。据云，不能坠地，坠地即糜烂不可收拾，其嫩可知。

（清）顾洛《蔬果图》（局部）
美国弗利尔美术馆藏

面部患癣，可削荸荠而擦之，若干次便愈。又误吞旧时制钱，啖荸荠可使钱下，盖有润肠之功也。

夏日冷食，有所谓荸荠膏者，实则膏中并无荸荠之质汁，乃凉粉之类耳。

荸荠啖时，有削皮之烦，于是市中小贩有削就而串以待买者，曰扦光荸荠，白嫩如脂，爽隽无比。惟小贩往往浸之于冷水中，于卫生非所宜也。

荸荠不易烂，可筐悬于风檐间，以待其干，干后皮皱易剥，味更甘美，鲁迅喜啖之。亦有煮熟而啖之，亦饶佳味。

胡石予师尝谓，荷花缸中，四周植以荸荠数枚，则碧玉苗条，与莲叶、莲花相掩映，别具雅观。《瓜蔬疏》云："荸荠，方言曰地栗，种浅水，吴中最盛，远货京师，为珍品，色红嫩而甘者为上。"亡友顽鸥曾云，荸荠亦名佛脐，以形似而称也。不知见于何书。曰荸脐者，言自佛脐中蓬蓬勃勃而生，即其碧玉苗之长管，比之青葱则细而长，盖叶之变形也。

荸荠色红而透，髹漆木器有色泽红透者，因称之为荸荠漆。吴俗吃年夜饭，饭颗中必置入荸荠一二枚，谓之掘藏，迷财而至于此，是真可笑也矣。

吴中有糖食铺，曰野荸荠，颇负盛名。相传其筑屋时，地下掘得野荸荠一，殊硕大可异，因即以"野荸荠"三字为铺号。所掘得之荸荠，供诸柜间，一时遐迩纷传，生涯大盛，亦吴中之掌故云。

枣

今冬枣值绝廉，每斤有只鬻一二百文者，盖供过于求，不得不稍事牺牲以竞卖也。枣，一名木蜜，为落叶亚乔木，坚直而高二丈许，多刺而少横枝，叶细作卵形，四五月间开小黄花，香气殊浓。实椭圆，熟则自堕，未熟时虽击不落也。择枣之鲜美者，交春种下，俟叶苗即移栽，三步植一株，土壤相当，不必耕也。每于蚕入簇时，以杖击其枝干，俾去其狂花，则结实自然繁硕。又浙地有嫁枣之俗，仿嫁杏故事，于元旦举行之。枣树往往有久而复生者，故有"三年不发不算死"之说。枣树有虫，曰枣猫。

枣有红、黑二种，红者以产于鲁、燕者为佳，称北枣；黑者则以浙之金衢为最佳，称南枣，腴美异常。鲜者曰白蒲枣，熟则渐红，啖之软酥易饱。夏间，乡妇村竖，有筐以沿街呼卖者。其他尚有青州乐氏枣、江密窑坊枣，惟所产不多，不易得尝。又羊枣实小而圆，紫黑色，俗呼羊矢枣，即《上林赋》所谓樗枣。《说文》：樗，枣，似柿。即今软枣。其树叶、实皆颇似柿。《齐民要术》所谓可于根上插柿者也。又蜜钱巨枣，色灿如金，丝纹清晰，曰金丝蜜枣，尤为隽品。

鲁之乐陵县产小枣，无核，昔为贡品，今亦为馈贻珍物，装置锦盒，不易多得也。又汴之永城，居民十九艺枣，视为生计。枣大如鸡卵，其甘似蜜。更有一种曰枣铀，大仅若钱，红丝贯之，持赠戚好，儿童啖之，谓有健脾之功云。

古礼，"妇人之贽，棋、榛、脯、脩、枣、栗"。枣，早也，谓早起也。又，古以枣木为书板。刘克庄诗："枣本流传容有伪，笺家穿凿苦求奇。"

梨园中有所谓枣核腔者，本昆曲之名词，而今剧亦复沿用，盖唱中有应着意之字，必先由他一字起音由轻而重，既落本字后由重而轻，如枣核之两头尖然。

予曩岁苏居，滨胥江一曲，地名曰枣墅。盖昔为枣商聚荟之处，墅本市也。

红枣可与莲子同煮。若取南枣和以猪油一再烂蒸之，尤为冬令补品。

我苏木渎镇人善以枣泥制麻饼，以嘉乐和所制者，尤为驰名遐迩。

相传某巨公多嬖宠，金钗十二，粉黛似云，而某巨公老而弥健。闻素擅采补之术，又常以南枣纳之于女阴中，隔宿啖之，谓可以增精神，驻颜色，寿耄耋矣。抑何荒谬乃尔。

《辍耕录》载有某人以善经纪，积资至巨万，而鄙且吝。钱素庵作今乐府一阕讥焉，有云："恨不得、扬子江变做酒，枣穰金积到斗。"

龙　眼

果中佳品，龙眼其一。昔魏文帝有"南方果之珍异者，曰龙眼，令岁贡焉"之诏。俗称桂圆，一名益智，又号比目，更有"海珠"之称。产于闽广，尤以闽之旧兴化府所产者为良，市招因有"兴化桂圆"之名色。蕤树似荔枝，而干叶差小，凌冬不凋。春夏之交，开细白花。至秋实熟，圆如弹丸，作穗又若葡萄然，一穗四五十颗，肉白有浆，厥味伴蜜。市间所售之肉为深红色者，则龙眼之干矣。品评者谓龙眼之色、香、味，皆不及荔枝，故为荔奴。实则龙眼虽不及荔枝之肉厚浆多，若论益人，龙眼功用良多。荔枝性热，而龙眼性最和平，宜与荔枝比肩，奴之未免为龙眼叫屈。苏长公曰："闽越人高荔枝而下龙眼，吾为平之。荔枝如食蚵蟥大蟹，斫雪流膏，一啖可饱。龙眼如食彭越石蟹，嚼啮久之，了无所得。然酒阑口爽，餍饱之余，则咂啄之味，石蟹有胜蚵蟥也。"长公此语，尤足为龙眼解嘲。

据云，龙眼初种，经十有五年始实，实殊小，曰胡椒眼。截木之半，以结实蕃多之稚枝接之，四五年后，又截接如前，凡三次，实乃累累盈树，称之曰"针树"。未接者曰野笔，结实形小味薄，不足尚也。龙眼熟时，有夜燕能窃盗，缘枝接树，矫捷如风，瞬息不觉，满林皆被渔猎。此果人未采时，虫鸟不之侵，夜虫一过，群蠹纷起，斯亦奇也，采龙眼辄雇工役为之。主人恐役之恣啖，往往约之歌，歌辍则弗给值。树叶扶疏，人坐绿荫中，高低断续，歌声相应，土人谓之"唱龙眼"，自远听之，颇足娱耳也。

银　杏

银杏子，俗名白果，叶似鸭脚，又号鸭脚子。多生浙南，其树耸矗，可十余丈，肌理细密，具梁栋之材。花夜开即落，人罕见之。实大如枇杷，每枝约有百余颗，初青后黄，八九月熟后，击下储置之，待其皮自腐烂，方取其核洗净曝干。以圆形者为佳，尖者味苦。核有雌雄，雌者两棱，雄者三棱，须雌雄同种，方得结实。或将雌树凿一孔，以雄柯填入，泥封之亦结。植物无情，亦具阴阳配合之道，斯亦奇也。

白果能入肴馔，炒食之，尤甘芳可口。街坊间因有烫手热白果之出售，且售且作歌讴，清宵静尘，往往闻之，而嬛薄之流，更加

（南宋）马世昌《银杏翠鸟图》（局部）

台北故宫博物院藏

以谑调，使人失笑。犹忆童年时，每文可购三枚，今则三枚须出一铜币之代价，物价之增昂，显然可知。于此益叹生活之不易也。

吴中半塘寺，有大银杏，大可十抱，相传为普竺道生所植。

沪人呼白果为灵眼，予初以为银杏谐声之误耳，及读《琐碎录》，始知不然。《录》云：北人称为白果，南人称为灵眼，宋初入贡，改为银杏。

胡　桃

胡桃与枣，同为冬日至佳之食品。胡桃相传为汉张骞使西域时带回，故名。一称羌桃，又名万岁子。落叶乔木，树高数寻。叶似翠梧，三四月间开花，长穗下垂，淡黄中杂以微碧。秋间结实如青桃，熟后沤烂皮肉，取核而食其种子，更有核桃之号。种子多襞襀，仿佛猪脑，中有隔膜，煎汤饮之，可治耳聋等病。春研其皮，沈汁承取之，妇女沐头，有乌发之功。又将核入火中烧半红，埋灰中，作火种，经多时而不烬。若下种，则择其壳光纹浅之重核，埋诸土中，即能发芽，然不可以尖缝向上，向上往往不活。

市铺卖胡桃，有连壳者，有去壳者，去壳者值昂。盖每斤胡桃，去壳后只六两耳。

胡桃去壳，捣之于石臼中，和以糖霜，匀烂为止，啖之甘腴芳美，可口异常，若以沸水冲之，不啻琼浆玉液。又以胡桃仁佘入油中，加糖、盐若干，为椒盐胡桃，亦为佳品。

胡桃与龙眼、红枣，俗称"三果"，用祀神祇。

胡桃之别种，曰石胡桃，产于北地。核殊坚固，仁不可啖，然供人摩挲，可代宜僚之丸。以匀圆成对，而中多襞襀者为佳。初色白，摩挲二三十年，则红润光致，异常可爱。每对可值数十百金，市间不易得也。骨董贾人有鉴于此，往往取新摘之石胡桃，加以急就之做旧法。法于砺石上磨去其棱角，然后浸之红茶中，历若干日取出，亦殷然而赤，更于襞襀中滴以油汁，则痕迹全无矣。然摩挲而自旧者，越年久而色泽越红润；急就而做旧者，越年久而色泽越黝黑。故购置之者，宁购其新，毋购其旧，以旧多赝伪也。是物摩挲于手掌中，闻可免手疱风痹诸病，有非寻常之玩品所得比侔云。

　　擅捏粉之术者，往往取两半完整之胡桃壳，捏粉为裸虫之戏，姿态宛然，且于壳上凿成小孔，以细铜丝牵之，能活动自如。秽亵之品，官府示禁。

　　胡桃之见于史册者，如《晋书》云，钮滔母《答吴国书》曰："胡桃本生西羌，外刚朴，内柔甘，质似古贤，欲以奉贡。"又司马光以汤脱胡桃皮故事，幼时于国文教科书中，即讽诵之，涉及胡桃，不觉回忆儿时读书之乐不置。

苹　果

　　果品中啖之有益于人者，莫如苹果。苹果为落叶亚乔木，干高丈余，春日开浅红花，夏日实熟，形扁圆，初色青，熟则半红半白，或全红，殊艳美，西方文字中常以之比喻女郎之嫩颊，至切当也。别有一种色红而肉硬，可以久藏，不易蛀烂者，原产于美洲，俗称金山苹果，价值较贵，一年输入，厥额甚巨也。

　　苹果，一名频婆果。频婆，梵言犹言端好也。见于前人笔记者，如《采兰杂志》云：燕地频婆，夜置枕边，微有香气。《学圃余疏》云：北方频婆，即花红之变也。扶桑人则呼之为林檎。

　　有棘皮动物，曰海苹果，以其形圆似苹果而得名，现已罕见。

　　取苹果以指爪遍抓之，则剥皮自易脱落。

　　吴俗多忌讳，凡探视病人，不宜贻赠苹果，盖苹果谐音病故，于兆不吉也。

（五代）黄筌《蘋婆山鸟图》

台北故宫博物院藏

吴中北寺塔，巍然入云表。其顶苗生一木，枝叶扶疏，以可望不可接故，人遂指为苹果树。谓乃仙人所留种，啖之可以长生。某年，大事修葺，始知顶上发荣者，不过一寻常栎树，禽类衔子，遗落而生，神话将不攻自破矣。

欧美人与其情人书，常有"我眼中之苹果"之称呼，所以示其昵爱也。

据医学家云，苹果中含营养成分甚富，味酸者可以治痢，味甘者有润肠之功。尤以德国人民视苹果为治病圣药，谓其能强心、开胃、止咳、停呕、去肠虫等，功效不可思议也。

苹果能洁齿，虽焦黑者，多嚼是果能治之。

凉州产苹果，有硕大如碗者。家家收切，曝干为脯，数十百斛，以为蓄积，谓之频婆粮。烟台有香蕉苹果，具苹果之形，而饶香蕉之味，洵异种也。

闻冯焕章逼宫时，溥仪夫人方啖一苹果，见戎装武士来，即委之于地而走。于是此残余之苹果，遂为好事文人所传述，竞载报章云。

樱　桃

　　春尽江南，樱桃红绽。盖其得正阳之气，故实先诸果而熟也。本不甚高而喜阴，花开一白似雪。清和时节，与青梅同为盘中隽物，此古帝王所以有四月一日赐百官樱桃之例也。

　　樱桃一名荆桃，又称含桃。小者曰樱珠，白者曰白露珠，大而殷者曰吴樱桃，有正黄色者谓之蜡樱。而东坡句"已输崖蜜十分甜"，崖蜜亦樱桃之佳号；实熟枝头，易被禽鸟啄食，必须周密防护之。

　　吴俗，立夏日必列樱桃、青梅与麦，共享祖先，名曰"立夏见三新"。

　　樱桃可浸酒，若捣烂以涂手足，可免冬日皲瘃。然一经治愈，明岁不可再啖，再啖则皲瘃便有复发之虞。

　　段成式所载食品，有樱桃饆饠饼、樱桃饆饠，今已无从知其制法矣。

　　相传安禄山好为韵语，尝作樱桃诗曰："樱桃一篮子，半青一半黄。一半寄怀王，一半寄周贽。"或请以四句作第三句

（南宋）马世昌《樱桃黄雀图》
台北故官博物院藏

易之则协韵矣。禄山怒曰："岂可使周贽居上压吾儿耶！"（编者注：据唐姚汝能撰《安禄山事迹》、丁用晦撰《芝田录》，樱桃诗当是史思明所作。）

樱桃有褒贬之辞。如张籍云："仙果人间都未有，今朝忽见下天门。"白居易云："琼液酸甜足，金丸大小匀。"程从龙云："撼火齐于银盘，唉红香之琼液。"此褒辞也。而陈从易《寄荔枝与盛参政》诗云："樱桃真小子，龙眼是凡姿。橄榄为下辈，枇杷客作儿。"或问其说，曰："樱桃味酸，小子也；龙眼无文采，凡姿也；橄榄初涩后甘，下辈也；枇杷核大肉少，客作儿也。"贬抑如此，欲为樱桃叫屈。

女子之口，古人往往以樱桃喻之。如白居易云："樱桃樊素口。"张宪诗："露湿樱唇金缕长。"韩偓诗："著词但见樱桃破。"而予《凝香词》亦有云："茉莉含芳插鬓鸦，个侬真似玉无瑕。灯前笑掩樱桃口，浅绿罗巾衬脸霞。"

况夔笙词人，嗜樱桃成癖，晚年赁居海上，榜曰"餐樱庑"，著有《餐樱庑漫笔》若干卷。

叶小鸾铭眉子砚句，有"开奁一砚樱桃雨"，七字绝艳，自当笼以碧纱。

櫻桃宴，见于《唐摭言》，云：新进士尤重櫻桃宴。乾符四年，刘邺第二子覃及第，独置是宴，大会公卿，时京国樱桃初出，虽贵达未过口，而覃山积铺席，复和以糖酪。

樱可与笋伍，《秦中岁时记》云："长安四月十五日，自堂厨至百司厨，通谓之樱笋厨。"又《山堂肆考》云："秦中谓三月为樱笋时。"

郑樱桃为后赵冗从仆射郑世达家伎，石虎数叹其貌于太妃，太妃给之。虎即天王位，立为天王皇后，生太子邃。及邃伏诛，废樱桃为东海太妃。樱桃美丽善歌，擅宠宫掖，性妒，谗杀虎妻郭氏、崔氏。虎死，石氏大乱，虎子

（清）顾洛《蔬果图》（局部）

美国弗利尔美术馆藏

遵立，尊为皇太后，寻为冉闵所杀。又按诸《晋书·载记》：石季龙，勒之从子也。性残忍。勒为聘将军郭荣之妹为妻。季龙宠惑优僮郑樱桃，而杀郭氏。更纳清河崔氏，樱桃又潜杀之。樱桃美丽，擅宠宫掖，乐府由是有《郑樱桃歌》。扑朔迷离，雌雄莫辨，亦我国宫闱之疑案也。

南京玄武湖畔，产樱桃綦富，每岁首夏，筠篮唤卖，游人得快朵颐。惟樱桃性热，不宜多啖耳。

昔蒋漫堂与客燕坐，见庭中樱桃惟一实，共以为笑。忽有客来访，自言能诗，因命赋之："烧丹道士药炉空，枉费先生九转功。一粒丹砂寻不见，晓来纸上弄春风。"众咸喜之。

德意志有樱桃解围一事。相传于三百年前，五月间，有敌围德之汉堡城，久未下，乃誓曰："一旦克之，必尽歼焉。"德人闻之恐，相戒以守。时适气候郁蒸，而粮又不继，势将束手待毙。有阮夫者，善橐驼术，尝植樱桃于城中，初德不甚产樱桃，植之每病萎。一日阮自军中归，见所植者，已早实累累，露圆霞赤矣，心窃讶之，继念所以解围之法。计定，乃集童子三百人，白衣白冠，各执樱桃一枝，迤逦出城，敌疑之不敢遽击。行渐近，童子各呈以樱桃，敌恻然心动，遂解围而归。至今汉堡童子，于是日犹御白衣冠，执樱桃，结队游行，市廛皆休业，名谓樱桃节。此我友华吟水见告者。

梅

　　仲夏之月，候雨候晴，俗称之为黄梅天，盖其时梅实适由青而黄熟也。我苏邓尉香雪海为产梅之区，每岁山农以梅实鬻诸江浙之糖果铺为蜜饯食品者，厥数甚巨。顾梅之利益，较逊于桑，故年来桑占梅田，梅实之产额，已不及曩昔之盛。超山以宋梅著，宋梅在报恩寺前，围以石栏，着花繁茂，栏外更霞蔚云蒸，万本绛艳。及绿叶成荫子满枝，则摘取装箅，输送各处，为陈皮梅之原料。有巨大似桃实者，尤为佳物，然殊不易得耳。去春山寺被盗，宋梅遭斧斤之伐，未知已萎折否，甚可念也。

　　梅实已黄熟者，酸味较减，故小贩以黄熟梅蘸涂糖霜，称为白糖梅子，每颗约卖铜币一二枚，充斥于市衢间。然亦有喜啖青梅者，如诗人范石湖便是，其《梅谱》云："不宜熟，惟堪青啖。"梅酱为家厨隽品。购巨大之黄熟梅数百颗，剔选一过，加以洗涤，然后剥去其蒂，和水煮之。水沸，则倾滤其酸汁。梅实一斤，加赤砂糖亦如之，梅实多，糖亦递加，煎以文火，煎至质烂成浆始已。盛诸于盎，即梅酱是

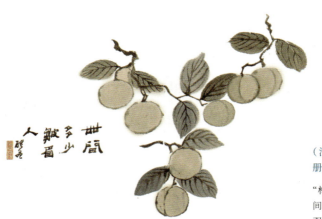

也。涂面包啖之，味绝可口。

石予师画梅，邻儿来观，索一幅去，并问梅何时结实。师漫应之曰：明日可实矣。翌晨邻儿又来，问梅何以不实。师以言不可欺，乃于梅幅上累累加绘若干梅实以与之。画梅有实，洵创格也。

粤人有青梅酒，甘如蜜林檎，粤菜馆常备之。

西人情牍，其称谓有绝可玩味者，曰"我爱好之小梅子"，盖以率真为尚，迥非我侪所书"我妹妆次"所可比侔也。

杏

　　"佳人摘得新尝怯，一点春愁锁画眉。"此张弘范之《青杏》诗也。盖杏实青时殊酸，及既红熟，始甘美可口。蜜饯者，曰杏脯，为消闲食品，吾吴采芝斋所制尤佳。沤尹词人朱古微甚喜啖之，有《大脯词》四阕咏是物，为一时所传诵，未知其所刊词集中收入与否。

　　杏实之仁，作糜酪饮，汉时已具其法。《汉书》云："教民煮木为酪。"注曰："作杏酪之属也。"《玉烛宝典》云：今人寒食日煮麦粥，研杏仁为酪，以饧沃之。又杏仁以巴旦杏为最佳。《畿辅通志》引《长安客话》云："杏仁皆味苦，有一种甘者，名巴旦杏，或谓之八达杏。"按，八达杏本产于西域。今甜杏北方随处皆有。商贩以来自口外者良，视之甚重，犹蘑菇之重口蘑也。俗又加"口"作"叭哒杏"。日本谓之扁桃，其仁亦有甜、苦二种，甜者供食，苦者入药，并制油及苦扁桃水以治病。吾国入药者，多用寻常杏仁，故遂以此为甜杏之专称耳。

　　西餐馆有杏仁豆腐一色，以杏仁同煮于豆腐中，和以糖汁，藏诸冰箱，啖之甘芳可口，为消夏之佳品。

桃

桃有"东园珍果"之号。汉宫留核,卫国报琼。于兹夏中,果正美熟,爰就见闻所及,以为具臣朔癖者之谈助。

水蜜桃人尽皆知为隽品,故词人冯君木尝云水蜜桃如金屋阿娇,丰艳秾粹,绝世无双,在《石头记》中人物,可拟之薛宝钗,洵为雅切之誉。沪上黄泥墙水蜜桃,尤著声誉,奈世变沧桑,人事代谢,若干年后,黄泥墙已无复遗迹之可寻,而再察其木,更早付诸斧斤之厄运。据老于沪上掌故者谭,黄泥墙即今之蓬莱路蓬莱市场故址,未知其究属如何?龙华之蟠桃,本亦有名,奈因地价日贵,种桃获利薄,乃相率别营他业,致以桃名之沪地,不得佳桃,而反仰给于他处之玉露滋春,是可憾也。

范烟桥谓吴江梅里产水蜜桃,其肥甘鲜美,为东南冠。皮有朱红细圈,似经第品者最佳,惜多虫蛀。前年里人叶仲甫以十金予农家,于其未熟时,以灯笼笼之,至时摘取得十枚,俱完好无损。以之馈武进盛杏荪,大激赏,叹为得未曾有。

密县有一种冬桃，八九月间花开，至冬而熟，味如淇上银桃而逾美。见《曲洧旧闻》。又云："果中易生者莫如桃，而结实迟者莫如橘。谚云：'头有二毛好种桃，立不逾膝好种橘。'盖言桃可待，橘不可待。"

桂林有金丝桃，实熟青绀，如夷种之牛乳葡萄然，味甘可口，惜不易得尝。

余杭六和塔下，有隙地一十亩，一度为盛世丰烟店产，地栽异桃，花放甚晚，往往夏初始蓓蕾。盛开时，厥朵绝巨，色猩红，与榴火齐明。结实硕大如盏，爪破其皮，浆液流溢，啖一实可使人饱。乡人以烟店故，称之为"盛世丰桃"。某巨宦锡以佳号为一品，于是"一品桃"之名，遂噪传于人口。然烟店以所产不多，概不鬻市，方朔不能偷，刘阮不能啖，非知好戚属，无"缥肌细肉荐盘珍"之口福也。老友方馥卿谓曩客杭时，曾辗转索得一枚，啖而甘之。今岁有事赴杭，便访其地，则已改建屋舍，不见桃叶桃根，殊为之怅惘也。

北平之董四桃，其大如碗，相传乃产于宦者董四之墓，仅数十株，遂以少而见贵。

山东之肥城，产桃绝隽美。以指爪掐破其皮，可尽吮其汁，只剩核皮一堆。长腿将军张宗昌在鲁时，其年桃大熟，长腿特饬专司献贻关外张胡。每五桃为一组，系以彩络，装诸筠篮。张胡啖之，赞美不绝口。而长腿之某姨太太固嗜桃成癖者，长腿尽罗致之，民间遂无复得尝肥城之桃，仙果琼浆，馋涎徒流三尺耳。

谚有"十桃九蛀"之说。一自园艺家加以研究，蛀者遂少。最简便之免蛀法，桃结实时，以桑皮纸密裹之，则蛀虫无复得入。桃接于橘，其实甘；接于柚，其实巨；接于柿，其实灿然而金；接于梨，其实酥软，宜于老人。

桃多名色，有胭脂桃，实如艳美人靥上红脂也。有鹰嘴桃，实尖如鹰隼之利啄也。肉不黏核者，曰银桃。核特大者，曰巨核桃。油然而光致者，曰油桃。骈偶成对者，曰鸳鸯桃。硕大可充盘供者，曰寿星桃。又古有所谓饼子桃者，实状如香饼，疑即蟠桃。

桃有巨硕异常者，如郑常《洽闻记》："吐谷浑有桃大如一石瓮。"又《玄中记》："木子之大者，有积石山之桃实焉，大如十斛笼。"又张邦基

(明) 项圣谟《蟠桃图》

台北故宫博物院藏

传说王母娘娘农历三月初三生日这天会在瑶池举行蟠桃盛会，邀请各路神仙赴宴，而这蟠桃三千年一熟，故款识题曰"蟠桃结实三千岁"。

《墨庄漫录》："有人以桃核半枚来献，中容米三四斗。"殊足惊人。

薛文华为名画家倪墨耕之妻，以体态丰腴故，号"薛大块头"，文华名反不彰。亦擅丹青，性嗜桃，乃刻一印曰"雪藕冰桃馆"。暑日为人绘扇，辄喜钤用之。薛啖桃能一气连啖二十枚，量亦豪矣。

曩闻人谈，萍乡某村，有桃奴祠，小有香火之缘。相传康熙中叶，有姓陶名桃者，圃翁也，自号"桃奴"，种桃三百余株，学宋林处士法，以卖桃所获，每一树分储一罐，为一岁用度之支配，大抵酒家恒得其半焉。不娶无子，人问之，即指桃园之树答曰："花我妻，实我子，又何妻子为？且人之有妻子者，竭一生心力之劳，亦不过取以供给妻子而已，是妻子之奴也。我今一岁劳心力于是园三百余树，则亦犹夫人之为奴于妻子而已，故自号'桃奴'也。虽然，室人交谪之声，吾知免矣，灼灼之花，累累之实，娱我实多，然则我奴胜人奴也。"闻者以为达。既死，里人即以其地建草庵，曰"桃奴祠"，有没而祭于社之意焉。

李

　　"青李来禽，樱桃日给。"此王右军帖语。盖李与樱桃同时，夏日之佳果也。然亦有春熟者，《邺中记》云："华林园有春李，冬华春熟。"又有冬李，《南史·王僧孺传》："有馈其父冬李，先以一与之。"的是反常异征。

　　李有黄色者。《述异记》云："许州有小李子，色黄，大如樱桃。谓之御李子，即献帝所植，至今有焉。"又有白李。《搜神记》云："度朔君曰：'昔临庐山共食白李，忆之未久，已三千岁。'"（编者注：据《搜神记》卷十七《度朔君》，此为他人对度朔君所言，而非度朔君语。）其他如魏文帝书："沉朱李于寒水。"李肇《国史补》："以绿李为首。"色彩美备，蔑以复加。

　　自古识李者，莫若王戎。《晋书·王戎传》："戎曰：'树在道旁而多子，必苦李也。'取之信然。"又《世说》："王戎有好李，卖之，恐人得其种，恒钻其核。"

　　世俗呼李曰"嘉庆子"，其说见于韦述《两京记》：东都

"嘉庆坊有李树，其实甘鲜，为京都之美，故称嘉庆李"。唐白居易、宋洪迈，均有咏嘉庆子诗。又《通俗编》云："嘉庆子虽即是李，而种类与凡李殊，今人概以为李脯之号，虚誉之耳。"

　槜李为果中隽品。徐仲可词人《闻见日抄》有云："槜李之真者，皮紫，间有黄点。既熟，就吮之，浆入口，所余惟带须之核而已。桐乡之濮院产之。董东苏言，所产以静相寺为最佳。嘉道时，寺僧苦结实时官绅之婪索，斫树俾不留种，今所产不及静相寺远矣。"又嘉兴城西南产佳李，因名槜李，盖因果而得名也。曩艺海回澜社诸子，偶作明圣湖之游，当长车之过嘉兴也，有筐以鬻果者，果殷红而圆。施济群斥一金，购得六七十枚，曰："廉哉，槜李。"遂分贻社友而快朵颐焉。朱其石为禾人，知禾产，曰："槜李每金只二三枚，此非槜李，乃夫人李也。"诸社友金曰："艳哉斯名，艳哉斯名。"马万里亟询其石以夫人李之本干如何？枝叶又如何？拟调丹青以为画幅也。《夫人李图》成，幸乞万里赐示欣赏。昔人望梅止渴，今人不妨望李解诼也。一笑。

梨

　　梨之为物，古人本有"百果之宗"之说。而冷侵肺腑，香惹衣襟，醉渴之余，朵颐大快。其树高二三丈，枝叶扶疏，花白似李，宜于北地，盖厥性喜燥也。市上所见者，以天津之雅儿梨、山东之莱阳梨为最多。雅儿梨细白，莱阳梨虽甘美而外表粗糙，若以皮相，未免有失也。

　　徐州西乡砀山，产梨亦甘美，即啖至中心，亦无酸味。我友烟桥今秋作泰岱之游，途过徐州，啖梨而美之，咏诗有"小驻彭城识俊物，砀山梨子不心酸"之句。

　　山壤栽梨，亦能蕃硕。皖省多丘峦之胜，故产梨声闻全国。名画家程瑶笙师，皖人也，其乡人携梨为赠，承师移贻一筐。梨大似柚，皮色黄，削而啖之，其味津津，甘留舌本，而肉厚核小，啖一枚能令人饱。予踵谢之，师曰：是为回溪梨，产于休宁。梨初结实，果主即逐枚以纸封裹之，恐纸之不经雨露也，乃鬃以柿漆，而虫蛀鸟啄，均可得免。梨之纯乎无斑疵者，果主护惜之力居多也。尚有一种曰金花盖顶，

（元）钱选《莲实三鼠图》

台北故宫博物院藏

硕大的梨，娇小的红菱，还有被撕碎的莲蓬，而寻常令人讨厌的老鼠，观其大快朵颐的样子倒不由得可爱起来。

产于歙县南树村。是梨白洁可喜，近柄处则微黄，故名。最贵之种为蜜汁梨，产于休宁、歙县交界处之榆村。是梨仅大如枇杷，初离树，坚硬不可食，必贮置瓮中，而密封不使泄气，若干时日后取出，则软烂似糜，几不能握，吮之则浆肉悉入于口，甘美无伦，所剩者只外皮耳。是梨治咳疾甚有灵效，远非沪上所售之梨膏可得而及云。

今人以事之爽美快适者，辄以"并剪哀梨"同喻之。并州地名，杜甫诗有"焉得并州快剪刀"，姑不具论。哀梨却有两说，一《世说》云："桓南郡每见人不快，辄嗔云：'君得哀家梨，当复不蒸食否。'"注："旧语，秣陵有哀仲家梨，甚美，大如升，入口消释。"一

《东山草堂集》云：哀梨出河南尉氏县袁家，其大如橙，味香美，不可名状。"哀"字乃"袁"字之变，盖昔人虑上官诛求之累，故误其名以遁迹也。尉氏人又号曰"藏梨"，以其种甚稀，而觅之最艰也。二说未知孰是。

《长物志》云："梨有二种。花瓣圆而舒者，其果甘；缺而皱者，其昊酸。"的是辨果要诀。

妇女美容，用雪花精、白玉霜等品多矣。按《齐民要术》："面患皱者，夜烧梨令熟，以糠汤洗面讫，以暖梨汁涂之，令不皱。"法至简易，妇女盍一试之，其功效或在雪花精、白玉霜之上，未可知也。

杨　梅

杨梅继枇杷而成熟，荐诸冰盘，消暑大快。又号君家果，盖昔杨修至孔君平处，君平设果，指示杨梅曰："此君家果也。"叶细，树高丈许，春开黄白花，结实有白、红、紫三色。白杨梅，扬人别有"圣僧"之号。或云，杨梅接桑，则结实不酸。

我苏洞庭西山产杨梅，有"东山枇杷西山杨梅"之谚语，在舟山上。舟山者，色红而刺尖。洞庭山者，色紫而刺圆，惟易烂不能多置时日，故市间充斥者，咸舟山物，洞庭山者不能与之争长竞短也。一昨闻诸同事某君言，洞庭山杨梅熟时，垂垂枝头，红紫可爱，最易被禽鸟啄食，又患人窃取，故果主必雇人看守，昼夜不息也。又有害虫一种，称之为杨梅老虎。其虫遍体生毛，茸然作红黑色，体能伸缩，缩时只一二寸长，伸之有咫尺者，厥状殊可怖。山氓迷信神权，不敢杀，有则香烛供奉，令其自去，谓杀之来岁杨梅恐有不实之虞，攸关生计也。光福杨梅亦有名，间有白杨梅，更为珍品。横山诸坞，亦产杨梅，其佳者不在光福下。

铜坑附近之安山，东麓居民多种杨梅，有钱武肃王庙，子孙世守其祀。每年杨梅初熟，必先供奉于王，然后始出售卖。盖山氓迷信，以为不知此者，"王赫斯怒"，而杨梅明年不再成熟，殊可笑也。

曩左宗棠莅吴，有以洞庭山杨梅为献者，左啖之而甘，不觉罄尽一筐。翌日病作，左之差役以为是献之者之罪也，执而笞之。既而左病霍然，知其事，深以差役处事不当。谓献者一片诚意，乌能反被辱责，且因甘美而多进，其过在我，况病之是否为多啖杨梅而作，未可断定乎？乃反笞责其差役，一时传为笑柄。

余杭灵峰以梅著。然《武林梵志》有周紫芝《晚至灵峰寺》诗云："绣树千枚与万枚，灵峰寺里看杨梅。青山行尽且归去，红子熟时应再来。"则灵峰杨梅，昔亦称盛也。

梅香酎者，杨梅酿酒也，见《林邑记》：邑有杨梅，"大如杯碗，青时极酸，既红，味如崖蜜，以酿酒，号梅香酎，非贵人重客不得饮之。"

人喜夸其乡味，常情也。

(清)蒋廷锡《杨梅练雀图》（局部）

台北故宫博物院藏

相传有闽人与吴人晤谈，闽人夸荔枝，吴人夸杨梅。或以诗调解之曰："闽乡玉女含冰雪，吴郡星郎驾火云。"闽人、吴人遂相视而笑，亦趣事已。

金婆杨梅，为杭州隽品。昔有老妪金姓，居南山杨梅坞，杨梅甚盛，甘美殊常，俗呼金婆杨梅。

杨梅仁可治脚气。《挥麈录》云：王丰父守会稽，时童贯方用事，贯苦脚气，或云杨梅仁可治疗是疾，丰父乃衷五十石以献之，后擢为待制官。

有啖杨梅吞咽其核者，谓平日食豚儿肉，肉上有毛，深积肠胃，杨梅核有伐洗之功。此则传说之辞，不足为信。

余曾于友人许仲和家啖杨梅饼，绝腴美可口。询其制法，据云以面包屑若干，泡于牛乳内，俟其软时，再加以糖、盐各半杯，鸡卵三枚，柠檬皮一撮，乳油一勺，搅匀后倾于浅锅内，以文火烘之，微焦黄而止，然后以杨梅浆灌其上，饼即成矣。法尚简单，稍缓当试为之。

扶桑人之料理店中，有"杨梅冰结凝"一种。其形式颗颗颎圆，宛然如真，且入口而化，凉沁心腑，洵消暑之妙品也。

啖杨梅，诵古人杨梅佳句，亦一乐事也。岳珂云："风露盈篮重，冰霜透齿寒。"陈景沂云："止渴还相似，和羹凉亦同。"徐阶云："三春叶底青丸小，五月枝头颎弹圆。"方岳云："雪融火齐骊珠冷，粟起丹砂鹤顶殷。"李东阳云："名从傅鼎遥分派，价比隋珠亦称情。"

枇 杷

郑有慧《枇杷 樱桃》

枇杷之为物，吴船入贡，汉苑初栽，御气之浓，得未曾有。且诗家方诸"黄金丸弹"，尤为绝妙比喻。一名卢橘，苏长公有"卢橘微黄尚带酸"之句。更称炎果，谢瞻安所谓"承炎果乎纤露"者是也。

鄂之宜都，产枇杷硕大无朋，多汁如蜜，剥一枚盛之可盈碗。俗凡嫁女，必以上好枇杷馈贻婿家，谓之送夏，且寓多子之意。而红闺间妾擘郎尝，引为乐事，亦伉俪之殊福、异地之佳话已。

浙之塘栖，亦以枇杷著。饭牛翁曾莅其地，

时适为仲夏，满筐满箩、负担唤卖枇杷者，声闻数里。翁以为生平仅见之景迹，口占七绝咏之云："晚风吹出野人家，十亩桑田一路遮。四月江村好烟景，楝花风里卖枇杷。"（编者注：郑逸梅《南社丛谈·戚饭牛诗十三首》中有收此诗，诗题为《过塘栖》，首句作"晚凉天气野人家"。）并谓枇杷甘美，不让于东、西洞庭。

予友严兰轩，洞庭东山人，一昨为谈山上枇杷事。谓枇杷植于山麓，高二丈许。叶椭圆形，经霜不凋。开小花，色白五瓣，似款冬花。春间花落结实，果农择其蕃密者摘去之，俾一簇只留四五枚，否则蕃而不硕，密而不畅，徒为废物，不能快朵颐也。有百余年之老树，壅培得宜，结实仍累累者，盖所患惟毛虫。毛虫蚀树，往往萎折，故果农之防毛虫，胜于国家之防匪寇。冰雹亦为枇杷之劲敌，冰雹降，枇杷纷纷摧落，损失綦重。枇杷去皮，肉有红、白之分：红者曰红沙，一名大红袍，产于湾里；白者曰白沙，产于槎湾。湾里与槎湾，皆东山之小村落也。枇杷宜取其长形者，圆形者核多浆少，长形者核小浆多，无核者最为上品，然不易得。枇杷熟，鸟来啄食，又易被人盗窃，故其时果主往往雇用工役看守之，夜则芦棚被席，卧树畔不离。既经采撷，装入花箩中，然后运诸来沪。但按箩纳税，所费不赀，年来乃改装筒篮，一筒篮可容二十箩，税较便宜也。售枇杷辄以二十两秤计之，大约每担鬻二十金左右。由船载至埠头，须由果行夫役来挑，不能有所僭越，盖夫役可向果主索取厚酬，以为例规。果行以筒篮不便售卖，再行分装花箩，兜售主顾。以白沙者为贵，红沙者值稍差。

相传秀水竹垞居士，与某羽士相友善。观中有枇杷二株，熟时每见馈，均无核者。竹垞询其故，羽士以仙种对，竹垞终不信。知羽士嗜蒸豚，一日邀之来，命佣市一骰肩，故令羽士见。不逾晷，即出以佐餐，透熟腴美，羽士为之饱啖。因问竹垞速化之法。竹垞曰："偶有小术，欲以易枇杷种耳。"羽士低语曰："无他，于始花时，镊去其中心一须耳。"竹垞曰："然则吾之馈亦无他，昨所预烹者耳。"相与抚掌。按，枇杷无核者，名焦子，出广州。见《广志》。

　　曩李秀山幕府中，有秘书某，眷一眉史曰红枇杷。眉史善弹琵琶，嗜啖枇杷，因以噪其名也。某制有《琵琶泣影词》，为红枇杷写身世，极哀感顽艳之致，一时传诵焉。

　　枇杷叶大如驴耳，粤人称之为无忧扇，煎饮之可治咳病。但背有黄毛茸茸然，宜刷去之，否则不但无益，且加害也，故病家常购现成之枇杷叶露代之。

　　"满天风露枇杷熟，归奉慈亲取次尝。"此陈基之句也，读之不觉油然而起孝思。其他尚有白居易诗："淮山侧畔楚江阴，五月枇杷正满林。"又陆游诗："枝头不怕风摇落，树上惟忧鸟啄残。"皆足为枇杷生色。

　　枇杷，核种即出，待长移栽，春三月以它木本接之，壅之以灰，枝叶婆娑，凌霜不凋，故有"枇杷晚翠"之称。

　　枇杷冻，为一种清隽之食品。法以去皮核之枇杷，切成薄片，加适量之水，文火煮之，以软烂为度，沥取其汁，和入糖霜，置于蜜饯罐中，先煮数分钟，调之使融，再加热至沸，倾诸琉璃之盘，密封而投置冷水，约半小时，即明莹成冻矣。

荔　枝

夏日珍果，厥惟荔枝。"壳如红绡，膜如紫绡，肉如白肪，甘如醴酪。"一骑红尘，无怪妃子盈盈而笑也。

闽、粤名产，有所谓"冰蚕茧"者，荔枝佳种也。皮纯赤，擘之其肉莹然，如水晶丸，甘液流溢，的是隽物。惜以随摘随啖为宜，舶运来沪，则色、香、味俱变，反不及寻常之品矣。

"荔枝凡几种，产于琼山徐闻者，有曰进奉子，核小而肉厚，味甚嘉。土人摘食，必以淡盐汤浸一宿，则脂不黏手。野生及他种，味带酸，且核大而肉薄，稍不及也。"见《海槎余录》。

荔枝湾在番禺城西，珠江之湾也。荔枝夹岸，即南汉昌华旧苑。时人陈鹤侬曾有句云："寥落故宫三十六，夕阳明灭荔枝红。"其全篇已不忆。又昔人艳句："青青杨柳被郎攀，一叶兰舟日往还。知道荔枝郎爱食，妾家移住荔枝湾。"

"三山荔子丹时，最可观。四月味成曰火山，实小而酸，五月味成曰中冠，最后曰常熟中冠，品佳者不减莆中。""瓮以肥壤，包以黄泥，封护惟谨。"见《游宦纪闻》。

宋徽宗于禁苑艺荔枝，结实以赐燕帅王安中，御制诗云："葆和殿下荔枝丹，文武衣冠被百蛮。思与近臣同此味，红尘飞鞚过燕山。"盖用樊川"一骑红尘妃子笑，无人知是荔枝来"句意，竟成语谶。

粤中炎日，常有荔荷鸭一馔。其法将鸭宰洗调味后，剥荔枝若干枚，并去其核，置于鸭下，上盖鲜嫩荷叶，文火清炖之。味隽永莫与伦比，老饕家不妨一试。

（北宋）赵佶《荔枝图》
台北故宫博物院藏

蔡襄与客书云：荔枝"于果品，卓然第一"。又，王逸《荔枝赋》亦有"超众果而独贵"之说。推崇如此，荔枝亦当之无愧者也。

荔枝壳有"绛绡丹㲫"之喻，若取以贮藏

之，隆冬天寒，煮以代砚水，可免冻凝滞笔之虞。又荔枝核磨成粉末，和以醋汁，可治癣患，亦废物利用也。

吴缶庐善画荔枝。词人况蕙风戏属缶庐画折枝荔枝，名之为《惟利是图》。缶庐题之云："夔笙属作是图，以玩世之滑稽，寓伤心之怀抱，可为知者道耳。为设色画荔枝，以取荔利谐声之意。"（编者注：中孚书局版作《惟利是图》、华夏出版社版作《惟利时图》，皆误。吴昌硕《缶庐近墨》有收此图，其图名当为《唯利是图》，"以取荔利谐声之意"当为"取荔利同声字"。）是图为缶庐得意之作，蕙风既下世，未知尚存其后嗣处否也。

清道人啖蟹，有"李百蟹"号，传为佳话。不知清道人更有荔枝癖，以性热故，便血不止，不顾也。

前清周聘伊号莘野，善画墨竹，或以金币求之，必大诟。性嗜荔枝，每暑月，人令贩子担过之，辄饱啖殆尽，索价无以偿，贩子出素缣求画，便欣然挥洒。狡猾手段，可恨亦殊可喜。

栽种荔枝，其繁殖之法有三：曰实生法，曰接生法，曰驳枝法。约五六年，便可收获，十余年结实渐多，二十年后，每株累累多至百有余斤，须早晨带露摘之，盖早晨枝茎脆而易折，实亦鲜明甘芬也。

客有熟知荔枝种别者，述若干名色，极隽永有味。荔枝有取其香相似者，曰百步兰，曰麝香匣。有取其形相似者，曰牛心，曰蚶壳，曰朱柿，曰虎刺，曰松柏垒。有取其时相当者，曰中半熟。以其绛红可爱也，以红品之，曰方红、郎官红、一品红、玳瑁红、状元红、监家红、周家红、何家红、秋元红、七夕红、星球红、延寿红。以其湛绿宜人也，以绿评之，曰江绿、绿叶香、绿核、中秋绿、绿罗袍。他如游家紫、法白石、大蜡小蜡，则色泽之繁丽者也。六月熟者，曰六月蜜。肉侔水晶者，曰水晶圆。并蒂双垂者，曰蕙团。核细小者，曰焦核。余如进凤子、争龙瓶、不忆子、钗头颗、十八娘、大茄子、双髻、金棕、玉带束美人。计七十有五类，不胜枚举也。予曰："闻君一夕话，胜啖万荔枝。"客亦为之莞尔。长夜灯炧，草率书之。

日本荔枝绝少见，但有长三四寸，蜷曲似具爪牙者，尤为隽物，乃锡以佳名曰龙芽。或谓种自我国得来，而移植彼土者，然我国亦绝少闻见，不知典籍之纪述荔枝者，有此名色否？龙芽外壳，殷红多刺，味美而饶清香，啖之生津解渴。相传伊藤博文病于旅邸，医药鲜效，时方溽暑，龙芽初熟，下女千子设法向某园艺家购得若干枚，以献伊藤。伊藤啖而甘之，病顿瘥可，遂与千子两情缱绻，结不解缘者二年。不料红颜薄命，千子患疾而亡，伊藤以美人佳果之不可复得，殊深悼惜之。因此龙芽在彼邦有"美人果"之异名。此一段香艳事迹，闻诸旅日友人王逸如谈，爰摭录之，为荔枝添一海外佳话。

芡　实

(清)石涛《花果图册·芡实　菱角》

香港中文大学文物馆藏

芡实为秋日佳品，生于水中。叶大似荷，平贴水波，面青背紫，茎、叶皆有芒，夏日茎端开紫花，结实如栗球，裹实累累，一称鸡头。见于《周礼》。而《杨妃传》：杨妃出浴，露一乳，明皇曰："软温新剥鸡头肉。"此以芡喻乳，为千古艳语。

芡肉作丸状，色白，壳殷红如相思子，甚坚厚，剥之不易，故食芡一器，须费若干时剥取之劳。且多剥指甲作痛，汁液污衣，虽经涤不去，故佣仆咸视剥芡实为苦事。既制取，则以清水加冰糖煎之，鲜隽无匹。或研之为粉，与双弓米同煎，为芡实粥，亦为清味。节俭之家，曝芡壳干之，为冬日燃炉之需，殊耐煨焚也。

芡产于吾吴南塘为最佳，故卖芡者，辄呼曰南塘鸡头，每金可买十有余斤。海上无从购置，而殷明珠女士殊嗜之，予秋日返苏，常委携若干斤来，朵颐为快。兹则吴地乡人已有运至海上，街头巷口，得时闻南塘鸡头之唤卖声矣。

南货铺中所出售者，则为干芡实，煮食之味乃大减，盖大都为他处产品。北燕谓芡实曰葰青，亦曰葰芡，可知燕地亦产是物也。

秋末，收获芡实之老者，以蒲包浸于水中，迨明春二三月间，撒于河塘，待叶浮而上，始可移栽，用麻豆饼拌匀河泥中，自易茂盛。

芡实之见于古人笔札诗什中者，聊摘数则如下。《东坡杂记》："吴子野云：'芡实盖温平尔，本不能大益人，然俗谓之水硫黄。'"《吕氏春秋》："柱厉叔事莒敖公，自以为不知而去，居于海上，夏日则食菱芡。"韩驹诗："细乳分茶纹簟冷，明珠擎芡小荷香。"（编者注："冷"，原作"凉"，今据韩驹《六月二十一日子文待制见访热甚追记馆中纳凉故事漫成一首》改之。）杨亿诗："半瓯鹰爪中秋近，一炷龙涎丈室虚。"（编者注：后句原作"一炷龙泉丈室生"，今据《全芳备祖》、杨万里《诚斋集》卷二十《食鸡头子》改之。）陶弼诗："香囊联锦破，玉指剥珠明。"读之令人馋涎三尺。

无花果

无花果为落叶亚乔木，吴、楚、闽、越皆有之。树似胡桃，三月发叶，大而粗糙，三裂或五裂。食为肉果，色青，熟则紫色软烂，味甘无核，有消化蛋白质之作用。《花镜》谓，植无花果，其利有七：一、 味甘可口，老人、小儿食之有益；二、 曝干与柿饼无异；三、 立秋至霜降，取次成熟，可为三月之需；四、 截取大枝扦插，本年即可结实，次年便能成树；五、 叶为医痔胜药；六、 霜降后，如有未成熟者，可收作蜜煎果；七、 得土即活，随地广植，以备歉岁。

种类，有意大利种，实为椭圆形，皮薄，熟呈淡黄色，产额殊丰；又有美国种，较意大利种稍小，实紫黑色。

栽培之法，在春分前取三尺长条插润湿土中，自能繁殖。浇以粪水，茁叶后惟灌清水，结实后水分更不可缺，移植期则以十月下旬至十二月上旬，或二月中旬至四月下旬亦佳。

实以干藏为宜，食之亦能止痔，不仅叶也。

景州产文光果，形如无花果，世俗往往混而为一。

无花果典籍不多见，惟《本草》云：无花果，一名映日果。又陈懋仁《庶物异名疏》云："映日果，即广中所谓优昙钵，及波斯所谓阿驵也。"

瓜

瓜为蔓生植物，花多作黄色，实熟于夏，浮诸清泉，堪称隽品。最普通者为西瓜，相传为回纥种，汁多味甘，消暑尤宜。形较小而灿然金黄者曰香瓜。他如冬瓜、南瓜，可以充

(南宋) 韩祐《蚤斯绵瓞图》

台北故宫博物院藏
"蚤斯振振，瓜瓞绵绵"，寓意子孙众多，绵延不绝。

馔。北瓜以供陈设，我苏涵碧山庄每岁必有北瓜会之举行，其盛况殊不亚于兰菊会也。

香瓜之类，有表里湛碧可喜者，曰翡翠瓜，啖之爽脆无比，苏乡某处产之。又泗阳有绞瓜，形亦似香瓜，以刀剖之，蒸于饭锅上，片刻取出，以箸搅取瓜内之丝络，调以酱麻油，鲜香可以佐粥。惜此瓜不能移植于他处，故他处人亦无此口福也。

地以瓜名者甚多，如瓜州、瓜步皆是。即南洋群岛之爪哇，元明史皆作瓜哇。他如瓜圻，在湖北鄂城县西南，为吴王种瓜之地。瓜洲村，在陕西长安县南，杜牧曾种瓜于此。

哈密瓜著闻全国。据云，瓜凡二种，夏熟者一味清凉，别无佳处；冬熟者则甘逾崖蜜，味美非常。以气候凛冽故，乃围炉啖之。前清时常以之入贡也。冬熟之瓜，广州亦有之，曰金钗瓜。又敦煌郡生美瓜，有乌瓜、鱼瓜、青登瓜、桂枝瓜诸名。

古人咏瓜诗，如花蕊夫人云："帘畔越盆盛净水，内人手里剖银瓜。"刘子翚云："故人夙有分瓜约，走送筠篮百里间。"曹唐云："略寻旧路过西国，因得冰园一尺瓜。"方夔云："香浮笑语牙生水，凉入衣襟骨有风。"绝妙好辞，耐人玩索。

"瓜恶香，香中尤忌麝。"见《酉阳杂俎》。

瓜名有绝雅致者，如《洞冥记》云："有龙肝瓜，长一尺，花红叶素，生于冰谷，所谓冰谷素叶之瓜。"又《清异录》云："上命之曰御蝉香、挹腰绿。"

同事许君谓，某次赴燕度岁，有邀之年朝宴者，鱼肉丰盛，烧鸭又特腴美，为之大快朵颐。既而主人以盘进王瓜，深讶王瓜为盛暑食品，何以一反其常，而于祁寒供客下箸？询之于人，始知燕俗夏日购置王瓜若干，窖藏土穴中，至岁尾年头，为馈贻戚友之佳礼。盖每条王瓜，代价须银一二两左右，以王瓜陈宴，客必致谢，所以答主人之隆敬云。

吾国某巨公至扶桑，扶桑人享以盛宴，招以艺伎。既而侍者进蛇瓜一篓，某巨公以其形之可怖，不敢尝。同座者无不津津乐啖，谓甘脆清香，无可方物。艺伎有生长千岛者，曰：是为吾乡土产，栽植綦难，久雨则烂，久晴则僵，故颇不易得，得者视为贵品。闻曩时李合肥来，曾一尝其味，赞美不绝口云。

小白娘，香瓜之一种也。色白质嫩，仿佛女郎之玉肌，剖之瓤纹细致，汁甘似饴。我友徐卓呆在江湾治圃，栽小白娘满畦，夏日瓜熟，徐君亲撷之贻戚友，予亦曾啖尝之。

西　瓜

西瓜为回纥种，五代时胡峤居契丹，始食西瓜，云契丹破回纥，得此种。见《五代史·四夷附录》。孟夏中旬浸其种子，一昼夜而后下之，半月发芽，宜覆以棕榈毛。花色黄，谢后四十日，结实成熟，即可采而食矣。置瓜于沙地上，可以久储不坏。

徐家青，西瓜名，产于吾苏虎丘。又荐福山，亦产西瓜，味甘而松，尤为隽品。

学友袁无咎曾留学美利坚，谓彼邦亦有西瓜，瓤多深红色，食时和以盐，别有风味。

剜去西瓜之瓤，置鸭于其中而蒸煮之，曰西瓜鸭，腴美清香，夏日家馔中之无上妙品也。

西瓜去瓤存皮，以刀镂之，成种种花纹，中燃以烛，悬之照夜，绿色沉沉，名曰西瓜灯。儿时常玩之，惜年光不能倒流，此乐无从再得矣。

西瓜多仁，或红或黑，收而曝干之，可以炒食，称之为杜园瓜子。纳凉夜话，团聚一家，撮瓜子而细剥之，亦家庭间之乐事也。

曩年，西瓜每担约售一千数百文，有某甲欲购瓜，还以六百文之价。瓜贩曰：六百文只可买瓜皮。盖故意辱之也。某甲闻之，探囊出六百文，剜其瓜皮。瓜贩恐惧，始以软语赔罪，然瓜已被剜过半矣。此为吾苏事，一时传为笑谈。

瓜皮盐渍之，可以佐粥，且可治喉痛，其性凉，甚有功效。

西瓜以表皮有虫啮斑痕者甜，试之果然。

西瓜浆多，饮之堪清暑热，或漉汁而以文火煎之，煎至七八分，搅糖细炼成膏，可以久藏不坏。隆冬沸水冲之，以之饷客，无不诧为异味。

陈以一，任墨西哥领事有年，为谈该邦国旗分红、白、绿三色。相传革命之役，革命军战败，退驻某地，各食西瓜解渴。军官演说激励，众兵举手表示赞成，不禁将西瓜擎起。适敌人追踪而至，遥望革命军方面，有物起落，一片血色，惊疑不敢进击，革命终获转败为胜，于是取西瓜红、白、绿三色为国旗。

吾苏蓹溪农户某，见田畦间产一瓜，硕大无朋，权之重五十斤。农民素重迷信，尊之为瓜王，谓不可剖食，食之必干天怒，有雷霆之虞，供诸神庙，往观者户限为穿也。友人经大猷，谓此不足奇，曩曾赴鲁，济水之阳，有楚黄村焉。楚黄以产西瓜著，瓜作长圆形，略如此间之枕瓜，惟两端弯垂，中腰特细，若加束然。每枚重量，辄在百斤以上，且概不分剖零卖，必合数家购啖之，否则啖之不尽，暴殄可惜也。味绝甜，剖之，浆液溢流，清芬扑鼻。以中腰特细若加束故，往往左端之瓤，白侔于雪，右端则红艳于霞。瓜仁亦殊大，多黑色，第坚硬不可炒食耳。是瓜所产不多，熟时，常由农民二人共担一瓜，饷诸绅富家，以博厚值，谓之送瓜。

数年前，吴佩孚张夫人，运大宗西瓜，采用古时瓜战之典，犒赏战士。心汉阁主有《瓜战》诗一绝云："激励三军奋斗时，特标瓜战好名词。将军儒雅夫人妙，双管联吟瓜战诗。"

南　瓜

　　顷见报载，粤南隘口乡莫和园，有南瓜一株，迩日结一瓜如龙形，首身四足俱备，长四五尺，颔须称之，宛然"潜景九渊，飞曜天庭"之物也，斯亦奇已。

　　南瓜为果类植物，本出南番，故名。亦有称之为番瓜者。引蔓甚长，一蔓辄延至数丈，节节可生根，近地即入土，花开黄色。结实充斥，每斤以数十文计，的是平民化食品。

　　瓜什九为扁圆形，间有垂垂而长者，表皮粗陋异常，瘿疣累累，食必削去之。取其瓤肉，和于粉中，并以豆沙为馅，可制南瓜团子，以充点心，殊耐饥可口。又煮南瓜分甜、咸二种，甜者用糖霜猪油，咸者用盐及虾米，然咸者不及甜者之佳，以瓜本微带甘味也。

　　南瓜之花，亦有烹而食之者。居停但杜宇家，曾于清晨摘花朵若干，和以面粉蔗糖，入沸油中煎之，微焦，勺之起，登盘充饵，尝之腴隽甘芳，无可言喻。时老画师钱病鹤亦在座，为之赞美不绝口，谓如此佳味，请纪述之，以补古人食谱之不足。

妇女发秃，可剪断瓜藤，以盎盛取其汁，汁涓涓不绝，蘸涂之，自有滋生毛发之功。

瓜瓤有子，较西瓜子为大，盐汁炒之，可供消闲咀嚼。予以不擅食西瓜子故，乃对于南瓜子有特嗜，盖南瓜子易于剥取其仁也。

犹忆予家吴中乔司空巷为一绝大院落，杂莳卉木其中，矜红掩素，自足动人，又于屋角植南瓜一株，蕃茂易长。未几，缘墙附檐而上，蜷须连缀，厥叶殊大，如张巨灵之掌，映窗牖几席俱绿，自有一种野逸之致。花后结实，每枚重六七斤，或至十余斤，摘而煮之，朵颐大快也。

葡 萄

今秋葡萄大熟，且价值廉，予乃日啖之。如此口福，固不让岭南坡老之三百颗荔枝也。按，葡萄一作蒲萄，蔓生之木本植物，有卷须，本出西域，汉使取其实于苑中种之，始传入我国。葡萄色紫形大，而长者曰马乳葡萄，为唐太宗破高昌所得。刘禹锡诗"马乳带轻霜"、韩愈诗"若欲满盘堆马乳"、王十朋诗"水晶马乳荐新秋"、虞集诗"秋深雨足马乳重"、吴澄诗"见此西凉甘露乳"者是也。又《果谱》："西番之绿葡萄，名兔睛，味胜糖蜜。"又琐琐葡萄出西番，如小胡椒，云小儿常食，可免生痘。又金楼子葡萄，春夏之时，万花齐发如鸾翼。又《群芳谱》：水晶葡萄，晕色带白，如着粉，味甚甘，西番者更佳。又烟台所产之葡萄，有玫瑰香，因号玫瑰葡萄。

葡萄以汁多而甘者为贵。据园艺家云，择一绍兴酒坛之有些微损裂者，中实杂草，水以盈之，然后埋于葡萄下，俾腐草水分，渐渐渗透土中，则结实自然莹润。若取糖蒲包铺于地面，灌溉之余，糖汁为根茎吸收，则结实甘芳胜常，朵颐大快。

《酉阳杂俎》：贝丘之南有葡萄谷，沙门昙霄游至此，见枯蔓堪为杖，持还本寺，植之遂活，高数仞，荫地幅员十丈，仰观若帷，时人号为"草龙珠帐"。事既奇异，名色又绝雅韵，殊可喜也。

取紫葡萄剥去其皮，和以糖浆，可煮为葡萄羹。前清光绪某年秋，日本诗人冈鹿门至京师，访徐花农、蔡辅臣二公。辅臣招之饮，肴核中有葡萄羹。冈鹿门问及葡萄故实，花农乃仿古人食瓜征事之意，即席成二十八韵，并注所引书，有别于臆撰以示之。《葡萄征事诗》，与《西堂得桂诗》《鸾纶纪宠诗》《云麾碑阴先翰诗》，合刊成一集，予偶检箧笥得之，篇长不克捃录也。

葡萄为北方名产。"客指燕地葡萄，问汪钝翁：'吴中何以敌此？'汪答曰：'橘柚秋黄，杨梅夏紫。'言之已使津液横流，何况身亲剖摘？"见《今世说》。

葡萄酿酒，世人所珍。烈士周实丹嗜葡萄酒成癖，几乎每日非此不欢。实丹既成仁，葬塔儿里，周人菊哭以诗，有"斗酒葡萄香，塔儿月影高"句，遂为葡萄添一佳话。

岳季方善画葡萄，尝作《葡萄说》云：其干癯者，廉也；节坚者，刚也；枝弱者，谦也；叶多而荫，仁也；蔓而不附，和也；实可啖，才也；味甘平无毒、入药力胜者，用也；屈伸以时，道也。其德之备如此。见《坚瓠集》。

石　榴

　　秋日多佳果，石榴其一也。石榴一名丹若，一名金罂，又号安石榴。为落叶灌木，高八九尺，宜植之庭院中。夏初开花，萼赤，花瓣深红。实为球状，黑斑殆满，熟则自坼，粒粒赪红，异常可爱。我苏洞庭山产之甚富，山氓借以为生，故春初舒青，即摘去歧条，并壅其根，使之蕃茂。仲秋时节，则累累枝头，尽为绛实。山氓忙于采摘，且临时架搭席棚，昼夜守之，以防偷窃，盖一年之心力，尽于斯也。而贩者亦麇集，与之争值论资，断断不已。山氓往往以硕大者，藏诸缸内，铺以松毛，使之耐久不坏，以便待价而沽。凡树之大者，能采摘至数担以外。结实红者，为最寻常之种。白者曰雪子，较巨而味亦甘美。最名贵者曰柚绉，其大仿佛沙田柚子，但不易多得耳。榴宜燥，不宜过湿，开花结实时，尤忌重雾，遇雾则花实悉落，无复有存。

　　石榴可以酿酒。《梁书·海南传》云：顿逊国有安石榴，取汁停杯中，数日成美酒。而潘岳赋更云："御渴疗饥，解醒止疾。"又榴皮色黑，可染玄色，经久不变。更可代墨汁，苏

轼《书回先生诗》后云：熙宁元年八月，"有道人过沈东老饮酒，用石榴皮写句壁上，自称回山人。"

予卖文海上，聊以自给，然四岁之鹤儿殊顽劣，常来扰乱。予乃购一石榴，嘱其就旁座自剥自啖，石榴颗粒小，剥啖费时，而予遂得宁静思索。此为荆人所发明，行之颇有效，因记之于此，俾家有儿扰者，一试法也。

菠萝蜜

　　果类中多甘汁者，西瓜、椰子之外，当推菠萝蜜为佳品。菠萝蜜本为梵语，其义为度彼岸，谓由此岸而度登彼岸，离生死而入涅槃也。移为果名，始于明代。《类函》云：明光禄寺甜食房，宦者掌之，专治糖果以供佛前，名菠萝蜜。

　　树为常绿乔木，产于岭南，及东印度等处。高五六丈，类冬青而黑润倍之。叶为倒卵形，极光净。花小，丛集成穗。实椭圆，累累于枝间，多者每株结十余枚，少者五六枚，五六月成熟。外皮礧砢如佛髻，剥去外皮，肉层叠如橘瓤。沪上果肆有售，最普通者，则为罐头中物，宴饮之际，煮之为甜羹，殊可口也。

槟　榔

槟榔为热地产物，树高四寻余，皮似青桐，顶端有叶，叶作锯齿状，敷舒成荫，风至摇动，如举羽扇。五年始一实，实成房，出于叶腋中，每房簇生数百，厥形锐长，剥其皮，如肉豆蔻，饭后嚼之，可助消化。

槟榔传入我国，尚在中古时代。《南史》载刘穆之以金柈盛槟榔，宴妻兄弟，则此品六朝已尚之。犹忆王渔洋有一谐诗云："趋朝每恐误晨光，听鼓衙官个个忙。行到前门门未启，轿中端坐吃槟榔。"盖新会程道南嗜槟榔，时官户曹，一日早朝，与渔洋遇于朝门，渔洋因戏以赠之者。

《秋雨庵随笔》云："《本草》：'槟榔，大腹皮子也。'陶隐居曰：'尖长而有紫纹者曰槟，圆而矮者曰榔。出交州者小而味甘，出广州者大而味涩。粤人以蛎房灰染红，包浮留藤叶（俗呼蒌叶）食之。每一包曰一口。'按，梁陆倕谢安成王赐槟榔一千口，见《北户录》，则口之为称，其来已久。其食也，满口咀嚼，吐汁鲜红。邱濬赠五羊太守诗云：'阶下腥臊堆蚬子，口中浓血吐槟榔。'此言其鲜者。干者，本地人不常食，多行于外省。京师人亦嗜此品，杂砂仁、豆蔻贮荷包中，竟日细嚼，唇摇齿转，恶状可憎。……余三滞京师，两游岭海，酒酣以往，手奉难辞，间一效颦，则蹙额攒眉，苦涩难忍。而甘之如饴者，其别有肺肠耶！"

槟榔不可多啖，多啖有摧肝殒命之虞。南昌有丁某者，家有一妻一妾。妻，河东狮也，凌虐其妾，妾莫敢逆其妒鳞，丁某又行商于外，无可为庇。妾名淑兰，自嗟命薄，颇有厌世自戕之意，顾妻防之严，不得死。一日，淑兰忽思及多啖槟榔，可以致命之说，其家固喜嚼槟榔，储置甚多者。如是淑兰日啖槟榔数十百枚，不三日，摧肝，杂便溺下，而一缕幽魂，遂赴泉壤。丁某得讯遄归，已无及矣。

槟榔产于海南，惟万崖、琼山、会同、乐会诸州县为多，他处则少。每亲朋会合，互相擎送以为礼。至于议姻，不用年帖，只送槟榔而已。久之，多以家事消长之故，易致争讼，官司难于断理，以无凭执耳。愚民不足论，士人家亦多沿习是俗者。见《海槎余录》。

槟榔屿以槟榔著名，但近来大都移植椰子，槟榔转有憔悴可怜态。王西神词人南游时，曾两度停骖于此，赋《台城路》以咏之云："碧云筛破斜阳影，婆娑画成秋意。病叶空山，孤根海角，愁入故园诗思。亭亭自喜，只月黑桃榔，输他蕉萃，三匝鸟飞，一枝寻遍也难寄。　　春风漫夸桃李，有天厨玉露，佳果同嗜。心绪膏煎，生涯瓢饮，暗老沧桑身世。树犹如此，问酒熟椰儿，倦魂醒未？瓠落年年，栋梁浑坐弃。"

　　槟榔本为"宾郎"。《本草原始》曰："宾与郎，皆贵客之称，交广人凡宾客胜会，必先呈此，故以槟榔名也。"

　　《鹤林玉露》云："岭南人以槟榔代茶，且谓可以御瘴。余始至不能食，久之亦能稍稍。居岁余，则不可一日无此君矣。故尝谓槟榔之功有四：一曰醒能使之醉，盖每食之则熏然颊赤，若饮酒然，东坡所谓'红潮登颊醉槟榔'者是也。二曰醉能使之醒，盖酒后嚼之，则宽气下疾，余醒顿解。三曰饥能使之饱，盖饥而食之，则充然气盛，若有饱意。四曰饱能使之饥，盖食后食之，则饮食消化，不至停积。"

椰　子

炎热之地，有佳果也，厥为椰子。树为常绿乔木，高七八寻，无枝条，挺然而立。二月作花，展叶似张巨灵之掌，实大如西瓜，色黑，性坚韧，不易劙剖。瓤白如凝雪，中有孔窍，储清液约升余，甘芳可口，热带土民，常以之解其渴吻，并祛暑气。若中剖而曝干之，镶以金属，可充酒杯，酒倾入有毒则爆，此陆龟蒙所以有"酒满椰杯消毒雾"之句也。

椰子多沺汁，南洋各屿，往往榨取其油，以供烹调，不啻吾国庖人之用豆油、菜油、花生油然，殊觉别有风味也。又"椰子有浆，截花，以竹筒承其汁，作酒，饮之亦醉"。见《交州记》。（编者注："截花"原作"截竹"，今据《齐民要术》卷十"椰"条引《交州记》改。另据《太平御览》九百七十二引《交州记》，似"承"下脱"取"字。）

擷椰子法，土民辄使家猴援升于树，恣意采取，敏捷异常。或投石以击之，椰子随石而下，其目力济、手术强者，百不失一也。

暹罗有维罗斯者，为椰子商。一日有盗来劫，维罗斯手无寸铁，无可为御，既而见椰子累累委地，乃情急智生，即取椰子掷之，用力殊猛，椰子适中盗之首部，盗晕而仆，遂被获。椰子御盗，洵属创闻。予曾闻之粤友刘继迪，继迪之尊翁，固于役暹罗而目睹之者。

　　西人以椰子制糖，我友画家沈延哲酷嗜之，虽病齿而糖不去口，且频劝人咦，洵趣人也。

　　椰子树初栽时，用盐一二斗，置于根下，则易发。而南海一带，居屋之四周，必植椰殆遍，其亦犹我国古时"五亩之宅，树之以桑"之遗制欤？

藕

公子调冰，佳人雪藕。夫藕之为物，百孔玲珑，<u>丝丝入扣</u>，古人称之为"灵根出水"，良有以也。

藕有田藕、塘藕之分，而塘藕产于吾苏南塘，尤为上品，逊清时代，常以入贡。有所谓伤荷藕者，叶味甘为虫所伤也。又梅湾北莲荡，亦以产藕名，其甘嫩不减高邮；车坊藕松脆无比，惟皮色粗恶，有失观瞻。皮相失天下士，不但藕为然也。

藕以一节者为佳，双节次之，三节又次之。三角形者，孔小肉厚；圆筒形者，孔大肉薄。凡购藕者，不可不知。

取刨刨鲜藕，以葛布绞沥之，汁即淀粉，和入糖霜，然后以沸水冲之，清芬可口，胜于市上所售之西湖白莲藕粉。又以藕片，调以面粉，入油煎余，谓之藕饼。

藏藕之法，须埋阴湿地，或以泥裹之，则可以经久致远。

藕之诡异名贵者，如终南山有旱藕，见《唐书》；千常碧藕，见《拾遗记》；"太华峰头玉井莲，花开十丈藕如船"，见

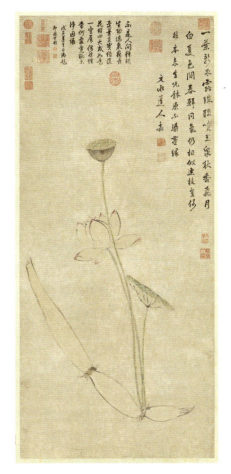

（明）文嘉《莲藕净因图》

台北故宫博物院藏
一藕，一叶，一花，一莲，极简亦极雅。

韩愈《古意》；长安城南楔池巨藕，曰玉臂龙。

情意之未绝者，世人常以"藕断丝连"喻之。海上隽流有夏宜滋者，尝取藕丝为印泥，印泥一小盏，耗藕数十百斤，有"泥皇"之称，亦艺苑旷闻也。

取藕节曝悬檐间，越一寒暑，可以煎汤服饮，凡胸膈闷塞，饮之自能开解。

藕孔实以糯米，蒸之为熟藕。更和糜煮之为藕粥，洵家厨清品也。

杨太真着鸳鸯并头莲锦裤袜，三郎戏之曰："贵妃裤袜上，乃真鸳鸯莲花也。""不然，其间安得有此白藕乎！"太真因名裤袜为"藕覆"。此藕之艳乘也，录之以殿藕话。

菱

陂塘鲜品，秋来首数及菱。菱端出叶，略成三角形，浮于水面。夏月开小白花，实有二角、三角、四角者，故谓之菱角。然《酉阳杂俎》曰："四角、三角曰芰，两角曰菱。"今人乃混称之耳。菱一名水栗，而《三柳轩杂识》称菱为水客。色或青或红，最艳者为水红菱。旧时妇女，竞尚纤趺，窄窄于裙底者，辄以水红菱相况。及天足盛行，无复有斯语矣。

两角而小者曰沙角，圆角者曰馄饨菱，四角而野生者曰刺菱，花开色紫，非人力所植。菱之种法，重阳后，收最老之乌菱，于仲春时撒入塘中，着泥即生。若有萍荇相杂，则务必捞去，而菱出始茂。施肥用粗大毛竹管，打通其节，贮肥于内，注之水底，未有不盛者。

南湖之菱，著闻全国。某岁予有事赴梨花里，道经嘉兴，雇一轻舫，娇娃荡桨，殷勤指点湖中景迹，逗客欣赏。既而登烟雨楼，侍者进菱盈盘，乃凭槛唼剥，清隽得无伦比。举目四望，一片空蒙，令人作终老水云乡之想，而驹光迅速，距今已多年矣。

(清) 王翚《仿仇实父采菱图》

池塘里，采菱人乘舟忙采菱。塘边柳树婆娑，屋舍傍水而建，人们逐水而居。阡陌纵横、良田、茂林、修竹，牛儿走在归家的路上——一派乡村闲适的生活景象。

或告予撷菱获婿趣事。我苏南塘多种菱，秋七八月，妇女竞往采撷。泊小船于荡口，用一小缸，妇女箕坐其上，擎牵菱索，纤手乱摘，拥满腰胯下。卸菱于舠，再以空缸去采。（编者注：上文中两处"缸"字、一处"舠"字，原皆作"舫"，今据清破额山人撰《夜航船》卷八《采菱得婿》改之。）女伴相逢，歌声袅袅不绝，自成韵调。有村姑年方及笄，失恃家贫。父训蒙为"猢狲王"，命姑采菱荡口。不料菱角翘然，偶伤下体，肿痛不堪。延女医治之罔效，父甚忧之，商诸名医，云须一察伤痕，始得下剂。姑以为羞，坚不肯去，父惟焦虑愁闷而已。里中某君，闻知此事，造翁曰："仆有妙方，特来奉赠。小甥陈生，年少能文，兼通内外医理，且尚未聘妻。仆为翁计，莫若先赘生于室，然后命之诊治，岂不因刀圭之介，而得乘龙快婿乎？"翁允之，三日成礼，而伤患亦全瘳。好事者为赋《催妆》诗曰："一曲清腔柳浪隈，温家不用玉为台。而今菱角休嫌刺，巧度鸳鸯引线来。""菱塘南去水云迷，鸂鶒鸬鹚翼并齐。黾勉同心无下体，个侬家住采菱溪。""河鼓沉沉漏点频，菱花含笑讵含嚬。乘龙娇客颜如玉，不用灵丹也活人。"殊足解颐发噱也。

柿

柿烂然殷红，甘美可啖，予殊嗜之。叶如山茶而厚大，夏至时开微黄花，及秋结实，色绿，摘而藏之，数日后即红熟可喜，仿佛番茄。藏柿之法，最好与木瓜或槟榔杂置，可免味涩。产青州者更佳，我吴山中亦多是物。巨者曰铜盆柿，小者曰金钵盂，取其形似也。

古云，柿有七绝：一、树多寿；二、叶多荫；三、无鸟巢；四、少虫蠹；五、霜叶可玩；六、嘉实可餐；七、落叶肥厚。《尔雅翼》及《酉阳杂俎》俱载之。

昔郑虔任广文博士，学书而病无纸，知慈恩寺布柿叶数间屋，遂借僧房居止，日取红叶学书，岁久殆遍。艺苑佳话，足以千秋。

柿树接枣根凡三次，则结实无核，朵颐大快。

以柿之大者，去皮压扁，昼夜暴露，干则纳诸瓮中，待生白霜取出，味极甜美，曰柿饼，食之可以愈痔，与无花果同。

柿与蟹不可同进，进则毒致人病，故张蕴《朱柿》诗亦有"蟹螯徵有忌"之句。

别有一种稗柿，叶上有毛，实青黑而奇涩。捣取其汁，俗称柿漆，涂于纸伞扇骨上，有御湿防腐之功。

柿熟后则落，且其味甘，故扶桑人谓徐待时机之来以成事者，曰熟柿主义。

戚饭牛《牧牛庵笔记》，载有《四柿亭》一则云："昆山县千墩乡，僻小市集也。……顾亭林先生诞降于此。先生读书处，手植四柿树，三百年来，根株已毁。宣统辛亥，广东梁节庵太史鼎芬，时至千墩，出己资，重建忠孝祠，补种四柿于亭，镌石碑，嵌于壁。余于乙丑秋专诚拜谒祠堂，浏览瞻仰，感慨靡已。"

郑有慧《荸荠　柿子》

王西神亦嗜柿甚，于其所作《湖上秋痕》诗中，曾道及之。诗云："湖山美著水云乡，短艇瓜皮荡夕阳。一片秋光描不尽，青菱红柿桂花黄。"注云："行装甫卸，即买小舟，作泛湖之游。瓶花列几，鼻观香浓。堆案陈列时果，湖中鲜菱，活翠嫩香，不翅鸡头软剥。柿为杭之名产，有'南山柿，北山栗'之称。余有肠病，夙嗜此物，红酣绿润，相映增妍。洪北江《秋日泛舟白云溪诗序》所纪情景，仿佛遇之。"佳景获此褒语，益觉声价十倍。

柿有"凌霜侯"之号，见《在田录》，云：高皇微时，过剩柴村，霜柿正熟，上取食之。后道经此树，下马以赤袍加之，曰："封尔为凌霜长者"，或曰"凌霜侯"。然则柿亦帝制遗孽欤！一笑。

《陶庵梦忆》云："萧山方柿，皮绿者不佳，皮红而肉糜烂者不佳，必树头红而坚脆如藕者，方称绝品。然间遇之，不多得。余向言西瓜生于六月，享尽天福，白梨生于秋，方柿、绿柿生于冬，未免失候。丙戌余避兵西白山，鹿苑寺前后有夏方柿十数株。六月歊暑，柿大如瓠，生脆如咀冰嚼雪，目为之明。但无法制之，则涩勒不可入口。土人以桑叶煎汤，候冷，加盐少许，入瓮内，浸柿没其颈，隔二宿取食，鲜磊异常。余食萧山柿多涩，请赠以此法。"

临潼县骊山温泉，每秋暮，人取未熟柿投其中，经宿食之，不涩。

文　旦

秋果之最硕大者，厥维文旦。树为常绿灌木，产于闽广。干高丈余，枝有刺，叶为长圆形，叶柄有翼状小片。实径四五寸，形圆，色正黄，皮极厚，不易脱剥。种类甚多。瓤白味甘者古称香栾，或云皮里淡红者曰香栾，皮里白而瓤淡红者，谓之朱栾。文旦以漳州者为最著。《漳州府志》云："柚最佳者曰文旦，出长泰县，色白，味清香，风韵耐人，惟溪东种者为上。"其地所种无多，移他处则不佳。又广西容县之沙田柚，尤名闻全国。江浙称柚之味酸者曰泡，闽中则凡柚皆称泡，亦作抛。暹罗所产者，形较小而皮色微黝，如不足取。然汁多而甘芳，最为上品。古人所云，皮相失天下士，于此益信。

柚花开于春末，蕊圆白如大珠，既坼，则似茶花，气极清，与茉莉、素馨相逼，番人采以蒸香，风味超胜。见范成大《桂海虞衡志》。

择文旦以顶高纹细者为上，扁圆纹粗者必酸。若剥皮完好者曝干之，其形似碗，可以贮物。昔时老人之吸旱烟者，尤为必备之品。瓤中有子，以水浸之，异常黏腻，妇女以涂云发，功用不啻刨花。

文旦有一趣话。犹忆某岁予为某刊物撰一元旦应时稿，被手民误排元旦为文旦。翌日编辑者吴双热致予一札云："投我以元旦，报之以文旦，非报也，手民打棚也。"套《诗经》语，为之喷嚓。

王西神尝作《香栾小谱》，有云："香远益清，明窗静对，如爇都梁，如晤古骚人畸士。味则琼浆浅挹，不为醍醐之灌，自有醇醪之醉。神州蔬果，尽多名产，顾欲求一蕴蓄宏深者，不得不推此君为硕果。即海舶远来，琪花瑶草，鲜果时珍，往往以痴肥厚重见长，亦未见有能与此骖靳者。"推崇如此，可见前辈嗜之之深。

木 瓜

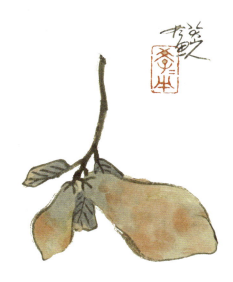

书斋清供，香橼、佛手外，木瓜尚已。木瓜为落叶灌木，干高六七尺，先花后叶，花分红、白二色，美艳殊常。实形椭圆，皮黄似腊，香气甚烈。

木瓜，一名铁脚犁。《方舆胜览》云："木瓜，华时有蛇盘纠，至实落供大士乃去，号为护圣瓜。"

宣州产木瓜著名，故丘濬《谢送木瓜》诗，有"经霜着雨玉枝疏，除却宣城总不如"之句。其地种瓜满山，每结实，好事者镂纸花黏瓜上，夜露日照，花纹宛然，名为绣瓜，又号花木瓜。帝制时代，常以入贡。"汪彦章与王甫太学同舍，甫貌美中空，彦章戏之为花木瓜。"见《游山录》。

木瓜可种可接，可以条压，春末开花，若移栽，则以秋社前后为宜。畏日喜肥，壅以犬粪，自然蕃茂。其枝条之挺直者，可以作杖，老人持之，有利筋舒脉之功。

藏木瓜法：将木瓜曝干，投于蜜瓶中，可以经久馨逸，不致败烂。木瓜味酸涩，然亦可食。《明皇杂录》：元献皇后思食酸味，张说袖出木瓜以献。

将木瓜生切去皮，煮熟之，多换水浸，俾去酸涩之味，然后用蜜熬煎，便为蜜渍木瓜。又木瓜浸酒，亦为佳品。

炙木瓜成灰，鱼食之即死。《三国典略》云："齐孝昭北伐库莫奚，至天池，以木瓜灰毒鱼。"

香　橼

　　书斋清供，香橼是尚，盖其气清幽馨逸，耐人静领也。香橼一名枸橼，为落叶乔木。枝间有刺，叶似橘而略尖长，花之色与香亦类橘。其实形圆而黄，亦作香圆。有大小二种：皮光细而小者，为香橼；皮粗而硕者，为朱栾。其树必待小鸟作巢后，方得开花结实，殆物类之感召欤！

　　《本草纲目》谓香橼即佛手柑。日人田中芳男《有用植物图说》分为两种，以正《纲目》之误。按，佛手柑产于闽广，一名佛指香橼，树高丈余，植诸近水。春开白花，花五出，夏末实熟，皮黄如柚，蜜渍可食，与香橼似是而实非也。

　　香橼味酸，故化学药液中，有枸橼酸之名，为有机化合物，枸橼、柠檬、橙、橘等皆含之。枸橼未熟时，汁中约含此酸十之六七，以此等汁分离杂物，加入硫酸等精制而成，为无色、透明、棱柱状之结晶，工业上用作印花之媒染剂，能使绸类色泽鲜美。

　　《香祖笔记》有治嗽验方："香橼去核，薄切作细片，以清酒同研，入砂罐内，煮令熟烂，自黄昏至五更为度，用蜜拌匀，当睡中唤起，用匙挑服，甚效。"

香橼见于典籍者，有文震亨《长物志》云："香橼大如杯盂，香气馥烈，吴人最尚，以瓷盆盛供。取其瓤，拌以白糖，亦可作汤，除酒渴。"《群芳谱》云："置衣笥中，经旬犹香。"《南方草木状》云：泰康五年，大秦贡香橼十缶，帝以三缶赐王恺，助其供玩，以夸示石崇。《山家清供》云：谢益斋奕礼不能饮，喜看客醉。一日，命左右剖香橼作二杯，刻花于其上，盛上所赐酒以劝客，清芬霭然，觉金樽玉斝，皆埃溘矣。郭璞《橘橼赞》云："朱实金辉，叶蒨翠蓝。"陈维崧词云："拌腊匀檀，搓得软罗圆皱。"又词云："翠瓷红架贮清幽，分外宜秋。凭皓腕，擘春绒，和麝粉，络床头。"

扶桑人颇爱香橼，移种植之，居然蕃硕，益盛四五枚，略留枝叶，供诸纸窗矮几间，自饶画意。且盛盎什九为我国古瓷，名贵异常。彼邦人士，又喜金鱼及水仙花，因与香橼同称"支那三隽物"。

《考槃余事》载有《香橼盘》一则云："香橼出时，山斋最要一事，得官哥定窑大盆、青冬瓷龙泉盘、古铜青绿盘、宣德暗花白盘、苏麻尼青盘、朱砂红盘、青花盘、白盘数种，以大为妙，每盆置橼二十四头或十二、十三头，方足香味，满室清芬。其佛前小几，上置香橼一头之櫜，旧有青冬瓷架、龙泉瓷架最多，以之架玩，可堪清供，否则以旧朱雕茶櫜亦可，惟小样者为佳。"

金　柑

入冬以来，果肆中柑类充斥，予尤喜啖金柑，视为唯一隽品。金柑，一名金橘，又名瑞金奴。常绿灌木，生浙江川广间。树不甚大，而叶纤细椭圆，有透明之小点，婆娑如黄杨。夏开小白花，秋冬实熟，色灿若金，故又号金弹。皮薄而肌理莹腻，啖之，其皮甘芳，瓤酸多核，圆者较甜，长者厥酸更甚。一种成倒卵形者，名金枣，又名牛奶柑，香味稍逊。又一种名金豆者，树只尺许，结实似樱桃大，皮光而味甜，可植于盆，用为书斋清供，闻产于太仓、浙甬间。又一种蜜罗柑，大似香橼，而皮皱味更香美，生于浙之金衢。

金柑可以蜜饯，有干者，有湿者，更有仿糖山楂制为糖金柑者，扦于细棒上，甜美可口，均为消闲之佳物。金柑又可浸酒，玉液金波，用以饷客。

吴俗喜卜吉兆，岁尾年头，常以橄榄、金柑同列一盎，以之敬宾，美其名曰元宝。是则不但无元宝之实，且无元宝之形，如是谬呼，抑何可笑。

曩李合肥相国，饮啖颇讲卫生，饮后必须啖微酸之果，谓果酸可助消化。故入冬辄多置金柑，日啖若干枚以为常。又善储藏，至来岁盛夏，犹得与冰桃、雪藕同快朵颐。闻储柑得其秘术者，为某姬人，李因是殊宠之。尝倩丹青家绘《红袖擘柑图》，一时题咏者不下数十家，曾裒刊成集。奈当时只供同寮赠贻之需，所印不多，予觅之再三而未得，否则，撷采一二，大堪为金柑生色也。

橙

橙与橘同类，为常绿灌木。干高丈余，似橘而多刺，叶亦若橘，惟较大耳。开白花，实经霜早熟，形圆色正黄，皮皱厚而易剥，其气馥郁，瓢味酸。腊月扦种之，如劈开其茎皮，夹甘草若干片，入土则不生虫。壅土宜坚实，种后若不动摇，虽纵横颠倒，无不尽活，盖极易滋生之物也。

粤人以柑为甜橙，有"高身橙，扁身柑""厚皮柠檬，薄皮橙"之说。新会县所产之柑曰新会橙，以老树为佳。据云，"日"字形之橙，底有旋纹，或黑痕如鹧鸪斑，及自蒂以下有直纹四布者，均为老树之果。且其出产地，只新会县之东甲乡，产额不多。试剖之，能不湿刀片，尤为异征。市上所售，往往裹以桑皮纸，钤有印识，借示名贵，实则均赝品也。梁启超，广东新会人，著《说橙》一篇，详析其真赝。

橙大者以蟹膏纳其内，用酒醋水蒸熟，既香而鲜。因记危巽斋云"黄中通理"，"此本诸《易》，而于蟹得之矣，今于橙蟹又得之矣"。见《山家清供》。

橙皮可入药，除健胃外，更用作矫味剂或矫臭剂。其制剂有橙皮糖浆、橙皮油等，应用均同。又清盐陈皮，亦什九以橙皮为之。吴中糖果肆若稻香村、采芝斋，在此时节，咸进大宗黄橙，剥取其皮，以为制清盐陈皮之需，橙瓤则若干成堆，廉价出售，不畏酸者，纷纷购唉之。

黄橙堪调脍，古人谓之金齑，故梅尧臣有"玉臼捣齑怜脍美，金盘按酒助杯香"之句。又《群芳谱》云，香橙可和菹醢，可为酱齑，可合汤待宾客，可解宿酒。

橙之别名，一曰金球。

（南宋）林椿《橙黄橘绿图》

台北故宫博物院藏

橙之见于古人诗词中者，如东坡云："一年好景君须记，正是橙黄橘绿时。"曾巩云："入苞岂数橘柚贱，芼鼎始足盐梅和。"工部句："细雨更移橙。"秦观云："纤手破新橙。"皆宠橙之什也。

橙可以为茶。《考槃余事》有制橙茶法云："将橙皮切作细丝一斤，以好茶五斤焙干，入橙丝间和，用密麻布衬垫火厢，置茶于上烘热，以净绵被罨之三两时，随用建连纸袋封裹，仍以被罨烘干收用。"

别有一种臭橙，花白色五瓣，香气清烈，俗称代代花。煮茗时置入若干朵，馨逸可喜。实圆而黄，冬熟，如留枝间不摘，翌年能变青色，故有"回青橙"之名。

红 豆

　　自唐诗人有红豆相思之什，于是离离赭实，遂为世人所珍视。此树不多见，除虞山钱牧斋红豆山庄外，当推吾吴葑门内吴衙场某质铺内之一株为秀特。某质铺为乌镇徐氏所设，其址本为彭氏产，洪杨乱离之时，彭氏让屋徐氏，树为故物。枝柯出墙，荫及邻家屋檐，故实时往往纷落邻家，某质铺内，反不能多得，偶然风来，吹堕若干枚而已。顾震涛尝辑《吴门表隐》一书，有一则云：铁树即红豆，郡中只有四树，一在玄墓山寺内；一在城东酒仙堂，宋白鸽禅师手植；一在升龙桥南惠太史周惕宅，周惕少从酒仙堂分析栽成；一在吴衙场明给谏之佳宅内，后易宋、易彭，今为吴刺史贻穀所居。足为此红豆树之考证。

　　白马涧天池山寂鉴寺后有红豆树一，若干年结实一次，寺僧收藏之以馈檀越，聊博香金。佞佛之姁，往往取以镶嵌为簪，插于髻上，云可避邪。

　　荆人奁中有红豆一枚，即天池山产品。鹤儿出世，即以是豆镶成饰物，系诸腕间，不料鹤儿稚齿初苗，便遭啮损，予因撰《很可惜的一颗红豆》一文，披露某报。社友顾明道见之，乃邮贻红豆一枚，并附书谓：前年友人许君在南洋宽柔执教，寄来红豆一双，供弟暇时把玩，兹以其一奉赠，色泽尚佳，或可为兄补一缺憾也。红豆以别纸护裹，启视之，果猩红莹沏，不啻宝石，为之爱不释手。良友多情，贻我恩物，洵可感谢已。

红豆树以岭南为多，枝叶似槐，其材可作琵琶槽。一穗千蕊，累累下垂，其色妍如桃杏。结实仿佛皂荚，荚内生小豆，鲜红坚实不易坏，乡氓取之，以为吉利之物，有制之为明琼者。又有一种红豆蔻，其苗似芦，叶类山姜，二三月发花殊艳，结实若红豆而圆，不知者易混淆也。

虞山俞友清获红豆若干，辑红豆故事为《红豆集》，且以倪墨耕之《红豆相思图》，制版刊入，的是艺苑佳话。友清以红豆分贻金鹤望丈，丈以诗谢之云："分明南国词人种，当作红儿掌上看。"又倪高风辑有《南国相思录》，予为之序。

香　蕉

香蕉为芭蕉之实，然非产于热地者不熟。叶甚大，花淡黄色，若我国之庭院间所植者，绿上窗纱，只堪点缀，不足以云果实。故我国古典籍中从无香蕉之纪述，即类书中亦付诸阙如，其输入我国年代之近，由此可知也。

香蕉鳞次而生，一簇往往数十百枚，垂垂叶腋间，以其香而味甘，又号甘蕉。初撷色青，熟则转为黄色，灿然如金，而有黑细点者为最佳，称之曰芝麻香蕉。若全为黑色，则熟极而烂矣。性能降热，有润肠利便之功，汽水、果子露、冰结凝中，和入其液少许，饮之殊可口。厥皮黏滑，践之易倾跌，重公德者，不轻弃于道路中也。形微弯，仿佛一旧式手枪。奸宄之徒曾有以之恫吓人者，黑暗中不之察，认以为利器，则堕其术中矣。

粤人家有所谓香蕉饭者，择上好香蕉，剥去其皮，置石臼内，用杵捣烂，取糯米和猪油入大碗中，蒸熟，外加龙眼肉等，胜于肴馆中之八宝饭也。

同社范烟桥曾述香蕉与酒事，绝有趣。陈佩忍先生于某年至崖山，访故宋遗迹，残山剩水，一片苍茫。询诸土人，谓山上有国母祠，盖祀杨太后也。既登，欲得杯酒以祭，出双银毫予司事，命沽酒来。司事为粤人，误"酒"为"蕉"，越时负巨株至，累累满穗，皆香蕉也，乃笑而与司事分食之。后为孙中山先生所闻，每与佩忍共酒食，必以此相嘲云。

　　非洲中部为炎热之地，植物畅茂，芭蕉尤为繁盛。所结香蕉，每枚长尺许，肥硕异常。日得一二枚，可"含哺而熙，鼓腹而游"，赫胥氏之民不啻矣。售卖香蕉者，多为妇女，盛以竹器，戴之于首。其最名贵者，则微剥其皮，嵌以他种糖果，啖之香甜适口，为敬客之需。又有以香蕉、菠萝蜜、椰子同煮，加入少许酸汁，为旅行沙漠解渴之妙品。

　　蕉树为用甚广，叶可以葺屋造纸，或制为桌布手巾，茎可编篱，芯作海绵，须根则制为线，及草帽藤牌等物，无废材也。但取撷时，有一极危险事，盖树丛中多毒蛇猛虎，当攀援于树间，虎张吻奋爪跃跃作欲噬状，人不敢下，而巨蟒绕树蜿蜒来，信长尺许，有惊堕于地而卒充山君之口腹者，岁不可以数计也。

　　香蕉忌与芋艿同食，食则致病。

栗

栗于果中，本为上选，陆琼称之为"棋榛
并列""菱芡同行"者也。属落叶乔木，干高
四五丈，叶如箭镞，初夏开花，花落收之，燃
以火虽风雨不灭。实有壳斗甚大，刺如猬毛，

（清）恽寿平《银杏
栗房》

台北故宫博物院藏

霜降后熟，外有硬壳紫黑色。一苞内或单或双或三四，仁淡红色，可食。又有每苞一实而形小者，为栗之原种，其实曰芧栗，讹作"茅栗"，俗称橡果。

桂花栗产于西子湖头之满觉陇，嚼之自有金栗芳馥之意。盖其地多桂，重露湿香，斜阳烘蕊使然也。梁溪乡间亦有是物，香味不逊满觉陇所产。常熟产栗亦殊佳。我友邓青城游虞山，于兴福寺啖栗而甘之，乃写《山斋清供》一笺以见贻，栗簇成球，笔意秀逸，予至今尚藏诸箧笥间。

曝栗于迎风处，可以久储不坏。若沙藏之，则至明春三四月，尚如新摘者。与橄榄同食，能作梅花香。

种栗之法，于冬末春初时，子埋湿土中，栽向阳地，待生长若干尺，方可移种，春分时则取栎树或本树之茂硕者接之。性畏寒，初冬以草包之，二月方解。

栗有极硕大者。《后汉书·马韩传》：马韩"出大栗如梨"。陆游《对食戏咏》："霜栗大如拳。"《诗义疏》："桂阳有栗丛生，大如柿子。"《邺中记》："邺中产巨栗，脱其壳，可以为杯。"至于《神异经》云："东方荒中有木名曰栗，其壳径三尺三寸，壳刺长丈余，实径三尺。"则荒诞不近情理，未可为信也。

古人咏栗颇多名句。如庾信云："秋林栗更肥。"方回云："擘黄新栗嫩。"杜甫云："山家蒸栗暖。"肥也，嫩也，暖也，尽栗之长，非老饕不知。

北地良乡所产者曰"良乡栗子"。闻龙泉所出者，亦不亚于良乡。宜饴糖和沙炒之，则松甜可口。近更有利用机械，不假人力，搀入蜜糖炒之者，尤为名隽之品。

以栗充饥，名之曰"河东饭"。《清异录》云：晋主尝穷追汴师，粮运不继，蒸栗以食，军中遂呼"河东饭"。

金凤，吴中过去之美人也。设一烟馆于玄妙观前大成坊，生张熟魏，一榻茶烟，生涯殊盛。坊口有一栗子摊，以烟馆故，亦利市三倍。至今虽金凤老去，烟馆早于禁例，然大成坊口栗子之名，仍不稍替，有戏仿唐诗云："金凤不知何处去，栗香依旧满秋风。"

同文中冯叔鸾嗜糖炒栗子甚，每日由家往办公处视事，必购糖炒栗子一包，以为车上消遣。又胡寄尘有一文，考糖炒栗子之由来。

橘

　　"甘逾石蜜，味重金衣。"此简文帝之言也。际兹木落天高，冬初秋末，橘之绿与橙之黄，俱为野圃之点缀。《淮南子》："橘树之江北化为橙。"然则橙亦橘之类也。且橘为扬州之贡，蜀郡之英，屈原颂之，庾亮献之，陆绩怀之，交甫赠之。其见珍有如此，洵佳果也。

　　橘一名木奴，大者曰橘，小者曰柚，为常绿灌木。干高一二丈，茎多细刺，叶作长圆形，初夏开小白花，厥香甚烈，六七月成熟。温州产橘饶多，昔韩彦直知温州时，曾撰有《橘录》三卷，上卷柑品八，橙品一；中卷橘品十八；下卷为种植之法。橘之名色有朱橘、蜜橘、芳塌橘、包橘、绵橘、沙橘、早黄橘、穿心橘、波斯橘、荔枝橘、脱花橘、甜冻橘等。蜜橘皮粗厚，瓤大而多甘汁，市上仍沿其称。朱橘大概即为福橘，福橘较小，扁圆而皮薄，色红易剥，产于闽地，为橘中之最普通者。其他诸橘，以不习见故，无可证考矣。

　　种橘之法，春初取核撒地，待长三尺许，始可移栽。夏时灌溉宜勤。性畏霜雪，入冬，以泥粪壅其根，稻草裹其干，则不冻损。其木病藓与蠹，故干生苔藓，即刮去之。见蛀屑必有虫穴，以钩索之，再以杉木钉窒其中。自古种橘者什九致富。越多橘园，越人岁出橘税，谓之橙橘户，亦曰橘籍。吴阚泽表曰："请除臣之橘籍。"《汉书》曰：江陵千树橘，其人与千户侯等。《襄阳耆旧传》纪李衡种橘千株，曰："吾有木奴千头。"皆足与陶朱公媲美者也，则种橘之利厚可知。

湖南长沙县西湘江中有地名下洲者，旧时多橘，因名橘洲。杜工部句："乔口橘洲风浪促。"

橘逾淮而为枳。枳之花叶皆类橘，惟结实粗劣不可食，仅堪入药。且其树多刺，最宜编篱。然《太平清话》云："橘奴不必渡江即生橘，地愈南愈佳，愈北愈劣。"

藏橘于绿豆内，至春尽不坏，橙、柑亦然，若见糯米即烂。

橘之皮可制橘红，为治痰良药，以化州署苏泽堂前产者为最。又橘实内之纤维质，曰橘络，亦药笼之材。

自古帝王奢侈已极，一饮一食之微，动辄设官以掌之。汉武帝时，交趾有橘官，秩二百石，主贡御橘。

《幽怪录》："巴邛橘园中，霜后见橘如缶，剖开，中有二老叟象戏。"《神仙传》：苏仙公白母曰：某受命当仙，明年天下疾疫，井水一升，橘叶一枚，可疗一人。来年果有疫，求母疗之，无不愈者。此为橘之神话。按，橘井在今湖南郴县东。

扶桑人颇多迷信。元旦，家家门前悬一福橘，以为得福之兆。

书家刘山农，尝一度退隐种橘，号"天台蜜橘"，甚为名贵，今已充斥于市肆矣。

文震亨《长物志》有蔬果之品评，谓"橘为木奴，既可供食，又可获利。有绿橘、金橘、蜜橘、扁橘数种，皆出自洞庭。别有一种小于闽中，而色味俱相似，名漆碟红者更佳。出衢州者，皮薄亦美，然不多得。山中人更以落地未成实者，制为橘药"。

古人爱橘，宠之以诗。如张彤云："树树笼烟疑带火，山山照日似悬金。"柳宗元云："密林耀朱绿，晚岁有余芳。"范成大云："奇采日中丽，生香风外浮。"白居易云："珠颗形容随日长，琼浆气味得霜成。"李纲云："黄金为肤白玉瓤，沆瀣深贮甘且芳。"读之令人馋涎欲滴。

菲岛风俗，于耶诞节，凡属亲戚朋友，必互相馈赠，尤以我国果品若新会之黄橙、福州之朱橘，为最隆重之礼物。一自欧战后，菲政府以权利关系，遽加拒绝。由海关卫生部检验，托词我国果品含有细菌，不许其商人领取，以致大宗之橙橘，完全烂去，从此销路遂告断绝。年来由国际贸易局一再疏通，果类照旧出洋，则今岁耶诞节，黄橙、朱橘又得快彼邦人士之朵颐矣。

橘熟时节，气候爽适，于人体最宜。其时绝鲜与药铛茶灶为缘者，故《续世说》有云："枇杷黄，医者忙；橘子黄，医者藏。"唐李伯珍《与医帖》："白金一挺奉纳，以备橘黄之需。"

"二月得乙则曰橘如"，"十二月得乙则曰橘涂"。见《尔雅·释天疏》。

瓮埋死鼠于橘根下，则结实繁硕。

取橘蜜饯之，成扁圆形，名曰橘饼，甘芳略带酸味，我吴稻香村、采芝斋均善制之。

自物质文明有以科学方法为橘子汁者，贮以瓶盎，为夏日唯一饮品。更有榨橘机，以暹罗蜜橘投入机中，一经转旋，琼浆汩汩流出，盛盏饮之，鲜甜无匹。

橘可以制羹。其法先剥橘去核，并抽络净尽，别取小粉浆冲以沸水，调至匀和无粒块为止，然后加糖，倾橘瓤于其中，则甘芳微带酸味，隽品也。橘红可以制糕。橘红者，橘皮也。切成小方块，以糯米粉和糖同蒸之，熟后，或型之为糕，或搓之为丸，啖之清馨，且有润肺之功。

予幼时好弄，啖橘辄留橘皮，俟夜间灯上，取橘皮向火力挤之，橘皮有汁射出，火焰发兰瓣状，一如灼橄榄核，引为乐事。又取较大而皮薄之福橘，以刀画其中部，剥去其大半，仅留少许为弧形，俨然成一花篮，弧形则篮上之环也。昔时状况，至今回忆，恍如梦境矣。

《陶庵梦忆》有《樊江陈氏橘》一则，云：樊江陈氏辟地为果园，树谢橘百株，青不撷，酸不撷，不霜不撷，不连蒂剪不撷，故其所撷，橘皮宽而绽，色黄而深，筋解而脱，味甜而鲜。陶堰、道墟以至塘栖，皆无其比。余岁必亲至其园买橘，宁迟，宁贵，宁少，购得之，用黄砂缸，借以金城稻草或燥松毛收之，阅十日，草有润气，又更换之。可藏至三月尽，甘脆如新撷者。

橄　榄

橄榄，佳果也，为七闽百粤间产物。其树耸蠹常绿，花攒簇成球，实青碧可爱，髯苏因有"纷纷青子落红盐"之句。啖之味美于回。《汇苑》又有谏果之称。列诸盘盎，荐之上宾，其芳馨胜含鸡实也。

有异种之方榄，类三角或四角，出两江州峒。见《桂海虞衡志》。又有乌榄，色青黑。见《本草》。范成大有"乌榄鸡槟尝老酒"之句，惟市间不易见耳。

橄榄之功用，能消食，能解酒毒，能助茶香。

橄榄核曝干烧之，能发火花，似兰之展瓣。闺房小女，常喜玩之。

新年中往往取吉语，以为得利之兆。吴俗元旦以橄榄茶献客，辄称之为"元宝茶"。

西方工业及医药上，常用一种橄榄油，实则乃阿列布油。阿列布树产南欧，开小白花，实如橄榄，因此西人呼中土橄榄，曰支那阿列布。

橄榄可蜜渍，俗称药橄榄。又可以盐藏，俗称咸橄榄。更有以沉香末拌制者，曰沉香橄榄，平肝开胃，啖之不但消闲已也。橄榄上口苦涩，良久回味，则甘美似饴，有谏果之号。吴侬因讥人之鲁莽谬乱，事过始悟者，曰"乡下人吃橄榄——爬坍草屋"，盖愚氓不识果味，初则苦口而掷去，终则回甘而遍索也。偶思其状，为之失笑。

橄榄之见于吟什，如马德澄云："味淡冰桃清较胜，色侔玉枣脆偏逾。"郝经云："银盘献青子，爱玩惊见之。"梅尧臣云："虽咀涩难任，竟当甘莫敌。"欧阳修云："霜苞入中州，万里来江波。"刘攽云："味为幽人贞，久且君子淡。"皆美誉备至之辞也。

或云，橄榄与佳栗同嚼，有梅花香，是与金圣叹所谓豆腐干与落花生同啖，有火腿味，洵属无独有偶。

葫　芦

　　葫芦，匏之一种，今人以长而曲者为瓠，短项而大腹者为葫芦。本作"蒲芦"，一年生蔓草，园圃皆栽种之。茎细长，以卷须络于他物，叶有柔毛。初夏开白花，夕开朝萎，至秋实熟，如重叠大小二圆球。实熟时须将蔓叶摘去，否则着于实上，易成黑斑。干者㿻之，为贮物之器，亦谓之壶。世俗调侃李铁拐之身背葫芦，有壶中如果有仙丹，何不先医自己脚之说。又有蒿蒲，沪人称之为夜开花，身长而首尾如一。去其瓤，酿肉实之，可为肴馔，亦葫芦之别种，《本草》谓之"壶芦"。竹有形似葫芦者，尤为稀见。《闽杂记》云："大田有一种竹，枝叶如常竹，每节上小下大，中间尤细，形如葫芦。春月枝杪开花，黄如野菊，结实则如橄榄，味亦酸涩，土人名为葫芦竹，亦名千岁竹。"

　　前人笔札述及葫芦者，如《原化记》云：宰相李藩尝流寓东洛，往候葫芦生，生曰："郎君贵人也。"又曰："公在两纱笼中。"《唐逸史》云：葫芦生善卜，好饮酒，人谒之，必携一壶，故谓为葫芦生。《续幽怪录》云：李程遇鹤病创，

(清)冯宁《二仙图》
台北故宫博物院藏
手摇棕扇的汉钟离与背
着葫芦的铁拐李。

云三世人血可疗，今洛中葫芦
生，三世人也。《庸庵日记》
云：西有葫芦国，当即卡瓦葫
芦。《溪蛮丛笑》云："潘安仁
《笙赋》，曲沃悬匏、汶阳匏筱，
皆笙之材。蛮所吹葫芦笙，亦
匏瓠余意，但列管六，与《说
文》十三簧不同耳，名葫芦
笙。"《细素杂记》云："凡诗用
韵有数格，一曰葫芦……先二
后四。""《明道杂志》云：'钱
文穆内相，决一大滞狱，苏长
公誉以为霹雳手。'钱曰：'仅
免葫芦蹄耳。'《演繁露》引此
作'鹘鸰啼'，云即'俳优以为
鹘突者也'。"亦作葫芦提，元
曲中多用之。《鹤林玉露》云：
"胡卫、卢祖举在翰苑。草明堂
敕文云"江淮尽扫于胡尘"，太
学诸生嘲之曰：'胡尘已被江
淮扫，却道江淮尽扫于。''传语胡卢两学士，
不如依样画葫芦。'"

《事实类苑》云：洗马欧阳景素有轻薄
名，一旦金銮长老来上谒，告以院门缺斋，
今将索米于玉泉长老，敢乞一书为先容，景

郑有慧《葫芦》

笑曰诺。翌日，授一缄，既至，玉泉启封，
乃诗一首云："金銮来觅玉泉书，金玉相逢价
倍殊。到了不干藤蔓事，葫芦自去缠葫芦。"
二僧相视而笑。

谢在杭《五杂俎》有异形葫芦一则云：
"余于市场戏剧中，见葫芦多有方者，又有突
起成字为一首诗者，盖生时板夹使然，不足异
也。最后于闽中见一葫芦，甚长而拗其颈，结
之若绳状。此物甚脆，而蔓系于树身，腹又甚
大，不知何以能结之？此理之不可解者也。"

葫芦之异形，尚有逾于《五杂俎》所云者。前辈孙漱石谓邑绅姜笠渔其家有极奇异之葫芦，计十五枚。"有颈长如鹤者，有腰细如蜂者，有结顶如鸟喙者，有其下扁圆如柿而其上形若削瓜者，有其颈弯曲若钩者，有上下若合盘而独尖其顶者，有腰与颈屈曲似挽成一结者，有托盘若仰盂而其腰与颈蜿蜒直一似由盂中逗起者，有其下扁圆而其上细圆若笔管之植立于笔洗中者，惝恍离奇，令人观之，不胜爱羡。而其顶上之藤当剪取时，类皆得势。……其色则纯系淡黄，一无瑕玷可索。若欲权其质之重量，则每枚当无逾一两以外，盖俱百年或数十年物，经主人费几多心血，于平时搜求得之。……昔时每岁夏历十二月朔，南门外复善堂钮真君诞日，必陈列一次，任人纵览。"逮姜笠渔作古，不克复睹矣。

　　将小葫芦贴接于红鸡冠花上，俟其连合，截去葫芦根及鸡冠头，则所结葫芦悉红色，名"神仙葫芦"，甚为雅观，园艺家可一试之也。

香国附庸

（一）二十四番花信谈

春风扇和，百花竞放，经过二十四番花信，则春事已尽。故昔人诗有"二十四番花信风，风光不与旧时同"，又"最是江南春好处，一番风信一番新"之句也。《吕氏春秋》云："春之得风，风不信，则其花不成。"乃知花信风者，风应花期，其来有自也。《书肆说铃》云："花信风自小寒起至谷雨，合八气，

大寒三候山礬

（清）董诰《山礬》

立春三候望春

（清）董诰《望春》

雨水一候菜花

（清）董诰《菜花》

惊蛰二候棠棣

（清）董诰《棠棣》

得四个月。每气管十五日，每五日一候，计八气分得二十四候，每候以一花之风信应之。"

> 小寒一候梅花，二候山茶，三候水仙。
> 大寒一候瑞香，二候兰花，三候山矾。
> 立春一候迎春，二候樱桃，三候望春。
> 雨水一候菜花，二候杏花，三候李花。
> 惊蛰一候桃花，二候棣棠，三候蔷薇。
> 春分一候海棠，二候梨花，三候木兰。
> 清明一候桐花，二候麦花，三候柳花。
> 谷雨一候牡丹，二候荼蘼，三候楝花。

清明一候桐花

（清）董诰《桐花》

梅占花魁，冲寒而放，与山茶、水仙，俱称清品。瑞香一名蓬莱花，自属佳种。而兰为国香，尤为名贵。山矾较僻，亦名场花，野人取其叶以染黄，不借矾而成色，故以名也。迎春一名腰金带，开于早春。樱桃繁花似雪，白色为多。至若望春即长望花，点缀篱落间，清疏可爱。菜花更具平民色彩，遍于田畦。杏也，李也，桃也，十分秾艳，占断风流。棣棠生于山野，能结实。蔷薇蔓壁附篱，与玫瑰相似。而海棠之丽，则古美人之酒晕妆也。《楚辞》："朝搴阰之木兰。"木兰，杜兰是。诵前人"郎是桐花，妾是桐花凤"之句，桐花亦尤物哉。麦与柳花，寻常所见。牡丹、荼蘼，遍栽园圃。楝

清明二候
麦花

（清）董诰《麦花》

(清) 董诰《楝花》

以上董诰作品皆选自
《二十四番花信风图》
台北故宫博物院藏

花开，则夏至而春尽矣。在此仲春二月，风雨较多，世俗以初八日为张大帝生日，十九日为观音报，二十八日为老和尚过江，例必有风雨，实则花信风之剧烈者耳，与张大帝、观音、老和尚无与也。

（二）花　朝

仲春二月，烂漫花开，姹紫嫣红，风光大好，故世俗以二月十二日为百花生日，亦曰花朝。唐以二月十五日为花朝。见《提要录》。洛阳风俗，以二月二日为花朝节，士庶游玩，又为挑菜节。见《翰墨记》。东京以二月十二日为花朝，为扑蝶会。见《诚斋诗话》。

旧时闺阁于花朝剪彩帛为小幡，插于卉旁树畔，又取红纸封其茎干，用以为寿。盖美人为花小影，花是美人前身，其爱护出于天性，宜其然也。

我友张秋虫诞于花朝，故所撰诸说部如《海市莺花》等，以"百花同日生"为笔名。

包天笑前辈生于丙子二月二日，刻一印："我先百花十日生。"

花朝故事，《类函》云：宣德二年，御制花朝诗，赐尚书裴本。《风土记》云：宋制，守土官于花朝日出郊观农。

韩冬郎诗："每遇百花生日日，未曾凄断似今朝。"作感伤语，未免有煞风景。

花朝佳日，不可不有韵事以点缀，戏拟数则如下：

先一日，与伊人同祷于天，愿不作风雨。

晨起，看伊人运纤纤玉指，剪翠裁红，乃调糊弄胶，助之粘贴。插幡既遍，游赏一番，携手比肩，不觉春泥沾鞋之欲湿也。

拾得一二落英，粘伊人颊，以比颜色。

禁侍儿莫折花，留得枝头看，莫作胆瓶供养，以促花寿。

午窗多暇，披《群芳谱》，兴之所至，更调丹青，为花神写照。

（三）落　花

春深矣，若桃李，若玉兰，若辛夷，若荼蘼、海棠之类，在风风雨雨中摧残殆尽。仆本恨人，睹此一片春痕，狼藉满地，不觉怅触百端，潸然涕下，无怪《红楼梦》中潇湘妃子收拾飘红堕紫，筠篮鸦锄，碣石畚泥，葬此花魂也。

花之落与月之缺，同为伤感之事。然月缺可圆，缺者此月，圆者亦此月。花落虽可再荣，但落者此花，荣者已非此花，盖一经辞柯，无复上枝之望矣。

落花多名句。张泌云："多情只有春庭月，犹为离人照落花。"罗子源云："把卷不知春已去，落花红上读书床。"曼殊上人云："山斋饭罢浑无事，满钵擎来尽落花。"张丹翁有"江南月闰落花迟"句，林屋山人亟赏之。诗妓岫云有和人落花诗句云："望赊南浦情难契，误嫁东风命自知。"感伤身世，蕴藉出之，难得难得。

俞曲园以"花落春长在"五字，见知于上峰，乃颜其所居厅事曰"春在堂"。其遗迹犹在吴中。

名士沈宗畸太侔姬人拜鸳，娴雅能文，手辑《拜鸳楼四种》，一时有"扫眉才子"之号，讵意红颜短命，年只二十有四。太侔有坠楼之感，成《落花》诗三十律哭之，佳句如"剧怜解语娇如许，淡到无言怨可知"，又"魂销曲槛疏帘外，人在香尘色界中"，又"三生香海飘零惯，十种楞严谴谪深"，又"早知紫玉成烟易，再遣云英出世难"，又"悔不思量偷折去，恐难解脱笑拈来"，又"魂归倩女无消息，愁绝封姨有妒才"，又"重烦白傅歌长恨，赎得文姬字再生"。世称"北落花"，以我吴贝大年有《落花十六绝》，为"南落花"。

（四）落　叶

秋之落叶，与春之落花，俱足使人伤感。但岁序递进，新陈代谢，此固自然之势，非人力所得而变易也。

扫落叶，韵事也。首都清凉山南阜有扫叶楼，明遗老龚贤所居，国变后隐其姓名，自号"扫叶僧"。今址已改僧院。曩年开南洋劝业会，予尚读于吴中某小学，曾一度旅行至此，屈指计来，已历二十有余寒暑，人事世变，不禁有沧桑之感矣。又清薛一瓢，名医也，居吴郡南园，能诗，精岐黄，与叶桂齐名而不相能，自颜所居曰"扫叶庄"以寓意。

岁寒松柏，本属后凋，然有落叶松者，枝干与赤松无异，针亦青葱如盖，惟霜雪后则叶尽脱。殆大夫中之败类，志节不坚，临难苟免者欤。

落叶故事之艳绝千古者，如唐僖宗时，于祐于御沟中拾一叶，上有诗，祐亦题诗于叶，置沟上流，宫人韩夫人拾之。后值帝放宫女，韩氏嫁祐成礼，各于笥中取红叶相示曰：可谢媒矣。韩氏有"方知红叶是良媒"句。见《青琐高议》。

《尔雅翼》：柿有七绝，落叶肥大，可以临书。《书断》："郑虔任广文博士，学书而病无纸，知慈恩寺布柿叶数间屋，遂借僧房居止，日取红叶学书，岁久殆遍。"亦属佳话。

唐人有诗云："山僧不解数甲子，一叶落知天下秋。"俗称立秋日，梧桐始落一叶，应于气候，历试不爽，真异事已。

校书往往难免鲁鱼亥豕之讹，故有以扫落叶喻之者，谓其一面扫一面生也。予则以谓人之省改过失亦然。

侯继图倚寺楼，有桐叶飘坠，上题诗曰："书向秋叶上，愿逐秋风起。"载《玉溪编事》。此境雅韵，可以入画。

落叶之见于典籍者，如《礼记》"季秋之月，草木黄落"、《传灯录》"落叶归根"等皆是。昔人诗什中，亦多咏及落叶，如云"枫落吴江冷""黄叶满阶书满床""落叶添薪仰古槐"，不胜收罗也。

（五）草角花须

偶过静安寺路西人所设之花肆，觉橱窗中繁红艳碧，一片芳菲，亦足使人停车驻足。以视我国之花，似乎色泽较胜，所不如者惟韵致耳。我国词人颇多香草之什，然所咏叹者，不过春兰、秋菊、秋李、夭桃而已，绝鲜以域外之卉木而为资料者。

有之以新建胡忏庵为创例，如海仙花，略如水仙，花具五色，幽香，清艳绝伦，洵名芳也，倚《天香》以赋之："浅绛迎风，嫣红展靥，麝尘玉杵谁捣。碧叶参差，弱枝颤袅，玉露断烟迷晓。黄蜂紫燕，争看煞、飞琼娇小。廿四番风数遍，占尽一春芳候。　环珮珊珊月下，度花阴、暗香幽窈。一缕断魂，几许旧愁萦绕。凌波步袅，奈远隔、蓬山梦难到。望极潇湘，云天浩渺。"

又，月夜金合欢盛开，感赋《声声慢》云："黄金炫彩，璎珞垂珠，麝尘浮动春宵。细叶笼烟，横斜出苗倡条。蛮熏暗沾襟袖，度花阴、新月如钩。闲伫立，听响沉万籁，更漏迢迢。　　人世沧桑易换，尽华年惨绿，轻付春潮。红豆抛残，寸心宛转红蕉。孤灯夜窗无语，想茂陵、病骨能销。情绪恶，便迷离、梦也无聊。"

又，馥丽蕤花，产南非洲好望角，移植园庭已久。姿态楚楚，花白略似晚香玉，芬馥袭人，瓶供一枝，香盈满室，名芳也，倚《齐天乐》赋之："冰姿素骨春婳婳，亭亭一枝凝雾。巧靥笼烟，琼肌映月，妆点流光如许。离魂怨伫，黯好望风涛，暮天何处。断梦依稀，满腔幽恨为谁诉。　　茫茫海云万里，尽啼残谢豹，归思无据。凤蝶翩跹，红蕉宛转，前度心期重误。筝琶漫语，算烂锦年华，几番空负。落日西沉，瘴云迷晚渚。"

又，西国椒香树，枝叶纷馥，柯干婆娑，极似垂杨，较增妩媚。秋冬结实，朱颗累累，尤为可爱，调寄《一枝春》赋之，即用草窗元韵，云："依约笼烟，看仙姿窈窕，红酣春雨。番风暗数，又是去年情绪。新黄浅黛，早添得、远山眉妩。较垂杨、别具风流婀娜芳华凝聚。　　婆娑细腰低处，过东风袅袅，游丝成缕，蜂营蝶舞。叶底鸟翻新谱，春情漫赋，应恐怕燕娇莺妒。深院悄、帘幕沉沉，敛魂欲语。"用夏化夷，具见词人妙笔。

宋曾端伯以十花为十友，各为之词：荼蘼，韵友；茉莉，雅友；瑞香，殊友；荷花，静友；岩桂，仙友；海棠，名友；菊花，佳友；芍药，艳友；梅花，清友；栀子，禅友。

又有广之为三十客者，如：牡丹为贵客，梅为清客，兰为幽客，桃为妖客，杏为艳客，莲为溪客，木樨为岩客，海棠为蜀客，踯躅为山客，梨为淡客，瑞香为闺客，菊为寿客，木芙蓉为醉客，荼蘼为才客，蜡梅为寒客，琼花为仙客，素馨为韵客，丁香为情客，葵花为忠客，含笑为佞客，杨花为狂客，玫瑰为刺客，月季为痴客，木槿为时客，安石榴为村客，鼓子花为田客，棣棠花为俗客，曼陀罗为恶客，孤灯为穷客，棠梨为鬼客。

又，周嘉胄之《香乘》，有十八香喻士云：异香牡丹称国士，温香芍药称冶士，国香兰称芳士，天香桂称名士，暗香梅称高士，冷香菊称傲士，韵香荼蘼称逸士，妙香蔷薇称开士，雪香梨称爽士，细香竹称旷士，嘉香海棠称俊士，清香莲称洁士，梵香茉莉称贞士，和香含笑称粲士，奇香蜡梅称异士，寒香水仙称奇士，柔香丁香称佳士，阐香瑞香称胜士。读之如置身众香国里，芳芳菲菲，袭人衣袂也。

《幽梦影》中涉及花木者，如云：梅边石宜古，松下石宜拙，竹旁石宜瘦。又云：梅令人高，兰令人幽，菊令人野，莲令人淡，海棠令人艳，牡丹令人豪，蕉、竹令人韵，秋海棠令人媚，松令人逸，桐令人清，柳令人感。又云：玉兰，花之伯夷也；秋葵，花之伊尹也；莲，花之柳下惠也。语皆隽极。予戏续之，如云：柳宜莺，宜蝉，宜烟，宜雾，宜细雨，宜斜阳，宜晓风，宜残月，宜长堤，宜古道，宜红楼，宜小榭，宜系青骢，宜维画舫。又云：坐花茵，枕琴囊，漱清泉，啖松实，仙乎仙乎！又云：寻梅于雪后，访菊于霜前，挹荷于露晨，剪韭于雨夕。又云：柳经风梳，桃由露润，此销魂景色也。又云：桐荫涤砚，竹院煎茶，松舍弹琴，蕉窗读画，此之谓四美具。又云：花之佳者在韵，清次之，艳又次之，香其末也。又云：因露思荷，因雨思蕉，因风思柳，因雪思梅。又云：好花簪上美人头，便不算孤负。又云：花是蝶之多情妇，蝶是花之薄幸郎。又云：竹不嫌喧，茗不嫌苦，花不嫌淡，香不嫌微。又云：寻梅宜策蹇，爱枫宜停车。名之为《幽梦新影》，实则婢学夫人，徒见其丑。

朐山有花，类海棠而枝长，花尤密，惜其不香无子。既开，繁丽袅袅，如曳锦带，故淮南人以锦带目之。王元之以其名俚，命之曰"海仙"。有诗曰："春憎窈窕教无子，天为妖娆不与香。"又曰："锦带为名卑且俗，为君呼作海仙花。"

《春渚纪闻》云：历数花品，白而香者，十花八九也。至于菊，则白者辄无香。花之黄者，八九无香，至于菊，则黄者乃始有香。

魏夫人弟子善种花，号"花姑"，故春圃则祀花姑。

贵妃宿酒初消，苦肺热，晨游后花苑，吸花露以润肺。见《天宝遗事》。

张约斋种花法云：春分和气尽，接不得。夏至阳气盛，种不得。立春正月中旬，宜接樱桃、木樨、徘徊、黄蔷薇；正月下旬，宜接桃、梅、李、杏、半丈红、蜡梅、梨、枣、栗、柿、柳、紫薇；二月上旬，可接紫笑、棉橙、扁橘。以上种接，并于十二月间，沃以粪壤两次，至春时，花果自然结实。立秋后，可接金林檎、川海棠、黄海棠、寒球、转身红、祝家棠、梨叶海棠、南海棠。以上接种法，并要接时，将头与本身，皮对皮，骨对骨，用麻皮紧缠，上用箬叶宽覆之。如萌茁稍长，即撤去箬叶，无有不成也。

田子艺于花开日，大书粉牌，悬诸花间，曰："名花犹美人也，可玩而不可亵，可赏而不可折。撷叶一片者，是裂美人之裳也；掐花一痕者，是挠美人之肤也；拗花一枝者，是折美人之肱也；以酒喷花者，是唾美人之面也；以香触花者，是薰美人之目也；解衣对花，狼藉可厌者，是与美人裸裎相逐也。近而觑者，谓之盲；屈而嗅者，谓之狨。"语曰："宁逢恶犷，莫杀风景。谕而不省，誓不再请。"

近人有以花果为菜者，其法始于僧尼家，颇有风味。如炒苹果、炒荸荠、炒藕丝、山药、栗片，以至油煎白果，酱炒核桃，盐水熬花生之类，不可枚举。其他如胭脂叶、金雀花、韭菜花、菊花叶、玉兰瓣、荷花瓣、玫瑰花之类，愈出愈奇。见《履园丛话》。

江南刘三（季平），南社佳士，爱花成癖。我曾见其与黄炎培论四时花序书，如云："萱花耐久，叶最披猖，莲谱夥颐，自宜繁植。譬之儒分为八，佛离为三，各有渊源，难为轩轾。薇有二品，白妍于红。夏中建兰，要为独绝，前人谓酒能令人达，我于此花亦云。海棠哀感顽艳，最畏骄阳，若别辟一畦，间以玉簪数本，正如四围璎珞，端坐黄冠，秋色至此，叹为观止。鸡冠凤仙，无当大雅，有汲黯之戆直，乏魏徵之妩媚。秋葵大瓣，朱色为佳。菊有定评，我无间言。梅有花实之别，苏常间有拗为盆景者，拳曲臃肿，谥为恶札，余家旧有千株，一冬售尽，曾有句云：'苦恨寒花不

自媚，尽情开与别人看。'然终不为惜也。杏李附庸，不能
蔚为大国。玉兰、辛夷，同根异色。木瓜颜如渥丹，亦一时
之隽也。牡丹如徐庾骈文，微嫌繁富，顾嗜者独众。此外鹃
花大丽，来自异邦，不似客卿之无状，不妨并蓄兼收。"（编
者注：上引"披狷"原作"披倡"，"夏中"原作"夏为"，
"鸡冠凤仙"原作"凤仙鸡冠"，"乏"原作"无"，"亦"
原为"示"，"众"原作"多"等，今皆据《黄叶楼遗稿》
改之。）

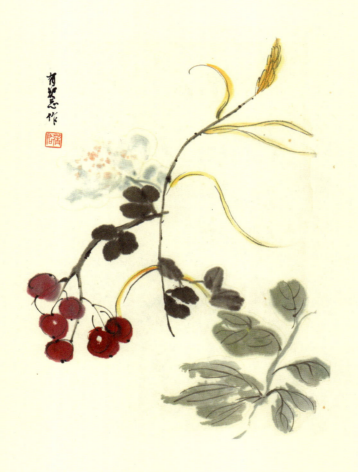

水仙花

岁朝清供，厥维水仙，佳瓷文石，配以檀架，列志棐几南窗，对之修然意远，梅伍之而益馨，天竹佐之而愈艳。可茗谈，可独酌，可吟咏，可展卷，可鼓琴，可作画，可临法帖，可焚沉水香，可偕美人比肩坐赏，可与名士考订花谱，皆得水仙之助也。

邹一桂著《小山画谱》，述及水仙，谓："单叶者为佳，白花六出，上如金盏，内檀心三点，根叶如蒜，中抽一穗，开四五花，花柄如萱，绿色，丛处，有苞二片，尖长，赭色，每剪叶不过四五，以法植之，叶短花高，香气清微。千叶者为玉玲珑，香逊。"虽寥寥数语，而花之品种，扼要备举矣。

《拾遗记》以屈原为水仙，《越绝书》以子胥为水仙。《眉公笔记》：钱塘有水仙王庙，林和靖祠堂近之。东坡谓和靖清节映世，遂移神像配食水仙王。黄山谷题《水仙花》用此事，云："钱塘昔闻水仙庙，荆州今见水仙花。暗香靓色撩诗句，宜在林逋处士家。"匹以君复，尤为允当。

予喜花卉簏，所藏有梅，有竹，有松，有菊，有兰，有桃，有山茶，而颇以不得水仙为憾。去夏，丁子慕琴为予绘蟹爪水仙，题"凌波仙子"四字，靡觉馨逸，为之欢喜无量。

水仙之文献，有宋高似孙之《水仙花前后赋》，明姚绶《水仙花赋》，元钱选《水仙花图》，最近王西神《洋水仙谱》；其他水仙诗词，则杨万里、梁辰鱼、黄庭坚、刘克庄、陈与义、陈傅良、邓文原、张伯淳、高观国、辛弃疾、王谷祥等作，皆脍炙人口者也。

《群芳谱》载："水仙，根味苦、微辛，寒滑无毒，治痈肿及鱼骨鲠。花作香泽，涂身理发去风气。"则其功用卓著，固不仅玩赏而已也。仲尼谓"君子不器"，予于是花亦云然。

水仙多异名，据予所知者有雅蒜、金盏银台、玉玲珑、俪兰、女星、女史花、姚女花、雅客。昔时以吴中嘉定种为最，今则以闽之龙溪所产者为夥。龙溪即旧漳州府治，所谓漳州水仙是也，向由漳州运至厦门倾销，亦称厦门水仙，于国际市场，占有相当地位，异域人士以中国水仙花名之，其叶丛有多至二十四枝、花基至三十有三枝者。吾友邹盛文君曩年于《大晚报》辑《园艺周刊》，特摄影以制铜图也。而凌波客富于培养经验，谓闽漳气候较冷，水仙必须加温促其速花，否则非至废历仲春，不能吐艳，致岁除新春，无花可赏。且须用割裂手续，不然原形球茎，随意培养，则日后分叶凌乱，花头参差，不合观瞻。而原球中间，包含几枝叶丛，每一叶丛中，苗花茎一枝，亦有叶丛中无花茎者，名曰空草。培养水仙，重在花茎，忽于叶丛，空草更属赘疣。经过割裂，俗称雕花，叶丛与花茎自然分晰。每球之花茎，普通为九枝，至少有三枝。割裂当具技巧，不使损其内部，其标准可分二种：一为屏形，即寻常常见品；一为球形，即蟹爪式。大概原球坚实，茎花枝较多者，雕成球形，其他雕成屏形。割后之球，必置阳光中曝一二日，俾割口浆汁曝干，以免后来割口着水发腻，妨碍繁荣。及花茎之首端，多数花蕾散坼，彼中术语，称为散铃；若一枝花茎，才自叶丛中透出，则曰出门。又有野生水仙，随地刈取，不连根出售，而专供瓶插者，曰地仙。更有将球茎早日运至他处，种入瓦筒，加温促花，名为筒仙，闻销数殊巨也。

（清）钱维城 《景敷四气冬景图册·水仙》

美国大都会艺术博物馆藏

梅　花

　　余生性喜梅，画师海上闲鸥为作《梅花溪上人家图》于纪念册中，盖余有遂初之愿，以衣食妻孥故，未克以偿，是图无非借以慰情也。脱一旦能摆脱尘俗，息影林泉，则余必于山隈水曲间，植梅三百本，红者、白者、绿者，无不兼罗。且筑室于花中，覆以茆茨，缭以竹篱，开牖启户，触目皆梅，于是宜晴宜烟，宜月宜雪，而临影横斜，暗香浮动，不必涉足西溪、邓尉、罗浮、庾岭，而西溪、邓尉、罗浮、庾岭之胜、之韵、之清、之隽，悉在于槛前座右，而采挹得之。室固有斋，名曰"纸帐铜瓶室"，榜之以符梅花诗意。室中列《骚》《选》《左》《史》，《漱玉》《断肠》，《饮水》《侧帽》诸词，《南华》《太玄》诸经，唐宋八大家文，实甫、汉卿曲本，以及古今说部，菊谱茶录，坐拥百城，啸傲自适，而些子景、宣德炉、灵璧石、红鳞盎，位置井然。时与素心人斗茗赌酒，联吟作画，以遣雅兴，而九九销寒，宴梅小集，清言霏玉，乐数夕晨，洵有非南面王所得而易也。

　　《群芳谱》以梅列《花谱》之首，有云："梅先众木花，花似杏，甚香，杏远不及。老干如杏，嫩条绿色。叶似杏，有长尖。树最耐久。性洁，喜晒，浇以塘水则茂，忌肥水。种类不一，白者有绿萼梅、重叶梅、消梅、玉蝶梅、时梅、冬梅，异品有墨梅，他如侯梅、紫梅、同心梅、紫蒂梅尚多。而重叶、绿萼、玉蝶，尤今人所尚也。"按，重叶，花头甚丰，叶重数层，盛开如小白莲。绿萼，跗蒂纯绿，与寻常绛紫色者不同，枝梗亦青，好事者比之九嶷仙人。吴下又有一种，萼亦微绿，四边犹浅绛，亦自难得。玉蝶，花头大而微红，色甚妍丽。

画家作墨梅，染墨为之，不设色也。然真有花黑如墨者，或云以苦楝树接，则花开自黑，但余未之见，异日如得退隐林泉，当试为之也。又闻某画家以画梅著名，有不纳润资而强索之者，则其画梅也，花枝皆下向，其意所以暗示倒

郑有慧《墨梅》

霉也。按，《花镜》却有所照水梅者，花开皆向下，而香甚浓，奇品也。

昔徐花农游罗浮，补种梅花，异日许奏云茂才过其地，则见梅根上茁生二芝，因取以见寄，作《梅芝图记》，并侑以诗。其记有云："芝蟠梅根，生时有翠虫二集于大芝上，状类蝴蝶，朱首而金翼，瑰丽夺目，对客俯首者三，回翔飞去。"花农乃和奏云二律，名曰《梅芝纪瑞篇》，更录示其伯父，其手迹在余处，付诸装潢，张于壁间。花农，曲园居士婿也。

梅花韵事，吾友周子瘦鹃，曾纪之于《香艳丛话》中，如云："黄琴山尝梦梅花美人，后得姬人云今，宛如所梦，因作《梦梅图》。携至都中，遍征题咏，嘉应吴兰修题《虞美人》一阕云：'罗浮一夜吹香雪，偎梦衾如铁。月迷离处玉为台，记得风鬟雾鬓踏花来。 而今碧树栖鸾凤，离合还疑梦。杏花消息怨东风，又累美人春梦小楼中。'时黄方应试春宫，将次放榜，故名。"

邹一桂《小山画谱》中有《各花分别》若干则，首即谈梅云："白花五出，枝叶破节，冬春间即开，得阳气之最先者也。蕊圆，蒂小，须密，中抽一心，无点，即花谢后结实者。凡结实之花俱有之，人未之察耳。着梗处有微苞，开足时形扁，花时有微芽着新枝，枝青色。老干屈曲虬形，墨色，略带赭色。千叶者有玉蝶、红梅、绿萼，诸品不一。"能道《群芳谱》《花镜》所未道，园艺家以其命名画谱也，忽视而不之注意耳。

幼时读书吴中第四高等小学，校园中植梅成行，当新年开学，园梅红酣照眼，芳气袭人。时余初入是校，陌生生地，无与为伍，下课休息，辄憩梅树下，不啻与老梅为忘年交。某晨大雪，红梅映雪色，弥觉灿艳。先师罗树敏先生授图画，对花写生，余临摹之，得分数独多。携归夸示先大父锦庭公，锦庭公为购《芥子园画谱》以为奖励，因《画谱》中有画梅初步法也。余之爱梅由此始，距今已时隔三十余年，每见梅花，往往憧憬往事，不能自已。

瘦鹃竺爱梅花，某岁购得古梅一，云原出虎丘五人墓畔，瘦鹃以为五义士英魂所凭依也，尊其名曰"义士梅"，作诗七绝十二首以宠之，一时鸣社诗人，纷纷投以和章，许澂白、陶冷月诸画师为花写照，传为韵事，不意是花供养只一年，即锢寒而萎死，瘦鹃大为懊丧，与友绝不谈及，盖言之心殊怆痛也。

张大复《梅花草堂笔谈》，述及千叶绿梅，有云："梅之品，萼绿者最，然予故未见千叶绿梅也。昨岁正月二十九日，遇于魏孝廉书舍之南，奇香鲜绿，英英逼人，燃灯照之，光态浮莹。时有吴生挝弹，沈生吹箫，李生度曲。予素不解饮酒，竟沉醉。今忽一年矣，寒威且转，梅萼再敷，偶想见其处，以语虞山王维烈，辄写一幅见投，命儿子挂息舫中，泛洞山岭赏之，觉香气馥馥，从壁间出，盖丁未之元日也。"笔墨峭隽，足为梅花生色。

梅之瘦似山泽臞，梅之艳似汉宫人，梅之高似遁世士，梅之清似天仙子，而其冒寒犯雪，则方诸古之强项令，无多让也。

杏 花

（清）董诰《二十四番花信风图·杏花》

台北故宫博物院藏

　　春阳浮动，杏闹枝头，大块文章，渐臻烂漫，盖承梅萼而蓓蕾，导夭桃以发花，先哲所谓中庸之道，其在斯乎！花红深浅不一色，瓣五出，有"三妙"之号。所谓"三妙"者，以花、实、仁皆妙也。花类梅，惟梅开无叶，杏则有之，或谓花皆有叶，"梅开最早，天气尚寒，故无叶而必有微芽。杏次之，则芽长而带绿矣。桃、李又次之，则叶已舒而尚卷曲，至海棠、梨花、牡丹、芍药之类，已春深而叶肥"。又云："物感阴阳之气而生，各有所偏。毗阳者，花五出，枝叶必破节而奇。毗阴者，花四出、六出，枝叶必对节而偶。此乾道、坤道之分也。春花多粉色，阳之初也。夏花始有蓝翠，阴之象也。"杏之当阳而贵，于此可知。别有一种名杏梅者，花与绛梅无甚大异，其果与杏相似，实则非杏族类，不得混为一也。

　　《群芳谱》云："杏树大花多，根最浅，以大石压根则花盛。叶似梅差大，色微红，圆而有尖。花二月开，未开色纯红，开时色白，微带红，至落则纯白矣。花五出，其六出者，必双仁有毒。千叶者不结实。"《格物丛话》："杏有黄花者，真绝品也。"《述异记》："天台山有杏花，六出而五色，号'仙人杏'。"

昔有薛娟，字浣香，江苏荆溪人。薛琳女，诸生朱超室。著有《杏花楼唱和集》，其佳句有"杏花如雪糁春衣"，为时传诵。

前人以杏名其居室者，有元和袁景灏之杏花春雨楼，长洲诸福坤之杏庐，嘉应宋湘之红杏山房，临海宋世荦之红杏轩。又有以杏为别署者，如遵化董恩布之杏村老人，平湖陆锦雯之杏村居士，莆田方炯之杏林布衣，吴哀之杏圃酒人，会稽王衍梅之红杏村人，江宁周宝偀之红杏村樵，是皆杏花知己。

曾见集句为联，上联为朱竹垞句，下联为虞集句，如云："匹马乱山残照；杏花春雨江南。"浑成自然，深可喜也。

当民国十五年间，金鹤望丈居吴中古长庆里费韦斋先生宅，有赭杏一树，高寻丈，茂荣可喜，杏方着花，鹤望丈徙居新桥巷鹤园主人老宅，然以赭杏烂漫，不能与琴樽书剑同移，颇以为憾。书画家毕曦谷知之，为图杏花一大幅，名之为《嫁杏图》，盖聊以慰情也。鹤望丈因作《嫁杏》诗以咏其事，曰："我言看花屋宜借，辇言客去花随嫁。三春姹妍问迁琐，辛夷海棠互开谢。就中红杏显标格，细赏但觉春无价。朝吟夕醉与矜宠，花时仍速迁琐驾。红稀绿茂杏子熟，珍贵往往裹罗帕。春风吹花无拣择，新居又傍紫藤榭。回顾此杏色惨怛，背花坐被老髯诧。一日车声转薄笨，琴剑书函次第卸。开函失喜睹姝丽，仿佛东皇诏旨下。开帘静对莺燕晨，秉烛倦游桃李夜。嫁得诗人例清静，较胜婵娟闭空舍。我老禅心久沾絮，绮障办供佛祖骂。但求迂琐脱追骑，移舟夜窒我无怕。买红缠缸邀共醉，花韵宜人酒新醉。"诗成，以示韦斋。韦斋依韵和之，曰："坡公奇石晋卿借，白公老去杨枝嫁。世间万物了真空，君虽雄夸我逊谢。聘钱十万君尚赊，我亦无物为奁价。破愁南郡拔刀迎，遂恐茂弘短辕驾。居停主人亦不免（丁晋公语），挺击已罢首蒙帕。添丁小巷毕翁居，烂漫双藤池上榭。画中移植足风流，舍彼取此我所诧。自君之去屋长扃，东风不管花开卸。此时绿叶定成阴，杏子娇青瓦沟下。何人收拾此风光，送君半臂禁寒夜。知君读书如望梅，梦到闹红旧斋舍。亭亭好住莫出墙，客有窥者按剑骂。酒阑容我平视否？倚剑亦不周姹怕。急须致语伐柯人，大索床头酪浆醉。"典丽矞皇，工力悉敌。"迂琐"者，韦斋之别署也。阅日，鹤望丈招为牡丹宴集，到者俱一时名士，临时出图征题，学友黄若玄题之，有"满城箫鼓嫁人天，摽梅聘李万家妍。烟光十里春风闹，杏花许下黄姑钱"等语，吴中传为韵事也。

画家往往谐声取意，曾见绘杏花蝙蝠为《幸福图》者，吉羊止止，无异绘梅花绶带鸟为《眉寿图》也。

"太平园中，有杏数十株，每至烂开，太守大张宴，一株命一妓倚其旁，立馆曰争春。"见《扬州府志》。此杏之艳迹也。"裴晋公午桥庄有文杏百株，其处立碎锦坊。"见《异景录》。此杏之韵事也。"赵清献公帅蜀，有妓带杏花，清献喜之，戏曰：'头上杏花真有幸。'妓应声曰：'枝间梅子岂无媒。'"见《花事类编》。此杏之趣史也。

《归田诗话》撷录杏花名句，如云："陈简斋诗云'客子光阴诗卷里，杏花消息雨声中'，陆放翁诗云'小楼一夜听春雨，深巷明朝卖杏花'，皆佳句也，惜全篇不称。叶靖逸诗'春色满园关不住，一枝红杏出墙来'，戴石屏诗'一冬天气如春暖，昨日街头卖杏花'，句意亦佳，可以追及之。"

昔人杏花句，为予所爱诵者，如韦庄之"霏微红雨杏花天"，高蟾之"日边红杏倚云栽"，李商隐之"山城斜路杏花香"，又"粥香饧白杏花天"，王元粹之"临风一树杏花明"，罗隐之"梅花已谢杏花新"，不让《归田诗话》所撷录。

予曩时初学诗，戏作香奁体，曾有两句云："细雨杏花寒漠漠，温存夫婿劝添衣。"稚拙可笑，不足以云诗也。

亡友朱鸳雏眷眉史杏儿，撰有《杏儿曲》，篇长不能举其辞。又《赠杏儿》一绝云："岂是邯郸大道倡，鞭鸾逐凤恨茫茫。龙潭一片聪明水，赠与红儿洗晓妆。"《三柳轩杂识》谓："杏有闺门之态。"美女子以杏为名，亦固其宜。

宋邵雍有《杏香花》诗云："客说何州事，经营香味佳。讶予独无语，贪嗅杏香花。"杏香花不知是否杏之别种？检《群芳谱》"杏香花"条，亦只录邵雍诗，不及花之形、色及产地也。

桃　花

　　予喜李笠翁之谈卉木，不屑拾人牙惠，而自有新颖奇异
之论。其于桃花有云："凡言草木之花，矢口即称桃、李，
是桃、李二物，领袖群芳者也。其所以领袖群芳者，以色之
大都不出红、白二种，桃色为红之极纯，李色为白之至洁，
'桃花能红李能白'一语，足尽二物之能事。然今人所重之
桃，非古人所爱之桃。今人所重者，为口腹计，未尝究及观
览。大率桃之为物，可目者未尝可口，不能执两端事人。凡
欲桃实之佳者，必以他树接之，不知桃实之佳，佳于接，桃
色之坏，亦坏于接。桃之未经接者，其色极娇，酷似美人之
面，所谓'桃腮''桃靥'者，皆指天然未接之桃，非今时
所谓碧桃、绛桃、金桃、银桃之类也。即今诗人所咏、画图
所绘者，亦是此种。此种不得于名园，不得于胜地，惟乡村
篱落之间，牧童樵叟所居之地，能富有之。欲看桃花者，必
策蹇郊行，听其所至。如武陵人之偶入桃源，始能复有其
乐。如仅载酒园亭，携姬院落，为当春行乐计者，谓赏他卉
则可，谓看桃花而能得其真趣，吾不信也。"为《群芳谱》

及《花镜》所未道。

邹一桂之《小山画谱》，分桃为千叶桃、小桃、山桃。云："粉红者，深浅不一，赤者为绯桃，白者为碧桃，俗以千叶者为碧桃，白者为白碧桃，谬矣。梅、杏、桃俱用点法。千叶者，蒂两层，十瓣，叶尖长，开在春深故也。碧桃开足，心墨色，枝比单叶者较柔娜，干赭墨色。小桃亦有深浅红白三色，五出而花小，枝柔弱，蕊、瓣、蒂、须、干俱如桃，开时微芽，此花惟北地有之，开在杏花之前，江南绝无。山桃深红，千叶藤本，枝蔓离披，叶蕊双出，对节开，向一边开时，叶短小，种山石上为宜。"

观桃宜于水边，取其映发生姿也；宜于柳畔，取其交辉动目也；宜月夜，取其婷婷弄影也；宜露晨，取其灼灼流采也。而美人立于旁，则人面花光，益形妩媚，几如上穷碧落，与洞府天仙，一亲芳泽也。

《群芳谱》所述之桃，多于《小山画谱》，尚有美人桃，一名人面桃，粉红，千瓣，不实。二色桃，花开稍迟，粉红，千瓣极佳。日月桃，一枝二花，或红或白。鸳鸯桃，千叶深红，开最后。瑞仙桃，色深红，花最密。寿星桃，树矮，而花亦可玩。巨核桃，出常山，汉明帝时所献，霜下始花。十月桃，十月实熟，故名，花红色。李桃，花深红色。至于夹竹桃、金丝桃，则似桃而非桃之族类也。

吾吴有桃花坞，为曩时唐六如栖隐处，画家吴子深居其地，称桃坞居士。不知此外别有桃花坞。《六朝事迹》云："桃花坞在蒋山宝公塔之西北，旧有桃花甚盛，今不复存。"

又郑至道《刘阮洞记》:"（鸣玉）洞之东有坞，植桃数畦，花光射目，落英缤纷，点缀芳草，流红缥缈，随水而下。此昔人食桃轻举之地也，遂名曰桃花坞。"

曩时但杜宇于国画最喜作桃花，谓对此一帧，如此身常在春风澹宕之中，足以舒人襟抱，绘成册页数十百帧，但不自惬意，往往随绘随弃。予当时未之索留，今者杜宇远走天南，音讯杳然，欲求无从矣。杜宇又谓绘桃难于绘梅，梅有病梅，枝干可随意出之，桃则不然，非寓婀娜于刚健之中不可。曾托代征吴待秋、赵子云、程瑶笙、袁雪庵、樊少云、蔡震渊、柳渔笙、叶渭莘、陈伽庵、商笙伯诸名画家，各作桃花尺叶，装成一册，自经兵燹，荡然无存矣。

稗史以桃名者有《桃花扇》，记侯雪苑与李香君事，张船山题之，有:"两朝应举侯公子，忍对桃花说李香。"无锡顾彩，又作《南桃花扇》，所衍亦侯朝宗事。尤西堂有《桃花源》一书，盖衍陶元亮事，以《归去来辞》为首，入陶源洞成仙结之。王渔洋题之有:"今朝识得庐山面，莲社桃源一径通。"黄韵珊取吴绛雪事谱《桃溪雪》传奇，又泉唐王晔曾作《桃花女》剧本。又嵩梁有《碧桃记》，谓岳绿春，姿容明慧，吴博士雅慕之，诣其居，值绿春菱镜匀妆，杏腮初点，乃贻以碧桃一枝，女受而簪之。俄有以重聘聒其母者，女恚甚，谓母曰:"儿已簪吴氏花矣。"及归博士，筑听香馆以居之。又《春桃记》，记黄崇嘏女状元事。又沈东讷有《三白桃传》，记红羊时三女子，芳名俱为白桃也。又《帘外桃花记》，似为朱鸳雏撰，已记忆不清矣。

古人以桃为别署者，有宋王珝之桃黄山人，明周显宗之桃村山人，高濂之桃花渔，李国相之桃坞老人，施守平之桃源避客，沙宛在之桃叶女郎，清胡昶之桃源翁，宫伟镠之桃都漫士，陶澍之桃花渔者，张允滋之桃花仙子。以桃为斋名者，有明龚之伊之桃花庵，清李越

缦之桃花圣解庵，蒋元龙之桃花亭，黄文澍之桃谷山房。

桃花名句，如苏东坡之"竹外桃花三两枝"，司马光之"铜驼陌上桃花红"，王安石之"晴日蒸桃出小红"，许有壬之"紫箫吹绽碧桃花"，杜甫之"红芳落尽井边桃"，曹唐之"流水桃花满涧香"，赵孟頫之"临水红桃对镜开"，萧冰崖之"桃源花发几番春"，皆可诵也。又《随园诗话》谓："严海珊《咏桃花》云，'怪他去后花如许，记得来时路也无'，暗中用典，真乃绝世聪明。"

李谪仙桃花潭《赠汪伦》一诗，传诵人口。颇以不知汪伦为何许人，桃花潭又奚若为憾。《随园诗话·补遗》中却

涉及之，如云："唐时汪伦者，泾川豪士也。闻李白将至，修书迎之，诡云：'先生好游乎？此地有十里桃花。先生好饮乎？此地有万家酒店。'李欣然至，乃告云：'桃花者，潭水名也，并无桃花。万家者，店主人姓万也，并无万家酒店。'李大笑。款留数日，赠名马八匹，官锦十端，而亲送之。李感其意，作《桃花潭》绝句一首。今潭已壅塞，张惺斋炯题云：'蝉翻一叶坠空林，路指桃花尚可寻。莫怪世人交谊浅，此潭非复旧时深。'惺斋乃诗人稻园汝霖司马之子，落笔绰有家风。"

浦江玄麓山有桃花涧之胜，至正间，郑彦真等修禊事于涧滨，宋景濂为撰《桃花涧修禊诗序》，有云："夹岸皆桃花，山寒花开迟，及是始繁。旁多髯松，入天如青云。忽见鲜葩点湿翠间，焰焰欲然。"又云："三月上巳桃花水下之时，郑之旧俗于溱、洧两水之上，招魂续魄，执兰草以祓除不祥。今去之二千载，虽时异地殊，而桃花流水则今犹昔也。"

犹忆某君有《白桃花》诗云"恰似文君新寡后，素妆犹未嫁相如。"颇脍炙人口。顷见廖织云女史亦有题《白桃花》画册云："五更风雨惜秾春，晓起看花为写真。双颊断红浑不语，可怜最是息夫人。"可谓并皆佳妙。

有画白头鸟立桃花上者，李玉洲题之云："桃花红满三千岁，青鸟飞来也白头。"不脱不黏，佳作也。

桃花酸，醋名也。《晋公遗语》云："唐俗贵重桃花酸。"厥名绝隽艳可喜。

牡　丹

　　善夫湖上笠翁之言曰："牡丹得王于群花，予初不服是论，谓其色其香，去芍药有几？择其绝胜者与角雌雄，正未知鹿死谁手。及睹《事物纪原》，谓武后冬月游后苑，花俱开而牡丹独迟，遂贬洛阳。因大悟曰：'强项若此，得贬固宜，然不加九五之尊，奚洗八千之辱乎！'物生有候，葭动以时。苟非其时，虽十尧不能冬生一穗。后系人主，可强鸡人使昼鸣乎！如其有识，当尽贬诸卉而独崇牡丹。花王之封，允宜肇于此日。惜其所见不逮，而且倒行逆施，诚哉其为武后也。予自秦之巩昌，载牡丹十数本而归，同人嘲予以诗，有'群芳应怪人情热，千里趋迎富贵花'之句。予曰：'彼以守拙得贬，予载之归，是趋冷非趋热也。'兹得此论，更发明矣。艺植之法，载于名人谱帙者，纤发无遗，予倘及之，又是拾人牙后矣。但有吃紧一着，花谱偶载而未之悉者，请畅言之。是花皆有正面，有反面，有侧面。正面宜向阳，此种花通义也。然他种犹能委曲，独牡丹不肯通融，处以南面即生，俾之他向则死。此其肮脏不回之本性，人主不能屈之，谁能屈之？予尝执此语同人，有迂其说者。予曰："匪特士民之家，即以帝王之尊，欲植此花，亦不能不循此例。"同人诘予曰："有所本乎？"予曰："有本。吾家太白诗云："名花倾国两相欢，常得君王带笑看。解释春风无限恨，沉香亭北倚栏杆。"倚栏杆者向北，则花非南面而何？"同人笑而是之。斯言得无定论。"确能道人所未道也。

沪上以桃著，此外则牡丹亦负盛名。牡丹以法华镇李氏潀溪园所植，异种尤多，其时为前清乾嘉间，厥种来自洛阳，每岁八九月间，剪取小枝接于芍药。更取本地土壤培植，便繁茂艳美，否则，虽花不荣，盖法华镇之土壤，适宜于牡丹之生长，因此法华遂有"小洛阳"之称。按，潀溪园为贡生李炎之产业，园内水亭花树，布置颇称佳胜。李氏所栽牡丹，五色相间，每本只着一花，其大似盘，在当时一花须值万钱，遐迩人士，咸来观赏。李氏亦时置酒肴，招名流雅士，觞咏为乐。牡丹之细品，有瑶池春晓、平分秋色、太真晚妆、燕雀同春、绿蝴蝶、猩红娇、泼墨紫、范阳红、清河白、雪塔、祁绿、姚黄、紫磬、霞光等几十种，而紫金球与碧玉带，更属名贵。园毁于道光间，然其地仍有栽花贩卖为业者，但仅淡红、深紫二种，值乃极贱。清末郁屏翰购地于法华，辟昧园于其间，其中名胜曰潀溪草堂，想即李炎植牡丹处，今由屏翰之孙元英主持。元英固鸣社同文，缓当一游其地也。按，牡丹栽植者，不仅李氏已也。尚有陆旦华，字焕虞，号曼卿。嘉庆癸酉孝廉，世居法华镇。家有啸园，结构颇雅，而所艺牡丹，尤多奇种。每至花时，折简招宾，作软脚会，环行劝酒，不醉无归。与宝山沈学渊梦塘孝廉为至契，沈在都门，赠以诗云："六年前赴看花约，载酒春江款竹扉。苦忆旗亭重握手，燕山二月雪花飞。"所谓看花者，即指牡丹而言也。今则遍游法华，不见牡丹矣。

《随园诗话》记："番禺黎美周，少年玉貌，在扬州赋《黄牡丹》诗，某宗伯品为第一人，呼为'牡丹状元'。花主人郑超宗，故豪士也，用锦舆歌吹，拥状元游廿四桥，士女观者如堵。还归粤中，郊迎者千人。美周被锦袍，坐画船，选珠娘之丽者，排列两行，如天女之拥神仙。相传有明三百年，真状元无此貌，亦无此荣也。其诗十章，虽整齐华赡，亦无甚意思，惟"窥浴转愁金照眼，割盟须记褚留衣"一联，稍切'黄'字。后美周终不第，陈文忠荐以主事，监广州军死。"按，美周撰《花底拾遗》，有一则云："叹素馨不得作牡丹比邻"，其珍视牡丹如此。《随园》又云："牡丹诗最难出色，唐人'国色朝酣酒，天香夜染衣'之句，不如'嫩畏人看损，娇疑日炙消'之写神也。其他如'应为价高人不问，恰缘香甚蝶难亲'，别有寄托；'买栽池馆疑无地，看到子孙能几家'，别有感慨。宋人云：'要看一尺春风面'，俗矣。本朝沙斗初云：'艳薄严妆常自重，明明薄醉要人扶。'裴春台云：'一栏并力作春色，百卉甘心奉盛名。'罗江村云：'未必美人多富贵，断无仙子不楼台。'胡稚威云：'非徒冠冕三春色，真使能移一世心。'程鱼门云：'能教北地成香界，不负东风是此花。'此数联足与古人颉颃。元人贬牡丹诗云：'枣花似小能成实，桑叶虽粗解作丝。惟有牡丹如斗大，不成一事又空枝。'晁无咎《并头牡丹》云：'月下故应相伴语，风前各自一般愁。'"

故前辈陈鹤柴丈《尊瓠室诗话》，亦有涉及牡丹者，如云："予戚章哲骞秀才人树，年垂古稀，遭逢离乱，性情淡定，困守家园。有己卯春寄予一绝，则喜园中牡丹盛开之作也。诗云：'车辚辚杂马萧萧，二月罡风起怒潮。花好只须看半放，鼠姑生日是花朝。'写吾邑景况如绘。"又云："望江余节高观察粲，乃湘抚寿平中丞诚格之家嗣也。中丞以词名，而不多见。君喜为诗，有和予《看夏园紫白牡丹》诗，前四句云：'微醺风软不嫌吹，同认康桥布置宜。槛畔余寒春尚滞，陇头盛赏梦常羁。'盖谓陇上牡丹极盛。惜予壬子春早归，未及立夏花时也。"按，鹤柴丈《紫白牡丹》诗，惜未见。

愚叟丘璇，撰有《牡丹荣辱志》，以姚黄为王，魏紫为妃，以朱砂红、细叶寿安等为九嫔，一捻红、倒晕檀等为世妇，玉版白、多叶紫等为御妻，指佞草、碧莲等为花师傅，长乐花、同颖禾等为花彤史，上品芍药、重叶海棠等为花命妇，素馨、虞美人等为花嬖幸，琼花、红兰等为花近属，丽春、千叶郁李等为花疏属，都胜、玉簪等为花戚里，红蔷薇、百合等为花外屏，红梅、山樱桃等为花宫闱，红蓼、金雀花等为花丛脞，温风、细雨等为花君子，赤日、苦寒等为花小人，闰三月、五风十雨等为花亨泰，三月内霜雹、箔子遮围等为花屯难，洵生面别开之作也。

欧阳永叔之《洛阳牡丹记》，内容分花品叙第一，花释名第二，风俗记第三。谓洛阳人"牡丹不名，直曰花，其意谓天下真花独牡丹"。《牡丹记》略及种植法，谓："种花必择善地，尽去旧土，以细土用白蔹末一斤和之，盖牡丹根甜，多引虫食，白蔹能杀虫。此种花之法也。浇花亦自有时，或用日未出，或日西时。九月旬日一浇，十月、十一月三日、二日一浇，正月隔日一浇，二月一日一浇。此浇花之法也。一本发数朵者，择其小者去之，只留一二朵，谓之打剥，惧分其脉也。花才落，便剪其枝，勿令结子，惧其易老也。”“花开渐小于旧者，盖有蠹虫损之，必寻其穴，以硫黄簪之，其旁又有小穴如针孔，乃虫所藏处，花工谓之气窗，以大针点硫黄末针之，虫乃死，花复盛。”又鄞江周氏别有《洛阳牡丹记》，述花之品种綦详。宋张邦基有《陈州牡丹记》，谓：“洛阳牡丹之品，见于花谱。然未若陈州之盛且多也。园户植花如种黍粟，动以顷计。”陆放翁之《天彭牡丹谱》，谓：“牡丹，在中州，洛阳为第一；在蜀，天彭为第一。天彭之花，皆不详其所自出。土人云，曩时永宁院有僧，种花最盛，俗谓之牡丹院。春时赏花者多集于此。其后花稍衰，人亦不复至。崇宁中州民宋氏、张氏、蔡氏，宣和中石子滩杨氏，皆尝买洛中新花以归。自是洛花散于人间，花户始盛，皆以接花为业。大家好事者皆竭其力以养花，而天彭之花遂冠两川。”又云：“天彭号小西京，以其俗好花，有京洛之遗风。大家至千本。花时，自太守而下，往往即花盛处张饮，帟幕车马，歌吹相属，最盛于清明寒食时。在寒食前者，谓之火前花，其开稍久，火后花则易落。最喜阴晴相半，时谓之养花天。栽接剔治，各有其法，谓之弄花。其俗有‘弄花一年，看花十日’之语，故大家例惜花，可就观，不敢轻剪，盖剪花则次年花绝少，惟花户则多植花以侔利。双头红初出时，一本花取直至三十千。祥云初出，亦直七八千，今尚两千。州家岁常以花饷诸台及旁郡，蜡蒂筠篮，旁午于道。予客成都六年，岁常得饷，然率不能绝佳。淳熙丁酉岁，成都帅以善价私售于花户，得数百苞，驰骑取之。至成都，露犹未晞。其大径尺，夜宴西楼下，烛焰与花相映发，影摇酒中，繁丽动人。嗟乎！天彭之花，要不可望洛中，而其盛已如此，使异时复两京，王公将相筑园第以相夸尚，予幸得与观焉，其动荡心目，又宜何如也。"予幼时读书草桥学舍，程师仰苏蜡印此文为国文讲义，迄今犹能背诵之也。

《古今文艺丛书》有《姚黄集辑》，江都秦更年所辑录，可与《随园诗话》黎美周"牡丹状元"相印证。首冠一序云："余家扬郡南郊，距影园故址，去不数武，故老流传，谓园主人郑超宗元勋尝集四方才人，赋黄牡丹诗，悬金罍为赏，虞山钱蒙叟谦益为之品定，推番禺黎美周遂球之作压卷，一时籍甚，称为'牡丹状元'，并汇刻为《姚黄集》，传之海内。高风逸韵，心实艳之。顾所谓《姚黄集》者，物色有年，未之或睹，殆散佚久矣。戊申春，余友番禺沈太侔祠部宗畸，举著涒吟社于京师，首以黄牡丹命题，余因是有辑录斯集之意。是年夏，游岭南，客居多暇，遂发群籍，从事钩索，徒以藏弆无多，仅得序一篇，诗二十三章，及往来尺牍三通而已。据钱蒙叟序，称其有百余章，而作者几人及其姓字，则无可考。读郑超宗寄冒辟疆札有云：'既倡牡丹之咏，再举灯船之游。'黎美周《灯船曲序》曰：'庚辰五月既望，扬州不雨，咸修祈祷常仪，于是同社郑超宗、梁饮光、姜开先、冒辟疆，以予与陈旻昭、万茂先、陈百史、康小范诸同人适集，因仿秦淮夜游，载歌吹以当雩舞。'牡丹之咏，灯船之游，事在一时，人必无异，则是作者虽多，而号称名流者，亦只此数公已耳。今余所录，于上列诸家，尚阙其半，积年搜访，迄未增益，簪遗珥堕，想像时劳。比者避难家居，无以送日，爰就所得，录为一卷，乡邦文献，聊助征存。又郑超宗《影园自记》，指陈园景，历历如画，并附录之，以当游览。抑余俯仰世变，因之重有感焉，影园牡丹之会未数稔而明亡，今日去太仔举社之日亦未数稔，事之相类，乃至如是，则此黄牡丹诗，不将与黍离麦秀之歌并列耶！可慨也夫！辛亥岁暮更年记于城南草堂。"虽辑录不多，然吉光片羽，足为牡丹添一重佳话。钮玉樵《觚剩》亦涉及黄牡丹云："崇祯戊辰，扬州郑元勋集四方才士于影园，赋黄牡丹诗，推虞山钱宗伯为骚坛盟主，品题群咏最著，赍以金罍。番禺孝廉黎遂球下第南还，亦与斯会，即席成七律十章，宗伯评置第一，时号'牡丹状元'。其诗有'月华醮露扶仙掌，粉汗更衣染御香'，又曰'燕衔落蕊成金屋，风蚀残钗化宝胎'，皆丽句也。而读其全篇，尚未尽体物之妙。兼与扬州少切。余因点笔题四韵于后：'闻道姚家种绝伦，雕栏重见一枝新。色分莺羽迎风艳，香染蜂须浥露匀。小草岂能齐富贵，群花从此辨君臣。碧箫声里红桥畔，金带徒夸往日春。'"

陈留谢肇淛之《五杂俎》，考牡丹之起源与品类甚详，足资探索。如云："牡丹自唐以前，无有称赏，仅《谢康乐集》中有'竹间水际多牡丹'之语，此是花王第一知己也。杨子华有'画牡丹处极分明'之诗。子华，北齐人，与灵运稍相后。段成式谓隋朝《种植法》七十卷中，初不说牡丹，而《海山记》乃言炀帝辟地为西苑，易州进二十相牡丹，有赭红、颊红、飞来红等名，何其妄也。自唐高宗后苑赏双头牡丹，至开元始渐贵重矣。然牡丹原止呼'木芍药'，芍药之名著于风人吟咏，而牡丹以其相类，依之得名，亦犹木芙蓉之依芙蓉为名耳。但古之重芍药，亦初不赏其花，但以为调和滋味之具，而牡丹不适于口，古无称耳。今药中有牡丹皮，然惟山中单瓣赤色，五月结子者堪用，场圃所植，不入药也。"又云："牡丹自闽以北，处处有之，而山东、河南尤多。《埤雅》云：'丹延以西及褒斜道中，与荆棘无别，土人皆伐以为薪。'未知果否也。余过濮州曹南一路，百里之中，香风逆鼻，盖家家圃畦中俱植之，若蔬菜然。缙绅朱门，高宅空锁，其中自开自落而已。然北地种无高大者，长仅三尺而止。余在嘉兴、吴江所见，乃有丈余者，开花至三五百朵，北方未尝见也。此花，唐、宋之时，莫盛于洛阳，今则徒多而无奇，岂亦气运有时而盛衰耶！"又云："牡丹各花俱有，独正黄者不可得，不知当时姚氏之种，何以便绝。今天下粉白者最多，紫者次之，正红者亦难得矣。亦有墨色者，须苗芽时，以墨水溉其根，比开花，作蔚蓝色，尤奇也。王敬美先生在关中时，秦藩有黄牡丹盛开，宴客，敬美甚诧，以重价购二本携归，至来年开花则仍白色耳。始知秦藩亦以黄栀水浇其根，幻为之以欺人也。"又云："牡丹、芍药之不入闽，亦如荔支、龙眼之不过浙也，此二者政足相当。近来闽中好事者多方致之，一二年间，亦开花如常，但微觉瘦小，过三年不复生，又数年则萎矣。"

囊时拟定国花，有提议牡丹为我国所独有，当定为国花者。不知牡丹近以法国种为最佳，吕圣因更有日内瓦湖畔，二度看牡丹词，调寄《花犯》云："炫芳丛，鞓红欧碧，年华又如此。玄都观里，谁省识、重来赢得憔悴。已谙世态浮云味，吟怀懒料理。算也似、粉樱三见，归期犹未计。　　风流弄艳塞胡妆，依然未减却、天姿名贵。闲徙倚。问可是、洛阳迁地。尽消受、蛮花顶礼，引十万、红云渡海水。还怕说、宝栏春晚，宵来风雨洗。"

甘肃布政司署，牡丹多至百数十本，高或过屋，林亭之胜，冠绝一时。中有憩园，园内有四照厅，谭复生题联云："人影镜中，被一片花光围住；霜华秋后，看四山岚翠飞来。"造语秀隽。又天香亭联云："鸠妇雨添三月翠；鼠姑风里一亭香"，亦艳而不俗。见《悔晦堂联话》。

随园多植牡丹，袁翔甫《琐记》有云："牡丹称富贵花，以多为贵。然必参差高下，不可于平地种之。园中叠石为山，遍栽百数十本，回环映带，坐观如一座花山。夜则削竹为签，插烛高烧，愈形灿烂。此时游人最繁，自朝至暮，络绎不绝。主人排日延宾，几有应接不暇之势焉。"诵之，恨生数百年后，不能随当时诸名士一与其盛也。

黄九如以画紫牡丹得名。一夕，梦古衣冠人谓之曰："汝画牡丹当用苏木汁，如制胭脂法，则绝肖。"醒而试之，果逼真。三六桥《柳营谣》云："一个猫儿一饼金，谁钦论画补桐阴。牡丹不用胭脂染，家学渊源两竹林。"黄九如叔履中善画猫，一猫一金，以黄猫儿称。又诗云："英雄原不碍风流，传说元戎艳福修。画罢牡丹春昼永，闲凭妓阁看梳头。"道光间将军湖上公善画牡丹，多内宠，教之妆点，有云鬟、月髻诸名目。

海 棠

　　海棠，花中艳品也。诗人比诸美人春睡，良以润攒温玉，繁簇绛绡，确具婵娟姿态也。花有数种，贴梗其一，舒葩最早，不易长大，故人皆植作盆玩。性畏寒，亦有四季花者。一西府海棠，又名海红树。干高挺，木坚而多节，枝密而条畅，花五出。初似胭脂，及开则渐淡，心中有紫须，厥香甚清烈，秋结实如大樱桃，微酸而耐咀嚼。宜种膏沃之地，结子后即当剪去，则来年花盛而叶迟。又一种黄海棠，花初放作鹅黄色，盛开便浅红矣。犹忆先师半兰先生有句云："海棠最艳是垂丝。"海棠之有垂丝，非异类也。盖由樱桃树接之而成者，故花梗细长似樱桃，其瓣丛密而色娇媚，重英向下，有若小莲，微逊西府一筹耳。世谓海棠无香，而蜀之潼关、昌州海棠独香，不可一例论也。

　　钱塘袁翔甫记随园花木云："海

春分一候
海棠

（清）董诰《二十四番花信风图·海棠》

台北故宫博物院藏

棠二株，花开最繁，当窗作态，灿若云霞。此花既开，主人例应开筵宴客。彼此酒赋琴歌，殆无虚日。"俞葆寅有《简斋先生招看海棠》诗云："又是裁云梦雨天，轻阴留护绮窗前。怜他中酒初贪睡，笑我随风也放颠。重叶品题推命妇，两枝朝夕伴神仙。相看况值清明节，肯负芳华五色笺。"又《记图册》云："柔吉姊梦海棠花而生一女，字曰棠仙。性极聪慧，数龄即解四声。及笄，工诗善愁。随姊居随园，与诸闺秀赏花玩月，觅句联吟，殆无虚日。嗣聘萧氏子，未及结缡，卒于园中。卒之前夕，姊又梦海棠花萎，固知不祥。曾倩汤贞愍之四公子禄名釐尹，绘《月廊香梦图》，遍征名流题咏，其中佳什甚多，惜已同遭劫火矣。"

郑谷谓海棠丽宜着雨，予谓尚可以补充之，如云：轻宜笼烟，娇宜缀露，妍宜映水，逸宜临风。此外则宜朝日，宜晚霞，宜傍绛袖人，宜伴青衫客。

昔人以诗宠海棠，可谓备至。如马祖常云："石家五尺珊瑚树，海国千房火齐珠。"梅尧臣云："日爱西湖照宫锦，醉看春雨洗胭脂。"刘兼云："低傍绣帘人易折，密藏香蕊蝶难寻。"李绅云："浅深芳萼通宵换，委积红英报晓开。"张冕云："层层排朵萦飞蝶，密密交柯宿翠翰。"梁持胜云："粉白漫夸妆样巧，胭脂难染睡痕新。"石扬休云："艳凝绛缬深深染，树认红绡密密连。"范纯仁云："濯雨正疑宫锦烂，媚晴先夺晓霞红。"晏殊云："逐处间匀高下萼，几番分破浅深红。"偶检各家诗集，触目皆是。惟杜少陵无海棠诗，以其太夫人芳名海棠，避忌故也。

"郑太常仲舒开宴觞客于众芳园，时日已西没，乃列烛花枝上，花既娟好，而烛光映之，愈致其妍。"见宋濂《海棠花诗序》。如此销魂境界，恨生数百年后，不能与吾宗太常公共之耳。

曩年，予与眠云合辑《消闲月刊》，先师胡石予先生曾以所撰《海棠诗话》见赐，广征博引，在诗话中创一别格，可与宋陈思著《海棠谱》同具价值。《海棠谱·自序》有云："世之花卉，种类不一，或以色而艳，或以香而妍，是皆钟天地之秀，为人多钦羡也。梅花占于春前，牡丹殿于春后，骚人墨客，特注意焉。独海棠一种，风姿艳质，固不在二花下。自杜陵入蜀，绝吟于是花，世因以此薄之。其后都官郑谷，已为举似。本朝列圣品题，云章奎画，烜耀千古，此花始得显闻于时，盛传于世矣。"按，所谓列圣者，盖宋太宗、真宗皆有《海棠》诗也。

海棠有异种，曰木瓜海棠，生子如木瓜，可食。又秋时发花于墙阴者曰秋海棠。花色粉红，甚娇艳，叶绿如翠羽，叶下红筋者为常品，绿筋者开花甚有雅趣。是花一名八月春，又曰断肠花。同文秦瘦鸥撰说部即以《秋海棠》为名，瘦鹃社兄更撰《新秋海棠》以续之，传诵一时焉。

海棠茶，名式绝佳，惜未得饮。《云蕉馆纪谈》云：明昇"在重庆取涪江青礦石为茶磨，令宫人以武隆雪锦茶碾之，焙以大足县香霏亭海棠花，味倍于常。海棠无香，独此地有香，焙茶尤妙"。《红楼梦》栊翠庵妙玉以梅花枝上的积雪煮茶，大可与海棠茶媲美。

花木往往以人而重，如曲阜之子贡手植桧，吾苏拙政园有文徵仲手植紫藤，人至辄低徊而抚赏之，似与昔贤晋接也。饶州有蜀锦亭，范希文植海棠二株于其地。王十朋有诗云："亭废名犹在，春来花自芳。犹余蜀中锦，爱惜比甘棠。"

地以海棠而著者，如横州西有海棠桥，桥南北皆植海棠。又海棠川在西充县，环绕县治皆海棠，因名。海棠池在黎州城西北五里，海棠遍池周，为郡人游宴之地。海棠溪在保宁南，上多海棠。长宁县有海棠洞，昔郡人王氏环植海棠，每春花时，郡守宴僚下于其下。海棠山在嘉定州西，山多海棠，如此胜地，不克莅游，亦一憾事。

王世贞《词评》，谓："永叔极不能作丽语，乃亦有之曰：'隔花啼鸟唤行人。'又：'海棠经雨胭脂透。'"予谓下句尤丽，足为海棠写照。

近购得玄恭《看花杂咏》，所咏者，以梅及牡丹、秋桂为多。有《西府海棠》一首云："灼灼天然妩媚姿，楼前细雨湿花枝。谁云春睡浓难足，恰是华清新浴时。"清新可诵之什也。

顷检严蘅之《女世说》，有海棠故实，亟捃拾之以殿我文："曲周别业，庭中海棠十月雪中大开，一时名士皆有诗，许雪棠为之最。汪西颢《津门杂咏》云：'不栉书生不画眉，传来艳绝海棠诗。若教玉秤称才子，压倒楼头旧婉儿。'为雪棠作也。"又云："易州范女许田氏子。未嫁，田殁，女仰药以殉。庭中海棠数十本，一夕尽变为白。魏寒松赋诗吊之。"寒松诗则未之得睹矣。

榴　花

　　樱桃才熟，榴火竞红，景色庭园，于斯为胜。犹忆笠翁李渔之言曰："芥子园之地，不及三亩，而屋居其一，石居其一，乃榴之大者，复有四五株。是点缀吾居，使不落寞者，榴也。盘踞吾地，使不得尽栽他卉者，亦榴也。榴之功罪，不几半乎？然赖主人善用，榴虽多，不为赘也。榴性喜压，就其根之宜石者，从而山之，是榴之根即山之麓也。榴性喜日，就其阴之可庇者，从而屋之，是榴之地即屋之天也。榴之性，又复喜高而直上，就其枝柯之可傍，而又借为天际真人者，从而楼之，是榴之花即吾倚栏守户之人也。此芥子园主人区处石榴之法，请以公之树木者。"笠翁说花木，颇能道人所未道，予殊爱诵之。

　　《群芳谱》载："石榴，一名丹若。本出涂林安石国，汉张骞使西域，得其种以归，故名安石榴，今处处有之。树不甚高大，枝柯附干，自地便生作丛，孙枝甚多。种极易息，或以子种，或折其条盘土中便生。叶绿，狭而长，梗红。五月开花，有大红、粉红、黄、白四色。有海榴（来自海外，树高二尺）、黄榴（色微黄带白，花比常榴差大）、四季榴（四时开花，秋结实，实方绽，旋复开花）、火石榴（其花如火，树甚小，栽之盆，颇可玩。又有细叶一种，亦佳）、饼子榴（花大，不结实）、番花榴（出山东，花大于饼子，移之别省，终不若在彼大而华丽，盖地气异也）。燕中有千瓣白、千瓣粉红、千瓣黄、千瓣大红。单瓣者比别处不同，中心花瓣，如起楼台，谓之重台石榴花，头颇大，而色更深红。"榴花之大概，备于此矣。

榴花艳而无韵，繁而无香，譬诸女子，是妖姬荡妇一流，不能与闺阁名媛相提并论。予爱花木甚，于春爱梅、爱兰，于秋爱菊、爱海棠、爱木芙蓉，于冬爱水仙、爱山茶、爱蜡梅，于夏爱莲、爱晚香玉，而榴花不与也。据人云，榴喜肥，浓粪浇之无忌，当午浇，花更茂盛，于此益见榴之粗俗，殊不足取。但此为予之偏见，未知竺嗜花木之同志别有见解否？

榴花酒，虽老于饮者未之得尝，《方舆胜览》云：崖州妇人"以安石榴花着釜中，经旬即成酒，其味香美"。又榴花可治病，亦未尝试，不知果有效否？据云，花阴干为末，和铁丹服一年，白发变黑。千叶者治心热吐血，研末吹鼻止衄血，又傅金疮出血。

昔仪征有画家费西畦善画榴，其画能于拙中见媚，生中见熟，但不肯署名，或强之，曰："我之画，有我之面目在，有我之精神在，何必署名，署名徒见其赘累耳。"然名乃湮灭不闻。说者谓其画榴，足与马远之松、文同之竹、赵子固

（清）沈振麟《十二月
花神册·蜀葵　石榴》

台北故宫博物院藏

之水仙、王元章之梅花、秦梧园之杨柳，同为艺苑之妙谐，
虽称之为"费榴花"可也。

　　清初叶苍岩诞生于沪南之榴花居，因以"映榴"为名。
顺治辛丑进士。康熙间授湖北粮督，会裁总督缺，并裁粮
兵，兵噪索月粮不得，谋为乱，映榴冒刃劝谕不应，骂贼自
刎，谥忠节。工书画，长古隶，善山水，苍古似石田翁，著
有《榴花居诗草》。

　　王直方《诗话》云："王荆公作内相，翰苑有石榴一丛，
枝叶繁茂，只发一花，时荆公有诗云：'万绿丛中红一点，
动人春色不须多。'予每以不见全篇为恨，遁斋闲览以为唐
人诗，非也。"是亦榴花佳话。

　　闻诸剡曲灌叟，榴花之所以冠一"石"字，是亦有因。
盖榴结子累累，不胜其重，故根上必压以石块，使之不动摇
也。今人大都以巨牡蛎代石，则兼有杀之功。

荷　花

　　"消受白莲花世界，风来四面卧中央。"此昔人咏荷之什，简斋采之入《随园诗话》中也。当此盛暑，跼居斗室，挥汗写作，似处洪炉中，益令人神往野塘白莲、风倾翠盖之逸致不置，李笠翁不云乎："夏不谒客，亦无客至，匪止头巾不设，并衫履而废之，或裸处乱荷之中，妻孥觅之不得。"如此生活，岂不即佛即仙！予不慕绾黄纡紫，亦不羡揽辔裳帷，所念念不忘者，无非摆脱尘俗，春居山隈，与梅为伍，夏处水涘，挹芙蕖，剥莲蓬，以饮以食耳。友人朱子大可，别署莲垞居士，殆亦与予同情，果尔，愿结邻以老也。

　　居家无池沼，乃栽荷于巨盎中，或一盎，或二三盎，及花发酣艳，隔帘窥之，似美人浴起，掩以轻绡，令人消魂欲绝也。荷可盎栽，杨钟宝瑶水撰有《瓯荷谱》，其自序颇多前人所未发，即求之《群芳谱》《花镜》，亦无如是云云也。序谓："原夫藕之为花也，濂溪爱之，而不言其色。言其色者，曰红曰白而已，不闻有轻红、淡白、浅碧、深紫之纷然也，不闻有重台、单瓣、千叶、双头之犁然也。其为名也，曰莲、曰荷、曰芩、曰茄、曰水芝、曰泽芝、曰水白、曰水华、曰水旦、曰水芸、曰芙蓉、曰芙蕖、曰菡萏。然即物而异其名，非判其种于名也。其花也，于江于湖，于池于沼，不闻若罂若盎、若碗若盏，皆花也。花之莳于瓨也，自红白大种始，然类多习见，人亦不甚珍爱。有贾于扬而归者，出数小瓷盆示客，翠擎璧月，香泛霞杯，弱态丰容，掩映于筠帘棐几间，人竞以银钱市艳，贾又故昂其值，亦时出其值以醉客，顾吝其种，必残其余。王戎钻李，惧人之有我有也。久之，种亦渐广，卖花佣又争致其所无。或谓小种皆子出，故不数年，遂得卅余种，撑夏涉秋，闲庭曲院，粲如流绮，展琉璃之簟，倚水精之枕，露香花韵，沁骨侵肌，不必荡桨溯流求清凉世界也。因为之按种征名，详品辨色，与夫莳藕藏秧，燥湿肥瘦之得法得宜，一一次序而谱之，庶与洛阳之牡丹、广陵之芍药，并萃其美。然稽诸古，则南海有睡莲，沧州有金莲，乐游有嘉莲，驳鹿山有飞来莲，钩仙池有分香莲，琳池有分枝荷，儋州有四季荷；证诸今，则越有傲霜莲，粤有五色莲，辽海有墨莲，金川有雪莲，乌得以耳目之所及，遂以尽天下之奇也耶！他日之修花史者，幸有以广我所不逮，而并为李九疑、王敬美、王康节之功臣也可。"谱末附《艺法六条》，以"出秧""莳藕"为最重要。如云："清明后，风日晴暖，借地以草，覆瓨其上，徐以手出之，弗伤其蕨，藕屈如环，旋上者为头秧，二三节间，横出一小藕者为二秧、三秧，截之可以分莳，无歧出者，不可截也。节间嫩芽，谓之蕨，亦谓之窜头，葭菼所自起也。藕梢之无节者，谓之绦，虽莳不花，可尽弃之。选秧之法，审其藕色明净、窜头鲜润为佳，一秧得两三葟，无不花矣。""出秧后，各为标识，毋乱其种，旋出旋莳，弗逾三日。瓦底置金花菜少许，实以黄泥，捣必坚，松则易泛。纳秧指生，方以河泥淘净覆之，或先时和粪泥入瓦底更佳，亦有纯用河泥者，各从其意可也。"

画家为荷传神，当代以吴湖帆为第一，人戏以"荷花大少"称之，彼闻之亦不忤也。其绘荷常钤一印章"闹红一舸"，朱文，绝秀逸，乃陈曼生手刻。盖丁丑事变，吴诗初君得于苏州寄赠者。今岁初夏，予访湖帆于丑簃，湖帆适为人作荷花便面。其绘荷也，迥异凡流，调洋红及白粉，分盎储之，白粉极湿润匀细。先以洋红于便面上勾勒数笔，疏疏落落，似花瓣若不似花瓣，旋以白粉滴于红笔勾勒处，其湿润几欲透濡便面之正面，其他凡手，不敢淋漓出之若彼然也。勾勒之红，经饱和水分之白粉所融化，于是白中晕红，红中泛白，无异古宫人之飞霞妆，色泽乃极美妙。且以手法之高，水分之适当，先后时间之恰到好处，白中晕红，晕至边缘而自止，红中泛白，泛至相当而自判。然后再以粉笔、红笔而点之染之，抹之施之，至是，遂搁笔稍息，谓画已具大体矣。端详有顷，后运笔为叶为梗，田田然，婷婷然，活色生香不啻也。其高足陆抑非仿为之，得其神髓，骤视之，可乱真也。西泠安定居士今夏从予请，亦大画其荷，或有风致，或具露意，或残荷擎雨，或含苞朝日，荷箑配以徐子碧波之精小楷，称双璧也。

王渔洋《再过露筋祠》诗，有云："翠羽明珰尚俨然，湖云祠树碧于烟。行人系缆月初堕，门外野风开白莲。"风情澹宕，耐人玩索不尽，足为荷花生色也。

凤仙花

三教之尊，曰圣，曰佛，曰仙，不意卉木亦具三尊之号。如瑞圣花，《益部方物略记》云："瑞圣花出青城山中。干不条，高者乃寻丈，花率秋开，四出与桃花类。然数十跗共为一花，繁密若缀，先后相继，新蕊开而旧未萎也。蜀人号丰瑞花，故程相画图以闻，更号瑞圣花。"如佛手蕉，《本草》云："海南芭蕉，常年开花结实。有二种，板蕉大而味淡，佛手蕉小而味甜。"至于仙，则水仙花、御仙花外，其惟凤仙乎！

昔日无蔻丹，女子染指甲，辄捣凤仙花瓣成浆汁以为之。实则不必花瓣，茎叶亦可。拙作《凝香词》曾有句云："戏捉檀奴绵样手，替他点上凤仙泥。"即咏此也。别有指甲花、夏月花，香似玉樨，亦可染指甲。有黄、白二色，生杭之诸山中。用山土移栽土盆中，亦可供玩。不知者，见指甲花之名，往往误为凤仙之异称。按，凤仙一名染指甲草，固与指甲花一而二者也。

曩居吴中，庭院中辄栽杂卉，秋风送爽，凤仙着花，花有白瓣洒以红点，或殷红之朵半为白花，殊缤纷可喜。傍晚浴罢，移藤榻卧憩花间，手稗史一卷，目倦，乃转注于花容叶态，世虑为之尽蠲。结实成簇，形似毛桃，予往往故意手触之，簇包自裂，实纷纷散地，若有弹性然，甚可玩也。

　　凤仙与海棠同，亦有色无香，唐吴仁璧《凤仙》诗有云："香红嫩绿正开时，冷蝶饥蜂两不知。此际最宜何处看，朝阳初上碧梧枝。"岂海棠别有香海棠，而凤仙亦有香凤仙欤？

　　勾吴钱梅溪辑有《凤仙花谱》，分《志载》《释名》《种法》《题咏》《诗话》。《释名》中，列红者，如青梗大红、醉杨妃，凡十六种；白者，如白鸾、白绿心、玉色白、小荼蘼，凡十四种；紫者，如三粉紫、紫玉、紫袍金印，亦十有四种；洒金之属，有散金、五色新来等十一种；他如鹤顶、二乔、双金凤，则为异种。《种法》，分《下种》《发芽》《分盆》《浇灌》《待时》《开花》《赏花》《葬花》《收子》九则，《赏花》《收子》，语尤清隽可喜。如云："花开极盛，先开先落，置酒窗前，赏叹无已，然必使小童婢将先落者摘下，置于一筐，则后开者，自然繁茂，越开越妙，变换无穷，所以谓之仙也！同时花者，太液之莲花已谢，小山之丛桂未开，先君子有诗云：'不共莲花争并蒂，却于桂苑作先声'，即赋是花也。其余如长春、鸡冠、雁来红、洛阳、栀子、夹竹桃、兰、菊、秋海棠等花，总不如此花之娇艳，如新科三鼎甲之与诸进士，虽曰同年，究有分别。"又云："《左传》卫庄姜美而无子，卫人所为赋《硕人》也。故凡花之千叶而鲜艳者，每无子，要其结子，总在试花时。若试花时无子，则收花时必有子。须待其黄熟，轻轻采下，即置纱囊，使之透气。王右军《十七帖》云'函封多不生'也。其子既收，秋风渐厉，如人之富贵已极，衰谢就在眼前，然而有子可续，再起根枝，亦天地生物之义也。"

凤仙子老，微动即裂，俗名急性子。据云：产妇可用以催生。又庖人煮肉，着二三粒即烂，有人试之，果然。其茎可制为肴品，四明人士之腌苋菜梗不啻也。白花可浸酒，妇女饮之尤宜。

桂　花

花中之可赏可餐者，曰玉兰，曰玫瑰，曰秋菊，曰桂花，桂蜜渍之，缀于糕饵上，馨逸无伦。犹忆先母自制粉圆，和糖霜及桂花少许，甘芳可口。予时尚幼，连尽两器，越日积滞致疾，母请李瑞林老医师为予治之，盖瑞林老医师时来吾家，谊在戚友之间。其哲嗣松泉游学美利坚，得硕士学位而归，于民初常以新颖幻术，公演于赈灾游艺会，博得社会人士赞许者也。今睹桂花，不觉憧憬往事，连系其他，不能自已也。或云，桂花点茶，香生一室，则未获品尝。

桂为秋仲之花，种类甚多，《平泉山居草木记》云：有剡溪之红桂，钟山之月桂，曲房之山桂，永嘉之紫桂。他书记载，又有绿桂、四季桂、春桂，皆奇种也。

笠翁谈花，于桂亦有道人所未道处，如云："秋花之香者，莫能如桂。桂乃月中之树，香亦天上之香也。但其缺陷处，则在满树齐开，不留余地。予有《惜桂》诗云：'万斛黄金碾作灰，西风一阵总吹来。早知三日都狼藉，何不留将次第开。'盛极必衰，乃盈虚一定之理，凡有富贵荣华一蹴而至者，皆玉兰之为春光，丹桂之为秋色。"

桂俗呼为"木樨"，谓其纹理似犀也，则"木樨"当作"木犀"，"犀"字不必加"木"旁。

桂宜风，其香远；桂宜月，其色洁；桂宜小山，取其幽逸也；桂宜禅寺，取其清净也。至若庭除植之，婆娑弄影，亦是怡人情性。

古人爱花，花名益彰，如林君复之梅、陶靖节之菊、周濂溪之莲皆是；爱桂者，则有宋之向子諲。向有《生查子》词云："我爱木中犀，不是凡花数。清似水沉香，色染蔷薇露。"可以为明证也。

《南部烟花记》云："陈主为张丽华造桂宫于光昭殿后，作圆门如月，障以水晶，后庭设素粉罘罳。庭中空洞无他物，惟植一株桂树，树下置药杵臼，使丽华恒驯一白兔。时独步于中，谓之月宫。"如此佳境，无毋作人间之想，惜乎陈主不克久享其隆也。

桂之香在花，不在木。《三辅黄图》云："甘泉宫南有昆明池，池中有灵波殿，皆以桂为殿柱，风来自香。"又东坡《赤壁赋》云："桂棹兮兰桨。"予疑桂指肉桂而言，非寻常之木犀也。

吾友怀鹅生见告，桂接石榴树上，其花即成丹桂，冬青接之亦可；又谓花浸入麻油，蒸熟之可润发，或作面脂之用。

《香乘》有桂花香。其制法云："用桂蕊将放者，捣烂去汁，加冬青子，亦捣烂去汁，存渣，和桂花合一处作剂，当风处阴干，用玉片蒸，俨是桂香，甚有幽致。"

《鹤林玉露》一书，有为桂叫屈者，如云："木犀、山矾、素馨、茉莉，其香之清婉，皆不出兰芷下，而自唐以前，墨客骚人，曾未有一话及之者，何也？"

蒋蔼卿之《秋灯琐忆》，有《木犀佳话》一则。如云："虎跑泉上有木犀数株，偃伏石上，花时黄雪满阶，如游天香国中，足怡鼻观。余负花癖，与秋芙常煮茗其下。秋芙拗花簪鬟，额上发为树枝捎乱，余为蘸泉水掠之。临去折花数枝，插车背上，携入城闉，欲人知新秋消息也。近闻寺僧添植数本，金粟世界，定更为如来增色矣。秋风匪遥，早晚应有花信，花神有灵，亦忆去年看花人否？"按，秋芙，蔼卿之夫人，与沈三白之夫人陈芸，同为清才慧质。

湘中诗人杨南村著有《寻花日记》，谓："邑中桂花之盛，以石山丛桂为甲，奇石峭拔，老干轮囷，玉蕊金香，别有风格，惜乎地厕县署之中，官禁森严，不能尽游人流连玩赏之兴，故世虽艳传其迹，实同画饼耳。次之，则有文昌阁。文昌阁去城南约里余，石道如胸臆。……入阁乍息，恍历香国，气流檀麝，色炫金银，可谓极人世之芬芳，擅天宫之采色矣。"如此景色，惜未能一履其地，未免引为憾事。

亡友胡寄尘谓摩诘画雪中芭蕉，以画景与事实不符，反被传为艺林佳话。不独其画如此，其诗亦如此。其《鸟鸣涧》诗云："人闲桂花落，鸟鸣春山空。月出惊山鸟，时鸣春涧中。"次句说春山，末句说春涧，而首句却说桂花。春日桂花，亦雪中芭蕉之类也。

中秋之桂，犹重阳之菊，同为应时之花，宁太一烈士有《闰中秋》诗云："佳节重逢兴倍赊，桂香依样散云霞。彩鸾含笑为予道，今岁曾开两度花。"

菊　花

秋深矣，菊乃吐蕊，战西风，傲严霜，英英艳艳，别具标格，此古人所以有五美之称也。然菊亦有开非其时者，《陈白沙集》有《正月菊》二绝、《五月菊》三绝，《农丈人集》有《六月菊》诗。其他尚有回回菊、僧鞋菊、鹭鸶菊、楼子菊、合蝉菊、长沙菊、碧江霞、西番莲，皆菊之别种也。

予家曩有菊花枕，盖采秋菊之落英，实之于枕囊中，夜眠其上，清芬透溢，梦魂为适。犹忆黄晋卿有《菊枕》诗云："东篱采采数枝霜，包裹西风入梦凉。半夜归心三径远，一囊秋色四屏香。床头未觉黄金尽，镜底难教白发长。几度醉来消不得，卧收清气入诗肠。"

清左文襄罕作韵语，然有重九诗云："笑语黄花吾负汝，荒畦数朵为谁忙。"因菊寄慨。又有某君应京兆试，不售而归，即席赋白菊花一联云："燕台秋老金无色，栗里人归鬓已华。"翁覃溪极称之。又某君云："莫待西风怜白发，伴人篱下看花黄。"皆寄托遥深之什也。

"严嵩诞日，诸翰林称寿，争作恭求近。时菊花满堂，陆平泉独退处于后，同列问曰：'何更退为？'陆答曰：'此处怕见陶渊明。'"见《舌华录》。此菊之掌故，为《群芳谱》所未载。

北方画家，群推齐白石老人为祭酒，其画粗犷，较吴缶庐而尤过之。然其爽辣却有独到处，未可厚非也。白石老人为王湘绮所提掖，亦能诗，尝见其画菊题句云："西风吹袂独徘徊，短短秋篱霜草衰。一笑陶潜折腰罢，菊花还似旧时开。"

予有白石扇一，绵绵作瓜瓞，颇以未得其画菊为憾。

陶靖节爱菊，然非尽菊而爱之。据《群芳谱》云："九华菊，此品乃渊明所赏，今越俗多呼为大笑，瓣两层者曰九华。"观此可知"采菊东篱下"者，乃九华菊也。

菊名黄华，盖以黄为正色也，然《吴氏本草》却载："菊花一名白华。"

昔何中谓："菊花如幽人，梅花如烈士。"予谓菊能表壮观于金商，亦何尝不烈。刘禹锡咏菊，有"梅蕚妒先芳"之句，菊固不让于梅也。

据园艺家言，菊之施肥，不能沾及其叶面，否则易于枯萎。浇灌清水，须于晨曦及傍晚行之。栽菊之盆，以不上釉之瓦盆为最宜，盖取其干湿适度也。上釉之瓷盆，水易积滞，反有腐根之虞。若以瓦盆有失美观，则不妨备一较大之瓷盆，瓦盆置于其中，使之不露亦可。

《花镜》附《菊释名》，共二百五十三种，而黄君岳渊，以艺菊名于海上，菊种凡一千有余，一再公开展览。年来物力维艰，雇工不易，不大施布植，然每届花时，曼衍芬芳，错落三径间，亦有数百种之多，古人所谓菊海，未必逾于黄家园也。

清邹显吉，字黎眉，号思静，善画菊，有"邹菊花"名，见《无锡县志》，洵佳话也。高吹万丈，于秦山畔筑闲闲山房，植菊遍畦径间，秋日开放，蔚为大观，丈之《望江南》词咏之云："山庐好，居士足闲闲。大木千章阴蔽野，黄花万本叠成山。觞咏尽开颜。"田鲁叟评之云："吾乡邵园，每至秋深，即开菊花盛会，园中大木既极萧森，架上群花更相攒簇，流连觞咏，盛极一时。与此阕情况差似，屈指不与是会，已八年矣。"丈以其亡侄佛子遗诗见示，有《赏菊》四绝赠沈叔安云："秋满溪东好共探，未曾举酒味醰醰。风衣荷盖尤超脱，合与寒山鼎足三。"（主人莳花能手，具见栽培之功，就中尤以风衣荷盖为翘楚，而寒山筇翠，亦秀逸绝伦。）"弦歌雅致识东阳，案牍余闲督课忙。小试平生培植手，长留佳色在柴桑。""参差错落绕成围，燕瘦环肥具妙机。到此俗尘应扑却，别来无刻不依依。""松秀清高象万千，醒当静赏醉当眼。经句留得秋光佳，人与花分等样妍。"又陆君斐然种菊有年，得不传之秘，故其菊瓣大而身矮，殆古贤所谓能顺其性者非耶！闻声相思，成两截句以赠："老圃秋容放轻迟，小春天气显清奇。树人树木初无二，崇实如君信可师。""课晴问雨费思量，争羡东篱晚节香。愿与放歌谋一醉，莫教明日负风光。"录之以为吾文之殿。

山　茶

　　庭院栽花，宜花期之较久者，则绚烂盈眼，恣人忻赏，而山茶尚已。山茶之早者，十月即坼蕾吐艳，晚山茶却至翌年孟夏犹复与玫瑰、蔷薇竞秀焉。密叶苍绿，经冬不凋，而花有白、红、紫、黄、洒金诸色，霞驳云蔚不啻焉。闻滇南山茶，朵大似碗，而昆明遂以山茶为市花。

　　吾苏拙政园，亦以山茶名著典籍。清吴梅村有《咏拙政园山茶花并引》云："拙政园，故大弘寺基也。其地林木绝胜，有王御史者侵之，以广其宫，后归徐氏最久。兵兴，为镇将所据，已而海昌陈相国得之。内有宝珠山茶三四株，交柯合理，得势争高。每花时，巨丽鲜妍，纷披照曛，为江南所仅见。相国自买此园，在政地十年不归，再经遣谪辽海，此花从未寓目。余偶过太息，为作此诗，他日午桥独乐，定有酬唱以示看花君子也。"迄今园中尚有《山茶》诗碑，但为同治癸酉张枢所书，可知原碑已毁，非当年骏公手笔矣。

某辑《拙政园记》一书，有《山茶花》诗拓片，制版冠首。其诗云："拙政园内山茶花，一株两株枝交加。艳如天孙识云锦，赪如姹女烧丹砂。吐如珊瑚缀火齐，映如蟏蛛凌朝霞。百年前是空王宅，宝珠色相生光华。长养端资鬼神力，优昙涌现西流沙。歌台舞榭从何起，当日豪家擅闾里。苦夺精蓝为玩花，旋抛先业随流水。儿郎纵博赌名园，一掷留传犹在耳。后人修筑改池台，石梁路转苍苔履。曲槛奇花拂画楼，楼上朱颜娇莫比。千条绛蜡照铅华，十丈红墙饰罗绮。斗尽风流富管弦，更谁瞥眼间桃李。齐女门边战鼓声，入门便作将军垒。荆棘丛填马矢高，斧斤勿剪莺簧喜。近年此地归相公，相公劳苦承明宫。真宰阳和暗回斡，长安日日披熏风。花留金谷迟难落，花到朱门分外红。独有君恩归未得，百花深锁月明中。灌花老人向前说，园中昨夜零霜雪。黄沙浙浙动人愁，碧树垂垂为谁发。可怜塞上燕支山，染花不就花枝殷。江城作花颜色好，杜鹃啼血何斑斑。花开连理古来少，并蒂同心不相保。

名花珍异惜如珠，满地飘残胡不扫。杨柳丝丝二月天，玉门关外无芳草。纵费东君着意吹，忍经摧折春光老。看花不语泪沾衣，惆怅花间燕子飞。折取一枝还供佛，征人消息几时归。"洵山茶唯一掌故也。

山茶雄蕊极多，雌蕊位于其中，花后结实圆形，成熟即裂开，内含种子二三粒，淡黑褐色，壳坚硬，用以榨油，曰茶油，可供食用。性喜温和半阴，宜栽砂质土中，因其本生山地也。播子法，于三月中将易结实者，作为母花，去其雄蕊，留存雌蕊，另以欲行交配者为父花，取雄蕊之花粉，涂于母花雌蕊上。山茶除单瓣者，作地栽外，余均作盆栽，因苏、沪一带泥地气候，不十分适宜栽神山茶也。是花多产云、贵等地，气候较暖，空气亦潮湿，而苏、沪则不然，故宜栽于盆中，以人工管理之。用土以疏松易透水者为合格，宜山泥，奉化金鹅山所产之兰花泥尤佳。盆宜用深瓦盆，过大过小均不适当，否则有碍发育，灌溉不便。凡栽植三四年者，用口径六七寸盆；七八年者，用口径十寸盆。根如粗壮，不能入盆，则可剪去突出之强根，不致撑及盆边，此手术不特不碍其发育，且一年内，所断之根四周并能簇生无数之新松根，更较稳固也。灌水一日二次；中秋后，一日一次已足；十月后，间若干日灌水一次。春季忌施肥，否则易生蛀虫。

花种之可爱者，如三学士，花形硕大，色粉红，中嵌有多条红色直纹，俗称"抓破脸"。有半朵红、半朵白者，则美其名曰"二乔"。又孔雀尾，花瓣之边缘有细点，仿佛雀翎之烂然照眼也。又铁壳红，深红色，萼焦黑若铁，上生毛茸，而射以朝阳，浥以宿雨，倍增绚丽。

剡曲灌叟所治之真如黄园，以菊负盛名，菊凡一千六百余种，杜鹃亦数百种，牡丹芍药，烂漫盈畦，而姚黄、魏紫，尤为名贵，每届花时，辄觞诸文友于园中，石崇金谷不啻焉。山茶亦颇蕃衍，为种一百又六十，有红、黄、白、粉为心，大红为盘者，曰玛瑙茶。中有细碎之花者，曰石榴茶。有硕大而深赤者，曰照殿红。有单瓣桃红色者，曰杨妃茶。有大似莲，红如血者，曰鹤顶茶。即我苏拙政园所栽之名种，吴梅村作诗以宠之宝珠山茶，今已菀折无复存者，惟黄园中有之。

美国人特鲁楚（Drutgu），任上海电力公司远东区总稽查，某次游黄园，见山茶而爱之，既而特鲁楚以抗战返国，拟画购黄园之名种山茶运往彼邦，不意灌叟仓皇自真如来申，山茶移栽至高恩鲁新园址者，仅十有六种，特鲁楚购携以去，装以木箱，上设铅丝网，由灌叟为办检验消毒手续，盖卉木出口，不可不有斯举也。特鲁楚视花若瑰宝，沿途保险费达八千万金。由舟而车，颇费周折，每达一埠，见之者无不讶异，纷纷询问，特鲁楚告以中国名产，唇舌为之大忙。且逢关必检，示以检验消毒证始克放行。及抵纽约，关员谓此证尚感不足，非抽出花液若干西西，亲加检验不可。言时，且出一转轮状之抽液机，贸然从事，特鲁楚大恐，盖弱质娇姿之花，经此蹂躏，势必立萎。再三恳商，无奈关员绝不通融，特鲁楚不得已，致电其岳父某。岳父无子，视特鲁楚若己出，辟一大农场于纽约乡间，在地方上极著声誉者。某既得电，赶至纽约，始得解决。特鲁楚额手为花称庆者久之。

春笋琐话

"秀色可怜刀切玉，清香不断鼎烹龙"，此秦少游咏笋诗也。当兹暮春三月，戢戢穿苔，竹萌盈尺，家家户户，佐味一簋。及茭白出，则笋老成林，毋复可食，新陈代谢，不仅箨苞中物为然也。

《笋谱》，宋释赞宁撰，一卷。或作惠崇者，误也。凡分五类，曰一之名，二之出，三之食，四之事，五之说。援据奥博，所引古书，多今所未见。

笋之名目殊多，洛中有斑笋，梅尧臣诗云："牡丹开尽桃花红，斑笋迸林犀角丰。"又《老学庵笔记》：吴人杜宇初啼时，市中卖笋曰谢豹笋。其他又有毛笋、脯鸡笋、猫头笋等，前辈饭牛翁有句云："猫头笋贱连泥卖，雀舌茶香带叶烹。"

《茶香室丛钞》：甬东毛笋，每岁出巨笋一枝，曰笋王。必有二笋旁出，差弱于王，曰笋将。其形必异于凡笋，箨梢如锦带，长有尺余，出土即能辨之。

村氓土法，死猫埋地下，可引致隔墙之竹根来埋猫处生笋，然未知确否。

吓饭虎，苦笋之异名也，周紫芝《刘主簿许饷苦笋未至》诗："此君自是盘中虎，空想斑斑箸下文。"注："杭人重苦笋，呼为吓饭虎。"

古有"笋奴菌妾"之说，见《清异录》："江右多蒸菜，鬻笋者恶之，骂曰'心子菜'，盖笋奴菌妾也。"

坡老诗有"宁可食无肉，不可居无竹。无肉使人瘦，无竹令人俗"，或戏为之续曰："不瘦亦不俗，要吃笋烧肉"，闻者为之轩渠。

烧笋肉以白煮为上，红烧次之，若取笋片和以酱油及糖，制之为脯，曝之至干，可以久藏不坏，以之佐粥，味绝隽美也。

嫩笋易老，故旧时闺人往往相戒不食笋，深恐青春易逝、红颜难驻也。

(清) 黄钺《春台同乐图·春笋新泥》

台北故宫博物院藏

谈罂粟花

　　与虞美人类似者，曰罂粟，为越年生草，叶长圆而有锯齿，平滑无叶柄，花大而艳，以红紫者为多，然深浅不一，或白质而有颏纹，或丹瓣而具素点。《学圃杂疏》载，罂粟花妍好千态，有作黄色、绿色者，丛栽一处，五色缤纷，如陈绮组。暮春之际，结作青苞，花发则苞自落。雌蕊状似罂，实为干果，仿佛小莲房，可榨油，入药用，及作油画。

（清）恽寿平《罂粟花图扇页》

故宫博物院藏

结青苞时，午后以针刺十余孔，翌晨其浆汁由孔中出，贮诸瓷盎内，将纸封固曝之，凡若干日即为鸦片。我国滇、蜀二省植之遍地，今禁种之，谓之烟苗。

罂粟多异名，一名御米花，一名象谷，一名锦被花，一名赛牡丹。咏罂粟佳句，如谢幼槃云："铅膏细细点花梢，道是春深雪未消。"吴幼培云："含烟带雨呈娇态，傅粉凝脂逞艳妆。"雍陶云："万里客愁今日散，马前初见米囊花。"可知罂粟更有"米囊花"之号也。

嫩叶可充蔬，昔苏子由曾有诗云："畦夫告予，罂粟可储。罂小如罂，粟细如粟。苗堪春菜，实比秋谷。研作牛乳，烹为佛粥。老人气衰，食以当肉。"

种罂粟法，下种最宜于中秋或重阳节。先壅地极肥，然后撒子，拌以釜底煤炱，再以竹帚扫匀，上覆细泥，可免虫蚁。既畏茎弱，则以竹箓扶植之。掐去其旁苗之条，及花自为重薹，否则单瓣瘦瘁，无甚可观矣。

谈合欢花

合欢，山野自生，落叶乔木也，产于益州及雍洛间。干似梧桐，枝甚柔弱，叶似槐。每夜枝叶必相结合，来朝一遇风吹，即自散解，故又名合昏，亦作合棔，俗称夜合花，一名青棠。《花史》云："逊顿国有树，昼开夜合，名曰夜合，亦云有情树。"仲夏开小红花，间有白色者，至秋结实成荚，垂垂可三四寸，子细如米粒，捣烂绞汁，浣衣有去垢之功。

昔李渔尝谈及是花，有云："合欢蠲忿，萱草忘忧，皆益人情性之物，无地不宜种之。然睹萱草而忘忧，吾闻其语矣，未见其人也。对合欢而蠲忿，则不必讯之他人，凡见此花者，无不解愠成欢，破涕为笑。是萱草可以不树，而合欢则不可不栽。栽之之法，《花谱》不详，非不详也，以作谱之人，非真能合欢之人也。圃人谈稼事，农夫著樵经，有约略其词而已。凡植此树，不宜出之庭外，深闺曲房，是其所也。此树朝开暮合，每至昏黄，枝叶互相交结，是名合欢。植之闺房者，合欢之花，宜置合欢之地，如椿、萱宜在承欢之所，荆、棣宜在友于之场，欲其称也。此树栽于内室，则人开而树亦开，树合而人亦合。人既为之增愉，树亦因而加茂，此所谓人地相宜者也。使居寂寞之境，不亦虚负此花哉？灌勿太肥，常以男女同浴之水，隔一宿而浇其根，则花之芳妍，较常加倍。此予既验之法，以无心偶试而得之。如其不信，请同觅二本，一植庭外，一植闺中，一浇肥水，一浇浴汤，验其孰盛孰衰，即知予言谬不谬矣。"确为道人所未道语。

合欢花诗，有袁桷云："马嘶不动游缨鞚，雉尾初开翠扇张。"杨方云："丰翘被长条，绿叶蔽朱柯。"韩琦云："合昏枝老拂檐牙，红白开成蘸晕花。"诗虽不多，已足为是花生色矣。

百　合

百合为多年生草，栽于花圃间，高二三尺，叶短阔，互生。夏日开花，纯白无疵，其地下之鳞茎，可充食品。别有一种，俗称野百合者，则实为卷丹。卷丹，山野自生，叶狭长，腋生珠芽。至秋而花，色红黄。花瓣反卷，有暗紫色细点。地下鳞茎，亦较寻常之百合为小，惟充食则相同也。又山丹，亦称红百合，则不可食。

《本草》：百合，一名强瞿，一名蒜脑薯。

百合有神话二则，薛用弱《集异记》云：兖州徂徕山寺，有习儒业者，夏日逢白衣美女，诱至于室，情款甚密。及去，以白玉指环遗之。行百步许，奄然不见，乃志其处，见百合苗一枝，花绝伟，劚之，启其重跗，指环宛在内。《酉阳杂俎》云："夏侯乙庭前生百合花，大于常数倍。异之，因发其下，得甓匣十三重，各匣一镜，第七者光不蚀，照日光环一丈，其余规铜而已。"二说不足证信，聊以资为谈助耳。

采得百合，置干沙中，可以藏之过年。盖吴侬尚迷信，取百合为百事如意，以符吉兆也。

夏日煮百合，和以绿豆、芡实、蜜枣，并加糖霜、蒲荷，为消暑妙品。惟百合之瓣，重叠而生。剥取殊费手续。且瓣上有薄膜，必须掐去其尖，然后撕去之。又煮百合既熟，用干面加猪油炒之，拌匀后，置入白糖、百果，捏成为酥，松软适口。

普陀山以产白花百合著名，山僧掘取之以饷檀越。据云，白花百合可治咯红症，法取生百合捣于瓷钵中，既成烂浆，用沸水冲服，甚为有效。患是症者，不妨试之也。

（清）顾洛《蔬果图》（局部）

美国弗利尔美术馆藏

林檎

林檎，果中俊物也。为落叶亚乔木，高丈余。叶椭圆，有锯齿。春暮开花，五瓣色白。夏日果熟，表皮半红，仿佛美人之胭脂辅颊，殊为可爱。厥味甘酸，啖之生津解渴。俗称花红，《洛阳草木记》云："林檎之别有六""花红亦林檎之一种耳"。《咸淳临安志》云："林檎，土人谓之花红。"一名来禽，以其红熟时，禽鸟争来啄食也。又称冷金丹，则不知何所取义。唐高宗时，李谨得五色林檎以贡，帝悦，赐谨以文林郎，因名为文林郎果。扶桑人则指苹果为林檎，实则苹果巨而酥，林檎小而脆。予于二果中，认为与其苹果，毋宁林檎。

枝头林檎未熟时，剪纸为花，贴于其上，待红熟则花痕宛然，耐人玩赏，花木瓜不啻也。

林檎可浸烧酒，芳烈有健脾之功。

是木非接不实，栽之者，常以柰树缚接之。若生毛虫，最为果害，浇鱼腥水可以除免。

袁叔畲先生任太仓县长时，公余之暇，辄就吾师胡石予先生谈诗。石予师居昆山蓬阆乡，与太仓相距十有余里。是年夏，林檎大熟，先生乃贮林檎满筐，摈绝僚从，亲挽之，徒步而赴蓬阆，用以为馈。石予师因有句云："手摘林檎来持赠，分甘颗颗遍儿童。"雅人深致，非寻常俗吏可得而比拟也。

秋　葵

秋色以淡雅为尚，秋葵其尤耐观赏者也。为一年生草。一名黄蜀葵，又曰侧金盏花。《群芳谱》云："秋葵，与葵相似，故名。""朝夕倾阳，此葵是也。"叶歧出似掌状。秋初开花作淡黄色，紫心五瓣，朝开暮落。

（元）佚名《折枝秋葵轴》

台北故宫博物院藏

结实长二寸许，本大末锐，六棱有毛，老则棱裂。子黑如丸，收藏至明春，撒诸庭院，自易苗长。

予曩居苏之东大园，书斋前多隙地，荆人乃杂栽鸡冠、秋海棠、秋葵之类。金风既起，烂然盈眼，株高三四尺，摇曳生姿。傍晚无事，辄科头跣足，静对移晷。今日思之，此种岁月，此种情绪，不啻神仙。奈环境变迁，此福无从再享矣。

秋葵单瓣，重瓣者绝鲜。同邑沈肝若君之《清梦庵笔记》，有《千叶葵》一则，兹节录于下云：沈阳西关外某姓院中，有千叶秋葵花一丛，叶茂盛，其色深黄，有殷红之线纬之，为世所不经见者。余旅居是邦时，亦曾往观，洵不诬。此院为毕姓所居，毕无子，夫妇祷于神庙，妇梦散花仙子授葵花一枝而有妊，生女即名之曰葵姑。葵姑既长，怙恃俱失，以恋爱事，与一周姓子同死于此院中，遂怒茁葵花千百枝，花大于盆，咸作并头，知其事者无不奇之。沈君言之凿确，当非子虚，洵足为葵花添一佳话也。

金钱花

秋之为序，于五行属金。金风扇拂，灿发佳葩，若秋葵，若菊，若金钱花，均以黄色是尚。其为金之表示也，可谓明而显矣。一昨偶赴槎溪，于野人家，见金钱花满篱落间，为之驻足玩赏者久之，觉其神韵淡雅，似古女冠子之霞袖烟裾也。

金钱花，草本，似钱而欠棱廓。午开子落，故名子午花，又名夜落金钱。别有一种花开白色者，有银钱之号。人心之重利，在在以形色之相似者而寄寓之，思之殊足嗢噱也。花茎高仅尺许。季春下子，苗长三寸，即需扶以小竹。种自异域传来，今遍地皆是矣。

《花史》载郑荣尝作金钱花诗，未就而寝，恍惚入梦。见一绮龄女子，风鬟绝世，曳金黄雾縠，飘然欲仙，掩袖曼立，嫣然巧笑，掷钱与之曰："为子润笔。"荣一时大为感动，诗思潮涌，金钱花诗，遂于梦中成之。及醒，余香满室，袅自怀中，探之得金钱花数朵。自后文笔藻丽，卓绝一世，因呼此花为"润笔花"。我侪鬻文为活者，更宜栽植一丛，以卜笔润之丰赡也。

丹青家吴友如，尝绘册叶若干幅，以暗合史迹。一日敷色作金钱花，旁卧一鹿。既竟，人不解其所为，叩之，则曰：此唐宫金钱洗禄儿故事也。以"鹿"谐"禄"，人咸称其巧思云。

吴下之莼

我吴港汊纵横，湖泽渟泞，饶鱼虾菱芡之利，烹鲜荐新，应符时节，当此春末夏初，更家家煮莼为馔，大快朵颐，口福吴侬，洵堪炫傲已。

莼，一作莼，一名水葵，为蔬类植物。太湖之濒，蔓生滋长。叶椭圆形，有长柄，茎及叶背皆有黏液被之，滑滑湖波中，任人采撷。晓色迷濛，村娃驾一叶扁舟，划向莼丛中去，凭舷摘取，顷刻盈筐。叶平展者老，卷作梭形者，嫩不胜掐。且随摘随生，有似江上清风，山间明月，取之无禁，用之不竭，盖野产之物，素无主人也。木渎附近太湖，故市上卖莼，辄以双秤为标准，买一送一，价绝廉也。一至城中，则斤斤较量，无双秤例矣。迩来沪上之小菜场，亦间有之，物稀为贵，鬻值之昂，倍蓰不止焉。煮莼最好以塘鲤鱼合制为羹，鲜腴无可比拟，否则虾仁、肉丝亦佳，素者则与笋并煮。沪上难得塘鲤鱼，可以黄花鱼为代，惟味略逊耳。

齐王囧辟为东曹掾，因见秋风起，乃思吴中菰菜、莼羹、鲈鱼脍，是为秋莼无疑也。

灵岩山顶之池，有葵莼，每年曝干供进，其池水旱不竭，今不复采。按今市上所见，皆太湖莼也。自陆机、张翰盛称莼羹，后遂传为佳话。杨万里诗有"鲛人直下白龙潭，割得龙公滑碧髯"之句。清康熙三十八年南巡，驾幸东山，邹宏志以《贡莼》诗得奖。（《太湖备考》云：太湖采莼，自前明万历间邹舜五始，至是舜五孙宏志种莼四缸，作《贡莼》诗二十首，并家藏《采莼图》进之。上命收莼送畅春苑，图卷发还。）同治十年五月，曾文正莅吴，阅太湖形势，道经木渎，驻节许缘仲所寓葛园，遍游灵岩、天平。及晚餐，庖人进膳有莼羹，文正喜曰："此江东第一美品，不可不一尝风味也。"后左文襄莅苏，宴饮沧浪亭，亦有此语。见《吴郡志》。

莼以鲜唥为佳，曝干再煮，已失真味，即现今市上所购之罐头莼菜亦色变、味变，无以解馋。

王西神居梁溪，署莼农，故毕几庵寓余杭，号莼波，则梁溪、西湖之莼，不让吴中专美矣。

挹蕖小记

　　双星渡河前五日，眠云、吟秋，约叙小苍别墅。别墅在金狮巷，花木扶疏，别有清趣。陆子《茶经》、刘伶《酒颂》，盖脍炙人口久矣。欢谈正洽，闻天忽来，此公诙谐，更添兴趣，眠云更出示新购湘妃竹扇，斑斑红泪，痕迹宛然，值六十金，的是珍物。顷眠云家人遣僮来，云瘦鹃贲临吴门，有电来招。予即与眠云驱车至金昌，握晤于苏州饭店。与瘦鹃同来者，为其夫人凤君，暨张云龛伉俪。云龛擅摄影术，造化精微，收罗镜底，亦海上俊流也。时已掌灯，遂理膳政。笑谈杂作，足抒胸臆。十一时许，予偕眠云返枣墅。因来朝相约，作荷花宕之游也。

　　一昨稍惫，晨起殊晏，略进点心，即赴金昌。雇一汽油艇子，在南新桥下船。机声轧轧，驶行甚速，而清谈婵嫣，佐以瓜仁梅脯，较诸接席衔杯，更觉迥然有趣。沿青阳地，穿宝带桥，桥为唐刺史王仲舒出带佽助而成，故以为名。长虹卧波，环洞计五十有三，亦吾吴胜景也。过此则蟹舍鱼罾，水云杳霭，顿令吾侪尘嚣中人，为之一清心腑，盖已抵葑门外矣。今夏亢旱，被褐之父，瘁于桔槔，云龛忽指左岸曰："孥稚老叟，健妇壮夫，合力工作，煞是好看。"予因观之，曰："如是数辈，大约阖第光临矣。"相与大笑。抵荷花宕，时适亭午，幸有微飔拂袂，未为"汗淋学士"。两岸多白莲，羽衣瑟瑟，翠盖田田，偶忆卢照邻"浮香绕曲岸，圆影覆华池"句，为之低吟久之，奈水浅淳涔，不能通入，否则小舟画桨，容于绿波，四壁俱花，清芬欲醉，则此身离世而上仙矣。泊岸多画舫，金樽白毂，迭侑笙歌，眉史小双珠、富春楼，环艳翩鸿，倾城眇貌，尤为此中翘楚，常来此间，抱月飘烟，几似凌波仙子也。村氓以莲为生涯，撷花求售，兼卖莲蓬，瘦鹃戏购若干枚，分贻吾辈，而凤君及云龛夫人，各擘莲菂，以饷檀郎。啖既，又通梗为斗，试吸淡巴菰以为笑乐。金拟再游黄天荡，不料机具稍损，桨停难前，司机者斡旋之，扳制之，迟久无效，心中闷督，不可言状。瘦鹃忽合十向云龛膜拜曰："是当叩求弥勒佛矣。"盖云龛丰硕，略具佛体也。移时机忽动，众咸狂喜，几欲作距跃三百。延时既多，遂罢止黄天荡游，而亟作返棹计。于胥门登岸，趋小苍别墅，剖瓜解渴，蒸饵充饥，旋又至护龙街怡园。古树虬蟠，假山鬼叠，廊榭错缪，池水汀滢，园不大而纡曲有致，匪胸具丘壑者，曷克位置如此？题联盈壁柱，大都集《梦窗词》，天衣无缝。瘦鹃走铅以录之，然匆促难遍也。俄而云龛夫人坐池畔，作微睇绵藐态，云龛镜以摄留之。凤君继摄一片，鬟沾花香，裙湿石露，亦殊娴雅可人。领略一周，雇车至新太和酒叙。餍饫既，诸子即理行箧还沪渎。予于灯下援笔记之，亦雪泥鸿爪之意云尔。

吊樱记

櫻，蓬莱之名种也。每届花时，举国士女，携榼郊坰，往往饮而醉，醉而婆娑作舞，狂欢竟日，洵韵事也。予亦嗜花若命者，但以云水遐阻、未能一睹其盛为憾。一昨星社会宴于鹤巢（诗人金季鹤居），烟桥、转陶两子，谓青阳地畔，亦栽有异域之樱。又以曾观其花为傲。予闻之忻然生羡，乃于越日午后驱车往赏焉。车循盘门大衢行，触目皆废墟颓垣。曩日之珠楼玉榭，粉窟脂窝，鲜有存者。夫一转瞬间耳，而沧桑之变如此，不觉感慨系之。经三马路，而抵日领事馆。樱花夹道，缤纷映丽，遂停车而徘徊其间。花计数十百株，色白而五出，瓣缘晕轻绛，状殊肖梅，然有梅之妍而无梅之气韵也。初蓓蕾时，亦不着叶，今则花半辞萼，嫩叶微舒，与两子所观一白似雪者，已稍有不同矣。乌乎，春来花事，容易阑珊，予固知花之命之不长也，故迫不及待而来此，犹得一吊夫将悴之花容，临销之香魂，其殆与花有缘欤？归途便访宋蚱蜢墓，及汉破虏将军孙坚吴夫人子、讨逆将军策墓，斜阳荒草，亦有令人愀怆恓凄而不能自已云。

赏牡丹记

　　白莲泾之牡丹，夙有声于吴邑。谷雨后二日，余与二三素侣，挢裳连袿往赏焉。由朱家庄行，绣塍野陌，透迤修迴，已而流水一湾，粼粼微皱，即白莲泾是。泾涘有培德堂，趋而入，宇舍杳窨，小有园林之胜。而庭园中累石嶙峋，牡丹丛植其中，绕以曲阑，覆以幄幕，盖皆所以护花者也。时花方怒坼，其大盈碗，都数十本，有作魏家紫者，有丹艳鸡冠者，有浅绛比美人之飞霞妆者，而以浅绛者为夥。飔来拂之，倾侧不定，宿雨滴泻，石苔为润。对面一厅事，额有四字曰"香国花天"。再进为微波榭，别有牡丹数十本，亦以栏幕护之，而浅绛纷披中，杂以娇黄之杜鹃，益觉绚烂炫目。榭侧停樏，纵横储积。向者桐乡严独鹤履兹，曾有"牡丹花下死"之雅谑。今日思之，犹为失笑。境既遍历，乃相率出门，积善寺在其左。门前有一联云："水抱莲泾，一路枫桥人唤渡；寺藏竹院，三吴梅社客寻诗。"视其款识，荫培老人之手笔也。惜严扃不得游，吾侪遂改道缘白莲泾，经上津桥而东，俄至永善堂，入而稍憩。是堂亦以牡

赏牡丹记｜355

丹名，有素色含苞似儿拳者，尤称佳种。庑后藤萝蓊荟，奇石竦列，有螺谷者，深钯幽旋，谷口屹立一幛，仿佛螺之具掩盖然，殊有趣致也。时天已垂暮，而余踟蹰花前，不忍遽去，昔李山甫有"暮烟情态"之诗，不意适于斯际领略之。且牡丹花期綦促，而俗又有"谷雨三朝剪牡丹"之例。蜡蒂筼篮，用饷绅衿，吾侪之来也，却先一日，否则跋涉徒劳，有仅吊空枝之怅惘矣，故为之文以志喜。

探梅两日记

　　吴中之园林，往往以花著。如拙政园之山茶，网师园之紫薇，而沧浪亭畔之可园，尤以梅闻。余固好梅成癖者，乃于仲春之朔日往游焉。入门右折，经博约堂而登浩歌亭，时梅开方酣，色綦绚烂，有白者，有红者，有浅绿者，咸为重瓣，暗香袭人，心脾为醉。昔人诗云："冷香疑到骨，琼艳几堪餐"，不啻为今日咏矣。而池边有老干作偃卧状者，厥名透骨红，梅之异种也。着花三两朵，其花秾绛，几似荼火，而柯干亦表里具赭，斯透骨红之名之所由来也。不觉裴回久之，时园无俗客，尘嚣不到，为境殊寥寂云。

　　翌日，课余之暇，乃偕王子蔚成，作虎丘之游，谒真娘墓，登生公台，瞰憨泉剑池，即趋冷香阁。冷香阁之梅树三百株，花绝茂美，素则烟笼玉暖，绛则雨浴脂凝，而吾侪巡檐索笑，茗碗都香，令人如置身于当年之玉照堂、红罗亭间也。俄一美人珊珊来，于花丛中，小伫作态，而微风乍起，落英幡缅，于是云鬟也，粉屑也，锦袂也，文裳也，悉沾花瓣，美人出翠帕以拂之，一笑嫣然，为状殊韵。濡笔记此，似尚留于眼底、心头焉。

秋山红树记

余游天平，一而再矣，游辄有记。今秋重九后八日，又偕诸学友买棹以探其胜。山灵无恙，似睹故人，且登峰穷迹，赏叶留踪，更为前次所未领略，余遂不能不有所记述矣。是日晨八时，坌集广济桥下船。船行甚疾，须臾过西园，及寒山古刹。十时半许，经栖星桥，榜人为理炊馔，有酒有肴，足以醉饱。饭已，船亦停泊，吾侪相率登岸。阡陌相辒，循之施施行。两旁杂树扶疏，大有渐入佳境之概。约四五里，达山麓，石级块圠，佝偻汗喘，至童子门小憩。右望支硎，丘陵骁骁，御道曼曼，令人想象当年辇跸之盛不置。过童子门，则巨枫梿蠹，霜叶红酣，有如美人醉靥。吾侪各拾一二插诸襟扣。一再转折，而抵范文正公祠，松老似龙，参天挺拔，子有落地而苗生者，高一二尺，宛宛伍卉草中，殊觉可爱。穿曲桥，入高义园，延眺石笋，岭嶒嶙峋，潼瀜蔚荟，为状之奇，有匪丹青手所能写其万一。园侧有小门，嘱寺僧启之，峰回路转，黝岚巍巍，各以其形态而剐以题名，如鹦鹉石钟之类。既而入兼山阁，瀹钵盂泉以解渴。阁有联语，录其二云："万笏皆从平地起；一峰常插白云中。"又云："尽把好峰藏寺里；不教幽景落人间。"读之几疑吾身不在尘壒也。后又于白云亭畔，或披草坐，或抚碑立，机以留真。又趋一线天而上陟，愈上而境愈诡怪，路愈崄峻，悬崖若坠，巉嶪峉然，垂条婵媛，攀之而升，有裾着荆棘不能脱者，相与大笑。斯时各告奋勇，而余尤称捷足，奈入歧途，嶂岩阻绝，乃亟于石佛龛旁，别寻蹊径，然诸子已先余而造极矣。语云"欲速则不达"，于此益信。据巅四瞩，膜膜坰野，尽在烟云杳霭中。太湖帆影，犹点点可辨，而天风撼树，发作清响，高处不胜寒，遂抢攘而下，几频踬踣。及船解维，天已向晦，云气四合，惝惝微雨，回首丘峦，尽失所在矣。

拙政园赏蕖记

拙政园芙蕖早着花，然惮于溽暑，科头跣足，不敢行动。今日向明起，觉殊凉爽，乃驱车至城北往游焉。入门左折，憩坐水榭，品清荈，对芙蕖，花俱绛色，亭亭然高四五尺，几可凭槛而撷取也。尤可爱者，翠盖露珠，匀圆溜泄，有似柏梁、铜柱、仙人掌。苟得勺而饮之，当可一傲汉武当年矣。静观自得，不觉移晷，乃度小桥，历清华阁、月香亭，而至香洲。洲临水，设制若画舫，屏镌南皮张枢书吴梅村山茶诗，殊典丽可诵。惜乎宝珠名重已菀折，徒留此祭酒诗以点缀耳。再前行为藕香榭，乍见二三丽人，御浅黄旗衫，在此照影，雅韵欲流，秾芬四溢，一如与花斗艳者。由是而西，则柳荫路曲，丘石邃古，而一亭翼然，颜为“倚虹”，念及亡友毕子几庵，为之腹痛靡已。既而登远香堂，堂弘畅轩豁，联语盈壁，而以张之万一联“曲水崇山，雅集逾狮林虎阜；莳花种竹，风流继文画吴诗”，最为短隽得体。时游客已满座，予不耐喧闹，乃亟出园。旁庑之庭，有紫藤一架，干粗合抱，蛇蟠虬曲，瘿赘累累，支以铁柱，覆荫可数屋，浭阳端方为立一碑“文衡山先生手植藤”，盖数百年之物矣。归而为之记。

惠荫园赏桂记

　　惠荫园以赏桂著，当着花时，氤氲金粟，林壑俱香。中秋前一日，眠云、慕莲两子，过我荒止而约往游焉。园中有桂苑，有丛桂山庄，绕屋植桂，偃蹇连蜷，高三四寻，繁英细簇，虽竭目力而不得见，更疑天香自云外飘来也。慕莲大乐，予曰："子慕莲而今忽慕桂，脱濂溪翁有知，当起而严辞斥责矣。"慕莲为之莞尔。既而入小林屋，岩洞窈然，潴水澶漶，曲折架以石梁，梁殊窄狭，才可跬步，而奇柱下垂，几刃人肩，扪壁以行，愈深而愈暧昧。其极也，则又谺呀豁闭而出洞矣。慕莲以枔导自任，俄顷，笑欬声已在洞外。予与眠云咸不中道而废，因忆往岁偕卓呆、茗狂、济群、小青诸子来游，相率入穴探骊之戏，何勇于前而怯于后，并予亦无以自解也。洞上为虹隐楼，登之复室回廊，备极纡杳，闻人云，昔为男女幽会之所。莺粉燕脂，不乏艳迹，殆或然欤。游之后十日，追而记之如此。

留园兰会记

　　留园为金昌胜地，花朝之期，特开名兰之会。午后四时，不敏偕眠云、震初二子，驱车往赏焉。兰设于冠云峰畔之厅事，计四巨案，列兰殆盈，各支以红木之文架，参错有致，盆上皆黏以书签印章，盖护兰主人之标记也。花皆名种，如玉梅、蔡梅、小打、荷瓣、翠苕、绿英、元吉梅、春程梅、贺神梅、天兴梅、张荷素、文团素等，咸饶雅韵。有五瓣者，有三瓣者，有孤芳者，有双秀者，或柔或挺，或腴或瘦，蕊或赭而卷，心或素而舒，洵大观也。时游女似云，脂香粉气，氤氲欲醉，于是花之幽芬，反为所夺。而冠云峰之左侧，有红兰一树，花绝茂艳，来游者往往嘱庄丁撷一二株，带将春色，始赋归来云。

　　涵碧庄之名兰，前已述之矣。兹又于夏历三月二十日至二十二日，续开蕙兰之会，不敏乃于二十二日之午后往赏焉。兰仍敷陈于冠云峰畔，计六大案，都五十有八盆。在厅事者为旧本，在阶前者为今岁新苗之花，插以金彩，号以状元，盖所以宠之也。有小荡、大陈、华字、程梅、衢梅诸名色，盆上钤有"怡园""隐梅庵""琼华馆""浣花室""桃坞贝""东海徐"之图印者，咸护花主人也。而尤以"东海徐"者居首列，双枝挺秀，风韵天然，自有一种卓荦不群之概。其余有瘠若腊枯者，有腴比玉润者，或密英以㛹蕊，或疏朵以素心，而要皆以细杆扶直之，即覆泥纤草，亦茸茸具妙致，于斯可知主人培治之周至矣。是日来赏者，以女流为多，燕燕莺莺，浓妆淡抹，花香人气，两以氤氲。时峰侧孔雀，忽妒艳而振翅，晔然舒彩，似张锦屏，约五分钟，乃渐敛合，洵奇观也。未几，赵子眠云来，既而又睹屠子守拙，遂据云飞亭以叙谈。略进茶点，至日昃，始各驱车归家。

狮林赏菊记

城北狮子林，元
天如禅师倡道之地，
而胜朝黄氏涉园之
故址也。但荒替日
久，石颓池涸，几平
为丘墟矣。巨绅贝氏
遂购而治之，经营易
岁，规模始具。尝与
闺人寿梅偕吟秋暨碧
筠夫人同游，车抵其
地，门扃不得入，乃
绕道前巷而涉胜焉。
敞南甍为厅事，妆点

郑有慧《菊花》

綦丽，棐几檀案，列置井然，盖主人张饮宾从处也。而奇石环拱，有似屏蔽，度小矼，入岩洞，黝冥杳窅，高低回折，令人迷于往复，倪迂之构作，洵匪凡手所得而比拟也。既而循磴上陟，据高四瞩，诸峰突怒偃蹇，历历在目，或似狻猊，或似虦虎，或似丹山凤，或似巫峡猿，或似朝士执圭，或似老人拄杖，而巍然特兀者，则仿佛醉酒之李青莲，而伸足使高阉宦脱靴，妙具神态，尤为群石中之杰出者。几经曲折，出嵁岩而履坦地，不数十武，得一池水，水殊莹洁，广可亩许，石舫俨然。泊止其中，吾人登之，欲作浮家泛宅想矣。岸旁陇坡，植菊若干丛，着花正盛，紫英赭蕊，郁郁菲菲，碧筠、寿梅咸爱花若命者，相与平章瞻赏久之。舫对一榭飞翠流丹，舥棱浮动，榜以"真趣"二字，乃十全老人之御题也。榭过而为斋轩，亦皆嬴镂雕琢，金碧繁饰，有失质朴萧澹之致。予无取焉，归而记之以留鸿雪，且借示吟秋夫妇云。

可园探梅记

　　吾吴产梅地，首推邓尉，繁花似海，缀雪生香，春序方初，宜蜡阮屐，然是地去城数十里，往还颇费跋涉，丛脞之愚，固无此清福以餐琼领艳也。不得已而思其次，则有南阖可园，巡檐索笑，堪以慰情。而吟秋、子彝二子，又致意相招，乃于一昨拨冗作半日游焉。升博约堂，与二子把晤，略述别后情况，即引愚登楼，一览藏书之富。盖可园者，亦一琅嬛胜地也。入其中，丹函翠蕴，绨袠缥囊，别类分门，垂签累累，而《图书集成》，都五千余册，几占邺架之半。绝贵异者，有元版之《宋文鉴》十六本，《春秋属辞》两函，《昭明文选》全帙，书为蝴蝶装，古香古色，使人爱不忍释。鉴藻一过，直趋浩歌亭，一赏寒枝芳菮，以疗愚之饥渴。花有素者，有浅碧者，而以赭色者为多，霞融姑射之面，酒沁寿阳之肌，裂蕾含春，烂漫极矣。虬身其间，不啻当年赵师雄之醉卧罗浮也。子彝善照景术，遂出镜机以试之，且置机捩，能自动不假人手，故得三人骈立而留真。既毕，乃循漪寻铁骨红老梅，夭矫如故，着花三四朵，弥觉酣红馥郁，既而又至对宇沧浪亭一游。亭兀立于蓁茸莿离间，日益颓废。有桃坞居士者，发愿葺治之，兹已焕然一新矣。时暮日西斜，亟辞二子而归。

古梅欣赏记

　　沪上尘嚣，绝少溪桥野旷之地，当兹风雪梅花，应候而放，其从何处发我家歇后公之驴背诗思哉？挚友沈子咏清，园艺家也，昨承邀往文庙路其所设之绿杨花店，一赏其所藏之古梅，冷蕊疏枝，巡檐索笑，彼势禄中人，几曾领略此寒香高格，足以傲视之矣。梅由吴中虎阜收觅而来，都数百盆，加以剪裁，自成隽品，有骨里红，折枝表里俱赭，花亦称艳胜常。予曰："此唐宫美人之酒晕妆也。"咏清笑颔之。

（清）钱维城《淑景迎韶卷》（局部）

台北故宫博物院藏

玉蝶梅与绿萼梅，含苞时最难辨别，盖玉蝶梅亦微带浅碧，至盛开则白绿自异，且白者黄蕊，绿者绿蕊，亦各判然有别。绛梅最多，雨浴脂凝，欹斜有致，若映衬雪中，则其妩媚又将何若？嗜梅如予，不觉有鄙弃一切愿为花奴之想。

绝名贵者，乃古梅数株，干已半劈，如无生意，而忽旁茁枝茎，依旧着花，且弥复艳冶。咏清云："年愈久则干愈枯蚀，至仅剩一皮，犹能蓓蕾而红，盖纤维不断，生意亦不绝也。世俗往往以梅与兰若菊若竹并称，顾只能求之于丹青，无从见诸于事实，因四者不同时，难以骈致一室以为供玩也。"咏清以善于护藏栽培故，于是晚菊尚存，早兰已放，罗得虞山寿星之竹，与此瘦影姗姗为伴，而四者全矣。更以梅偶石菖蒲者，询之，则曰："此'梅花古且艳，只合伴蒲郎'也。"

他如火刺之结实，粒粒若相思豆。迎春灿然而黄，而圣诞时节之象牙红，残红未褪，点缀其间，缤纷不可名状，为之留连者久之。此行挈侄辈同来，侄辈亟欲赴动物院观枳首蛇，遂兴辞而出。

冒雨看花记

予嗜花成癖，花之所在，辄命巾车访之。真如黄岳渊君，治园圃有年，园中菊以千种计，折柬邀赏。是日适霏微而雨，予乃冒雨前往，同游者以园艺家及丹青家为多，如沈心海、谢闲鸥、孙味簃诸子，皆逸兴遄飞，挥毫留墨，而味簃尤善品评，谓"择菊有四字诀：一为光，其晔然鲜艳，自开至落不变也。二为生，其枝茎挺秀，始终不垂丧也。三为奇，其须瓣泽采，矫然出众也。四为品，其标格天然，自有一种神韵也。具斯四者，庶为佳花。"其时雨已稍霁，乃由主人循径导游，然泥泞黏足，步履为蹇，而芳芳菲菲触目皆是。菊之最名贵者，为十丈珠帘，邑皎然而白，瓣细下弹，长可一尺。所谓十丈者，夸辞也。有墨菊，乃深紫近于墨耳。别有白菊，似极寻常之物，味簃曰："此非梨香菊乎？"主人曰："然。"试以手掌轻覆之，就鼻嗅领，居然作甜香，一若曾掬梨在手然者。据云，是菊出于大内，慈禧太后以赐张大帅勋，张之园丁分种出让，遂得流传于外。其他如绿荷，作浅碧色，巨大逾恒，亦殊可喜。主人曰："旧法艺菊，只知扦插。扦插者绝鲜变化，不若今之撒子栽植者，岁得一二新颖佳种也。"园中又多异竹，曰金镶碧玉嵌者，厥干一节青，一节黄，相间不紊，尤为罕觌。有佛肚竹，干之近地处，肥硕突出，仿佛弥勒之袒腹然。至若方竹，仅圆中稍具棱角而已，非真方形也。主人并留餐膳，酒香肴美，为之尽欢。

郑有慧《菊花》

黄园之菊

秋序虽过，晚菊犹芳，予承真如黄氏畜植场主人黄君岳渊及名画家谢闲鸥兄之束约，乃于一昨驱车往赏。抵园，黄君殷勤款洽，而精神矍铄，不减昔年，可见其养性卉木，适志林泉，迥非我侪劳役尘俗中者所可比侔也。菊满畦皆是，尤多盆供，而"十丈珠帘"之名种，自经雨凌，瓣益垂垂而长。墨荷灿然，实则所谓墨者，不过紫色之较深者耳。金百合之瓣具软刺者，曰金毛刺，更为罕觏。梨香菊，掬手作梨香，依然挺秀。黄君为述艺菊之经验，曰："菊本野生之植物，后始移栽于园庭。菊宜干亦宜湿，宜阳亦宜阴，宜肥亦宜瘠。霉时宜干，余均可湿。秋时宜阳，余均宜阴，故古人诗有'采菊东篱下'句。东篱得阳较多，于花之蓓蕾，自然适合也。含苞时宜肥，余均可瘠。然施肥之人粪，须陈至一年以上，否则有败叶之虞。当花定头之际，有特大不匀者，可俟露干时，以龙眼壳套覆之，借以稍遏其生气，则将来开放，无复有参差之弊。若加以人工之暖气，可先时而荣，否则寒锢之，虽迟至初春，尚及见碧叶金英也。而《广群芳谱》所记《护叶法》云：养花易，养叶难。凡根有枯叶，不可摘去，去则气泄，有叶自下而上，逐渐黄矣。又《芟蕊法》云：长高尺许，每枝叶上，近干处生眼，一一掐去。此眼不掐，便生附枝。至结蕊时，每株顶上留一蕊，余则剔去，庶一株之力，尽归一蕊。以上所述，颇可师法，虽今之科学新术，不能越是范围也。至于花之名目，多至不可胜纪，因随意题锡，莫衷一是，此后正拟谋名目之统一。如有新种发见，则送至会中，由公众题名，是固今日常务之急也。”

既而涉园一周，芳菲盈眼。虎刺结实，累累似红豆。老少年、鸡冠簇聚成锦。芙蓉花落，仅留空枝，劲节傲霜，端让黄华专美也。槐柏亭亭如盖，皋石屹立。独鹤君爱其境，撮影以留鸿雪。日午，黄君备酒肴以款客。竹屋雅朴，殊饶野趣，壁张名人书画，有白龙山人一小立幅，一茎一花，厥色黄艳，题有“鲜鲜霜中菊”五字。黄君因告日前送菊一盆至山人寓，山人立染翰写生，成此画俾以带回。客闻之，咸拊掌曰：“此绝妙之回单也。”黄君亦为莞尔。肴皆园中物，由黄公子亲自烹制，味甚可口，盖黄公子素具萧鼎之才者，为之醉饱。

是日朱大可词人携眷同来，写诗为赠，诗云：“主人爱菊兼怜客，招我花时挈伴游。黄种要为天所贵，幽姿先得气之秋。漫嗟岁月成迟暮，风政宜霜与柏浮。乞取义熙遗本在，他年甲子好同修。”宾主相与赞赏，辞谢出园。

与黄寄萍、胡伯洲、姚吉光、丁君匋诸子顺便至加拿大种植场一游。场盖玻璃房，凡十余所，装设暖气，四时皆春。所植果蔬，年乃两熟。人工夺得天工巧，洵非虚语也。

记静思庐之昙花

昔袁石公云："夫幽人韵士，屏绝声色，其嗜好不得不钟于山水花竹。夫山水花竹者，名之所不在，奔竞之所不至也。"予为衣食谋，走尘抗俗，幽之不能，何韵之有？然视花若命，闻有名种，辄不惮舟车之劳、寒暑之酷，而以一领其色香为乐。

夏子石庵，艺花有年，深得其奥。春之兰，夏之杜鹃，累累数十盆，累列庭阶，不啻谢家之佳子弟焉。一昨蒙折柬见招，谓其家所植昙花，今晚可开放，请前临一赏。予欣然喜，于八时许，驱车至福履理路之静思庐。主人石庵架列昙花于室中，照以电炬，不啻粉黛之于灯下，益复蒨丽动人。其本高五六尺，叶巨而长，略似仙人掌，而光润无芒刺，边缘蔓接生叶，分歧至不可名状。在在扶之以竹，盖草本力弱，不胜其重负也。上苗过高，则折之以遏其势；被折者即垂弹下向，亦不致萎枯。且隆冬不落叶，惟畏寒，岁暮必须置诸温室，并须佐以热水汀。北方则往往掘土为深坑以藏之，上有盖，启闭殊便，昼间阳光普照，乃启而曝之。盖炎域之品，不能不就适其性也。

花一年一度，一度而只开一花，蓓蕾约半月，及开放仅三四小时而即谢，因有"昙花一现"之称。

一名优昙钵花，见《法华经》。《群芳谱》则倒一字为"优钵昙花"，且记述不详，谓："《梁书·波斯国传》：'国中有优钵昙花，鲜华可爱。'"考诸《辞海》，知昙花尚有别种，如云："昙花多年生，常绿草本，但在寒地有经冬枯毙者。茎高四五尺，叶大，椭圆形，长约尺许，与芭蕉叶相似。叶柄包茎。夏秋之候，茎顶开红色美花，花不整齐，萼片及花瓣皆为三片，雄蕊一乃至五个，其中一个具药，其他成花瓣状。种子圆形，黑色。又有一种叶狭而花瓣小，此为西洋种，日本称为荷兰昙花。又俗云'昙花一现'之'昙花'，乃指优昙钵花而言，非此昙花也。"检"优昙钵"条，则云："优昙钵，亦作乌昙跋罗、优昙波罗等，又略称优昙。《法华经·方便品》：如优昙钵花时一现耳。《玄应音义》：乌昙跋罗花，旧言优昙波罗花，或作优昙婆罗花。叶似梨，果大如拳，其味甘，无花而结实，亦有花而难值，故经中以喻希有者也。按即无花果。"

予询诸主人，知昙花不结实，则《玄应音义》云云，当属别一种。所谓无花果，则尤失诸太远矣。更有其名与之相混淆而不易辨别者，如梵语"优钵罗"，译曰青莲花、红莲花等。《慧苑音义》："优钵罗，具正云尼罗乌钵罗。尼罗者，此云青；乌钵罗者，花号也。其叶狭长，近下小圆，向上渐尖。其花茎似藕稍有刺也。"按，唐岑参有《优钵罗花歌》，

《宸垣识略》云："其花开必四月八日，至冬结实，如鬼莲蓬。礼部仪制司旧有此花，今无。"又《云南志》："优昙花在安宁州西北十里曹溪寺右。状如莲，有十二瓣，闰月则多一瓣。色白气香。种来西域，亦娑罗花类也。后因兵燹伐去，遂无其种。今忽一枝从根旁发出，已及拱矣。"而日本人又称草蜻蛉之卵子为优昙花者。草蜻蛉卵子，有线形之长柄，产于树枝或叶上，色绿，多数簇聚如花状，故名。凡此皆非今日所赏之一现昙花也。花缘叶而生，厥蒂长，弯曲作钩状，一花正含苞，色白，腻如女儿肤，萼纷披为浅紫色，相衬益清艳有致。

予询主人："子何能有预测其今晚必开？"曰："其蒂初不甚弯，今曲若钩，花开之兆，培植有素，屡试不爽也。"予复叩其花之由来，始知为姑苏台畔某氏之物，主人以十余盆绿萼古梅易之者，迄今裘葛迭更矣。主人谓去岁亦于此时开花，自晚八时至子夜，移榻就卧其旁，观其由含苞而盛放，由盛放而衰落，既衰落则蒂不复翘然，垂直无劲气矣。其实花事如此，人事亦何独不然。彼邯郸卢生，举进士，官节度使，大破戎虏，位至卿相，抑何其盛。既而坎坷被谪，遽尔奄忽，是亦昙花之一现，则我移榻其间，不啻亲历黄粱一梦也。言至此，乃指示去岁之着花处，则一老叶上尚留有些儿迹象，仿佛殷红之樱李上有玉环妃子爪痕然者。主人喜亲耆宿硕德者流，特邀黄云僧及沈步云诸丈，云僧适赴苏谊暑，不果来，而步云年七十有五，犹扶筇莅临，谓生平所睹昙花只一次，在白下某兰若，然已开过，仅得挹其余芳剩馥而已，未若此次眼福之侈且厚也。

正笑谈间，忽清芬溢座，盖花已坼蕾，巨蕊突出，张之如小伞，余则纤细而密比，于是邻里男女，坌集来观，则又似桃源村人闻有武陵渔者咸来问讯也。予游目四瞩，则几头更有石竹一盎，竹箸箸有清致，且具体而微，不啻琅玕万个，稚笋茁其旁，居然解箨矣。主人谓治些子景者，辄于腊月下罗致松、竹、梅于一盆，以为岁寒三友，岂知此三种卉木，或适于湿，或宜于燥，顾此则失彼，难于并发而骈育，三友同处，亦犹昙花之一现，不克保住久长也。一白边千年蕳，谓于春日以冷豆腐浆溉其根，则白色鲜润，否则白边渐行退化，流为常品。其他如五针松、老本紫藤，皆辣茂可喜。主人锄月栽云之经验，虽郭橐驼、陈溟子不是过也。

　　回顾昙花，则放似碗大，清香素艳，益复撩人，予乃深叹昙花于典籍上殊鲜典故，并先贤吟咏而亦罕见。主人出示《昙花记》，谓所睹亦仅此而已，视之则为剧曲，明屠赤水撰，演唐木清泰弃家成道事。清泰离家时，手植昙花，后复至家，昙花大放，因取为名。为时殊促，不暇细诵也。至十时许，花开至大半，主人谓再阅一小时，可醑足而全盛，予以距家窎远，急欲遄归。主人坚留下榻，予谓酒饮微醉，花赏半开，最为相宜，否则由盛而衰，反足增人惆怅，不如适可而止，常留如是倩影于脑幕中也。主人笑颔之，乃辞别而返。

纪石湖荡古松

　　余久闻石湖荡之古松，未之往访也。丁巳之秋，应古松公社沈子逸轩之邀，始得遒回其间，一观其遗蜕。盖松生机阻遏，无复清荫敷舒矣。

　　戊午春暮，与潘老勤孟、柳君北野，再度趋游，又复遒回其间，对遗蜕而凭吊，不可无一文以记之。树梼蠹干霄，大七八抱，有"江南第一松"之号，相传为元代杨铁崖所手植。铁崖，诸暨人，值兵乱，徙居松江，探古涉胜，吟啸自隐。是树为罗汉松之盆莳而移栽蕃茂者，历数百祀，轮囷盘屈，迥殊常株。自抗战军兴，倭骑焚掠，松遭火而枯其半，其偏荣者犹叶劲髯张，皮老鳞皴，各方裙屐来寻者，联翩不绝。海上画师刘海粟、程十发辈，且写生成为图卷。

　　松本在楞严寺内，寺废而为小学施教之所，童竖好顽弄，辄以攀摘为戏乐，树经撼顿，寖失苍蒨。洎及前岁，树侧筑屋，掘地为坎，以沃石灰之浆，根被蚀而阳光被翳，乃日就萎菀，虽有郭橐驼，亦无术挽回其寿掔矣。为补牢计，设栏楯周匝围绕，以免斧斤之伐。干裂为罅穴，豁然可容人。仰首上望，枝条尚留，如石之嶙峋，笋之攒簇，禽之翘尾，兽之奋牙。缅想森森蔚蔚之旧状，藐焉不可复睹，更越数寒暑，雨淋日炙，恐朽折殆尽，并此楂枒而不得见，则今日之所仅见者，不能不诧为眼福矣。

伴游之沈子，谓距此而北二里许，别有一松，为其根荄之旁茁者。余等欣然随沈子往，于田塍之畔，果立一树，厥形乃相类，仿佛孺婴之肖母然。干约二三抱，生气勃勃，兀傲崛起，枝与叶疏畅有清致。深冀负乡土之责者，沾溉培护，善葆其天，俾得贯四时、挺千尺于无穷，则铁崖之余徽流韵，永为游观者所瞻企，比诸蔽芾甘棠，毋多让已。

惋惜石湖荡的古松

　　石湖荡距松江密迩，那儿有株蔚蓊葱郁的古松，这株古松，不知吸引了多少游客，刘海粟、程十发，都到那儿去写生，入诸诸缣素，益形生色。我也为了这松，不惮跋涉，前往瞻赏，是深深地引为眼福的。不料最近看到报载，始知这株数百年的老树，被风吹折，从此无复有存了。惋惜之余，不禁回忆既往，我是怎样到石湖荡去的？

　　石湖荡乃一小镇，没有什么名胜和古迹，唯一的好景观就是这株有"江南第一松"之称的古松。据友人潘勤孟见告："这株古树，是元代诗人杨铁崖手植的。铁崖，浙江诸暨人，值兵乱，徙居石湖荡，吟啸之余，喜栽植卉木，这罗汉松，历数百寒暑，轮困盘错，荫垂亩许。"他并谓那儿有位风雅士沈逸轩，慕我微名，邀我前往作客。我是好古成癖的，便约期与勤孟相邀，三宿逸轩的听雨楼头，宴饮尽欢，相见恨晚。这株古松，去听雨楼只二三百步，树在楞严寺内。其时寺废而为一小学弦诵之所，以学童好玩弄，攀援上下，有损蕃茂，乃以石栏为之围护。树高若干丈，粗六七抱。一自抗战军兴，敌骑焚掠，这松也被火枯其半株，树身裂为罅隙，豁然可容人，偏荣的犹叶劲髵张，干皮作老龙鳞，饶有画意。各方游展，还是联翩不绝。逸轩又谓："离此一里许，别有一松，为其根荄之旁茁者。"我和勤孟闻之欣然。及睹此树，厥形果相类，有似儿婴之肖其慈母，枝与叶疏畅有清致，我低徊其间久之。当时松江文管会委为一文以为纪念，我即撰了《石湖荡古松记》，请勤孟代书，成一直幅，留诸会中。越岁，逸轩来函，述及松侧建屋，掘地作坎，沃石灰为浆，根被蚀而阳光被蔽，树顿萎蔫，无复生气，我为之嗟叹。但遗干在石栏内尚留迹象，今则倒地以尽，并此迹象而付诸荡然，殆亦天壤间一重难劫吧！我在此不得不发出呼吁，深希该地负责的，对于旁茁的孤松，善加扶持，俾诗人杨铁崖的遗征，后人得以亲挹晋接，毋使"江南第一松"名存而实亡。

这株古松的枯枝，曩年我曾托逸轩检得一二，配以木座，作为案头清供。别一枝，形似龟状，贻给石窗词人周退密，退密赋长短句，征求陈兼与、徐定戡、包谦六、陈九思、寇梦碧等名流为和，共数十阕，绵渺澹宕，印《松蜕集》一册，成为小小文献。

庭园之趣味

　　原始人类，与木石居，与鹿豕游，以大自然为庐舍。厥后进化而有宫室，且复雕梁画栋，洞牖敞甍，极建筑工程之能事。于是人处其中，无风之侵，雨之淋，暴日之炙灼，霜雪之交加，而俯仰偃息，优哉游哉。但为日既久，山野之性，又复萌发。与大自然隔绝，顿觉跼促不安。为调剂计，居室乃具庭园之设备，得与一花一草、一泉一石相接触。花之红酣，草之绿缛，泉之淙然，石之磊然，而山野之性始适。古之名园，可考者，如史弥远之半春园，石季伦之金谷园，司马光之独乐园，章参政之嘉林园，贾文元之曲水园，他如沁水园也，奉诚园也，玉壶园也，仲长园也，绣谷园也，辟疆园也，丛春园也，翠芳园也，苜蓿园也，指不胜屈。于是鸟喧百族，花兼四方，萝径连绵，松轩杏霭，而城市自饶山林之气，屋宇而有原野之风。此中乐趣，有非笔墨所能形容者矣。

　　庭园中往往叠以假山，与花木掩映，始具佳趣。陈留谢肇淛之《五杂俎》，有述及假山者，如云："宋时巨室，治园作假山，多用雄黄、焰硝和土筑之。盖雄黄能辟虺蛇，焰硝能生烟雾，每阴雨之候，云气浮郁，如真山矣。"

又云："假山之戏，当在江北无山之所，装点一二，以当卧游。若在南方，出门皆真山真水，随意所择，筑菟裘而老焉。或映古木，或对奇峰，或俯清流，或踞磐石，主客之景皆佳，四时之赏不绝，即善绘者不能图其一二，又何叠石累土之工所敢望乎？"

又云："假山须用山石，大小高下，随宜布置，不可斧凿。盖石去其皮，便枯槁，不复润泽生莓苔也。太湖、锦川，虽不可无，但可妆点一二耳。若纯是难得奇品，终觉粉饰太胜，无复丘壑天然之致矣。余每见人园池，踞名山之胜，必壅蔽以亭榭，妆砌以文石，缭绕以曲房，堆叠以尖峰，甚至猥联恶额，累累相望，徒滋胜地之不幸，贻山灵之呕哕耳，此非江南之贾竖，必江北之阉宦也。"

又云："《西京杂记》载：'茂陵富人袁广汉筑园四五里，激流水注其内，构石为山，高十余丈。'此假山之始也。然石初不甚择。至宋宣和时，朱勔、童贯以花石娱人主意。如灵璧一石，高至二十余丈，周围称是，千夫舁之不动。艮岳一石，高四十余丈，封为盘固侯，石自此重矣。李文叔《洛阳名园记》，十有九所，始于富郑公而终于吕文穆，其中多言花木、池台之盛。而其所谓山，如王开府宅、水北胡氏二园者，皆据嵩少、北邙之麓以为胜，则知时未尚假山也。自宣和作俑……南人舍真山而伪为之，其蔽甚矣。"

又云："吴中假山，土石毕具之外，倩一妙手作之，及异筑之费，非千金不可，然在作者工拙何如。工者事事有致，景不重叠，石不反背，疏密得宜，高下合作，人工之中不失天然，偪侧之地又含野意。勿琐碎而可厌，勿整齐而近俗，勿夸多斗丽，勿大巧丧真，令人终岁游息而不厌，斯得之矣。大率石易得，水难得，古木大树尤难得也。"

又云："王氏弇州园，石高者三丈许，至毁城门而入，然亦近于淫矣。《洛阳名园》以苗帅者为第一。据称'大树百尺对峙，望之如山，竹万余竿，有水东来，可浮十石舟，有大松七，水环绕之'。即此数语，胜概已自压天下矣。乃知古人创造，皆极天然之致，非若今富贵家但斗巨丽已也。"对于假山之沿革掌故，可谓详备。

顷检勾吴钱梅溪之《艺能编》，亦有《堆假山》一则。如云："堆假山者，国初以张南垣为最，康熙中则有石涛和尚，其后则仇好石、董道士、王天于、张国泰，皆为妙手。近时有戈裕良者，常州人，其堆法尤胜于诸家，如仪征之朴园、如皋之文园、江宁之五松园、虎丘之一榭园，又孙古云家书厅前山子一座，皆其手笔。尝论狮子林石洞皆界以条石，不算名手。余诘之曰：'不用条石，易于倾颓，奈何？'戈曰：'只将大小石，钩带联络，如造环桥法，可以千年不坏，要如真山洞壑一般，然后方称能事。'余始服其言。至造亭台池馆，一切位置装修，亦其所长。"是则足补《五杂俎》之不足。

李笠翁对于庭园之布置，亦注意于假山，而能道人所未道，尤为可喜。如云："幽斋磊石，原非得已。不能致身岩下，与木石居，故以一拳代山，一勺代水，所谓无聊之极思也。然能变城市为山林，招飞来峰使居平地，自是神仙妙术，假手于人以示奇者也，不得以小技目之。且磊石成山，另是一种学问，别是一番智巧。尽有丘壑填胸、烟云绕笔之韵事，命之画水题山，顷刻千岩万壑，及倩磊斋头片石，其技立穷，似向盲人问道者。故从来叠山名手，俱非能诗善绘之人；见其随举一石，颠倒置之，无不苍古成文，纡回入画，此正造物之巧于示奇也。譬之扶乩召仙，所题之诗与所判之字，随手便成法帖，落笔尽是佳词，询之召仙术士，尚有不明其义者。若出自工书善咏之手，焉知不自人心捏造？妙在不善咏者使咏，不工书者命书，然后知运动机关，全由神力。其叠山磊石，不用文人韵士，而偏令此辈擅长者，其理亦若是也。然造物鬼神之技，亦有工拙雅俗之分，以主人之去取为去取。主人雅而取工，则工且雅者至矣；主人俗而容拙，则拙而俗者来矣。有费累万金钱，而使山不成山、石不成石者，亦是造物鬼神作祟，为之摹神写像，以肖其为人也。一花一石，位置得宜，主人神情已见乎此矣，奚俟察言观貌，而后识别其人哉？"

　　笠翁于《山石》，分《大山》《小山》《石壁》《石洞》《零星小石》。分别言之，如《大山》云："山之小者易工，大者难好。予遨游一生，遍览名园，从未见有盈亩累丈之山，能无补缀穿凿之痕，遥望与真山无异者。犹之文章一道，结构全体难，敷陈零段易。唐宋八大家之文，全以气魄胜人，不必句栉字篦，一望而知为名作，以其先有成局，而后修饰词华，故粗览细观，同一致也。若夫间架未立，才自笔生，由前幅而生中幅，由中幅而生后幅，是谓以文作文，亦是水到渠成之妙境。然但可近视，不耐远观，远观则襞襀缝纫之痕出矣。书画之理亦然。名流墨迹，悬在中堂，隔寻丈而观之，不知何者为山，何者为水，何处是亭台树木，即字之笔画，杳不能辨，而只览全幅规模，便足令人称许。何也？气魄胜人，而全体章法之不谬也。至于累石成山之法，大半皆无成局，犹之以文作文，逐段滋生者耳。名手亦然，矧庸匠乎？然则欲累巨石者将如何而可？必俟唐宋诸大家复出，以八斗才人，变为五丁力士，而后可使运斤乎？抑分一座大山为数十座小山，穷年俯视，以藏其拙乎？曰：不难，用以土代石之法，既减人工，又省物力，且有天然委曲之妙。混假山于真山之中，使人不能辨者，其法莫妙于此。累高广之山，全用碎石，则如百衲僧衣，求一无缝处而不得，此其所以不耐观也。以土间之，则可泯然无迹，且便于种树。树根盘固，与石比坚，且树大叶繁，混然一色，不辨其为谁石谁土。立于真山左右，有能辨为积累而成者乎？此法不论石多石少，亦不必定求土石相半。土多则是土山带石，石多则是石山带土。土石二物，原不相离。石山离土，则草木不生，是童山矣。"

《小山》云："小山亦不可无土，但以石作为主，而土附之。土之不可胜石者，以石可壁立，而土则易崩，必仗石为藩篱故也。外石内土，此从来不易之法。言山石之美者，俱在透、漏、瘦三字。此通于彼，彼通于此，若有道路可行，所谓透也。石上有眼，四面玲珑，所谓漏也。壁立当空，孤峙无倚，所谓瘦也。然透、瘦二字，在在宜然。漏则不应太甚。若处处有眼，则似窑内烧成之瓦器，有尺寸限在其中，一隙不容偶闭者矣。塞极而通，偶然一见，始与石性相符。瘦小之山，全要顶宽麓窄，根脚一大，虽有美状，不足观矣。石眼忌圆，即有生成之圆者，亦粘碎石于旁，使有棱角，以避混全之体。石纹石色，取其相同。如粗纹与粗纹，当并一处；细纹与细纹，宜在一方。紫碧青红，各以类聚是也。然分别太甚，至其相悬接壤处，反觉异同，不若随取随得，变化从心之为便。至于石性，则不可不依；拂其性而用之，非止不耐观，且难持久。石性维何？斜正纵横之理路是也。"

《石壁》云："假山之好，人有同心，独不知为峭壁，是可谓叶公之好龙矣。山之为地，非宽不可。壁则挺然直上，有如劲竹孤桐。斋头但有隙地，皆可为之，且山形曲折，取势为难。手笔稍庸，便贻大方之诮。壁则无他奇巧，其势有若累墙，但稍稍纡回出入之，其体嶙峋，仰观如削，便与穷崖绝壑无异。且山之与壁，其势相因，又可并行而不悖者。凡累石之家，正面为山，背面皆可作壁，匪特前斜后直，物理皆然，如椅榻舟车之类。即山之本性，亦复如是。逶迤其前者，未有不崭绝其后，故峭壁之设，诚不可已。但壁后忌作平原，令人一览而尽，须有一物焉蔽之，使坐客仰观不能穷其颠末，斯有万丈悬岩之势，而绝壁之名为不虚矣。蔽之者维何？曰：非亭即屋。或面壁而居，或负墙而立，但使目与檐齐，不见石丈人之脱巾露顶，则尽致矣。石壁不定在山后，或左或右，无一不可，但取其地势相宜。或原有亭屋，而以此壁代照墙，亦甚便也。"

《石洞》云:"假山无论大小,其中皆可作洞。洞亦不必求宽,宽则借以坐人。如其太小,不能容膝,则以他屋联之,屋中亦置小石数块,与此洞若断若连,是使屋与洞混而为一,虽居屋中,与坐洞中无异矣。洞上宜空少许,贮水其中而故作漏隙,使涓滴之声从上而下,且夕皆然。置身其中者,有不六月寒生,而谓真居幽谷者,吾不信也。"

《零星小石》云:"贫士之家,有好石之心而无其力者,不必定作假山。一拳特立,安置有情,时时坐卧其旁,即可慰泉石膏肓之癖。若谓如拳之石,亦须钱买,则此物亦能效用于人,岂徒为观瞻而设?使其平而可坐,则与椅榻同功;使其斜而可倚,助与栏杆并力;使其肩背稍平,可置香炉茗具,则又可代几案。花前月下,有此待人,又不妨于露处,则省他物运动之劳,使得久而不坏,名虽石也,而实则器矣。且捣衣之砧,同一石也,需之不惜其费;石虽无用,独不可作捣衣之砧乎?王子猷劝人种竹,予复劝人立石;有此君不可无此文。同一不急之务,而好为是谆谆者,以人之一生,他病可有,俗不可有,得此二物,便可当医,与施药饵济人,同一婆心之自发也。"

庭园之设施,唯一之专书,厥为《园冶》。书凡三卷,明吴江计无否著。初名《园牧》,曹元甫见之,改为《园冶》。有阮圆海序,日本有抄本,卷首题"夺天工"三字,遂呼为《天工》,《园冶》之名反隐。北平图书馆得一明刻本,而缺其第三卷,乃合日本内阁文库所藏刻本,始成完璧。中有《园说》一篇,多扼要之谈。如云:"凡结林园,无分村郭，地偏为胜，开林择剪蓬蒿；景到随机，在涧共修兰芷。径缘三益，业拟千秋。围墙隐约于萝间，架屋蜿蜒于木末。山楼凭远，纵目皆然；竹坞寻幽，醉心即是。轩楹高爽，窗户虚邻；纳千顷之汪洋，收四时之烂漫。梧阴匝地，槐荫当庭。插柳沿堤，栽梅绕屋。结茅竹里，浚一派之长源；障锦山屏，列千寻之耸翠。虽由人作，宛自天开。刹宇隐环窗，仿佛片图小李；岩峦堆劈石，参差半壁大痴。萧寺可以卜邻，梵音到耳；远峰偏宜借景，秀色堪餐。紫气青霞，鹤声送来枕上；白蘋红蓼，鸥盟同结矶边。看山上个篮舆，问水拖条枋杖。斜飞堞雉，横跨长虹。不羡摩诘辋川，何数季伦金谷。一湾仅于消夏，百亩岂为藏春。养鹿堪游，种鱼可捕。凉亭浮白，冰调竹树风生；暖阁偎红，雪煮炉铛涛沸。渴吻消尽，烦顿开除。夜雨芭蕉，似杂鲛人之泣泪；晓风杨柳，若翻蛮女之纤腰。移竹当窗，分梨为院。溶溶月色，瑟瑟风声。静扰一榻琴书，动涵半轮秋水。清气觉来几席，凡尘顿远襟怀。窗牖无拘，随宜合用，栏杆信画，因境而成。制式新番，裁除旧套；大观不足，小筑允宜。"而彼于结园，一、相地，有山林地、城市地、村庄地、郊野地、傍宅地、江湖地；二、立基，有厅堂基、楼阁基、门楼基、书房基、亭榭基、廊房基、假山基；三、屋宇，有门楼、堂、斋、室、房、馆、楼、台、阁、亭、榭、轩、卷、广、廊。举凡窗牖栏杆，悉有图说，衡诸今日图案，无多让也。"

我友徐卓呆，从事设计庭园有年，盖学自扶桑，而参以古法，具见巧思者也。庭园之体，凡四十有一，备有图样，蔚为大观。其体如高明纯一、细密清淡、造化周流、文采清奇、平心和气、天然去饰、丰致天趣、管摄连绵、绮丽深远、写意无穷、会秀储真、幽深玄远、写意雄奇、法度沉着、涵养幽情、静想无碍、沉雄厚壮、连珠不断、雄豪空旷、形容浩然、写真超迈、含蓄优游、雄伟清健、融化浑成、意中带景、神造自如、雕巧渊永、清细闲雅、检束严整、温柔敦厚、景中含意、高古浑厚、神清安寂、风情耿介、典雅温淳、风景切畅、形制严整、微密闲艳、平易风雅、婉曲委顺、委曲详明。且曾制为模型，于某次盆栽展览会中，作为出品，颇博得社会人士之赞赏。扶桑人于庭园有深切之研究，视为专门之学。予曾见彼邦所印行之庭园照相册，凡公家、私人之庭园，悉留真以供欣赏，且足为研究之需，奈我国无人注意及此而仿行之也。

予足迹不出里闬，各处名园，均未涉足揽胜。游踪所及者，无非吴地诸园林耳。

一、遂园，在阊门内。本清巡抚慕天颜所筑，俗称慕家花园。既而归汴人席椿所有，其后毕尚书沉割其半，余属滇人刘氏，名曰遂园。临池有映红轩、绿天深处、容闲堂、琴舫、逍遥、容与诸室。池颇广，植荷多种，春夏间游客络绎也。

二、环秀山庄，在黄鹂坊桥之东，即汪氏耕荫义庄也。本为清相国孙补山旧宅，道光中，始归汪氏。叠石曲折，不亚狮林。有问泉、补秋舫等筑，又有飞雪泉，雨时急溜直泻，有似瀑布，尤为奇景。庭植娄尾一，春时花发，殊烂漫云。

三、七襄公所，为文徵明旧宅，在宝林寺东文衙里。池多芙蕖，来自潇湘七泽间，珍贵殊常。他如爱莲窝、红鹅馆、乳鱼亭、博雅堂、荷花厅、听雨双声室，皆可驻闲踪也。

四、沧浪亭，在盘门内。为广陵王元璙别圃，或云其近戚中吴军节度使孙承祐所作，宋苏舜钦得之，傍水作亭曰沧浪。绍兴时，为韩蕲王所有。由元至明，废为僧舍。明嘉靖间，因其址建韩蕲王祠，释文瑛于大云庵旁复为沧浪亭。清康熙间又建苏公祠，商丘宋荦寻访遗迹，复构亭于山巅，得文徵明隶书"沧浪亭"三字额。咸丰间毁，同治十二年，巡抚张树声重建。近由吴子深修葺，焕然一新矣。右为美术专门学校，前有石坊，额曰"沧浪胜迹"。一池颇广，植荷殆遍，跨以石桥，门面北，额曰五百名贤祠。祠之东偏为面水轩，又东为静吟亭，屏门上勒方锜书宋苏舜钦《沧浪亭记》。积石当其前，东西亘数丈，巅有亭，即沧浪亭也，额为俞曲园书。由亭南下，为明道堂。堂之东北，为瑶华境界、见心书屋，与静吟亭通。堂之西南，有小楼一座，曰看山楼，中祀二程夫子。下为印心石屋，西为翠玲珑馆，又西为宋苏长史祠，北即五百名贤祠，壁间刻五百名贤像。余若清香馆、闻妙香室，在西偏，皆临水而筑。其中石刻，有康熙赐吴存礼诗及楹联，乾隆十二年御书《江南潮灾叹》、御题《文徵明小像》、宋苏舜钦《留别王原叔》诗、道光中陶澍《沧浪亭五老图咏》、朱珏《七友图记》、杨铸《论诗图题咏》、欧阳修《归有光记》及康熙重修各记。有《沧浪亭新志》一书，详述沧浪之胜，书乃蒋吟秋继宋牧仲而葺，都若干万言。

五、可园，在沧浪亭对门，以梅著名。有博约堂、浩歌亭诸筑。附设图书馆，藏书二十三万余卷。

六、狮子林，在城东北隅神道街，为天如禅师倡道之地。中多奇石，状若狻猊，石洞螺旋，人游其中，迷于往复。倪云林曾绘为图，清时黄氏购之为涉园。今为贝氏有，重加修葺，焕然一新矣。中有修竹谷、玉鉴池、指柏轩、问梅室、卧云室、狮子峰、含晖峰、吐月峰、冰壶井、小飞虹、大石屋、立雪堂等，皆称胜景。山上有大松五，故又名五松园。

七、拙政园，在娄门内。明嘉靖时王御史献臣，因元代大宏寺基，治为别墅。文徵明曾为图记，后归里中徐氏。清初海宁陈相国之遴得之，中有连理宝山珠茶，花时缛红可喜，吴梅村有长歌以咏之。后没入官，旋为吴三桂婿王永宁所获。清咸丰间，为太平天国忠王府。入门有巨藤，乃文衡山手植，内有远香堂、南轩、香洲诸胜。香洲悬有吴梅村《山茶歌》。远香堂北，池中筑屋一，署曰雪香云蔚。最高处，有劝耕亭、荷风四面亭，园西北沿边皆廊，循廊可至拥翠亭、藕香榭、潇湘一角，后面临水多竹。东部曰梧竹幽居，曰绣绮亭，曰半窗梅影。枇杷园在园之东南，湖石巧叠，有屋曰玲珑馆。其西，即远香堂矣。

八、惠荫园，在南石子街。中有桂苑、丛桂山庄，因绕屋俱桂树也。岩洞中潴水，架以石桥，称小林屋。洞上有虹隐楼，登之，全境悉在目前。

九、怡园，在护龙街尚书里内，为方伯顾紫珊所建。入园有一轩，署"琼岛飞来"四字，盖庭前植有牡丹也。轩东有船室，署曰舫斋赖有小溪山。其前松林中，有阁曰松籁，南有碧梧栖凤精舍，东则梅花厅在焉。厅西为遁窟，窟中有室，额曰旧时月色。东为岁寒草庐，石笋卓立，披鲜缀苔，绝有致。北有拜石轩，及坡仙琴馆，因藏东坡琴，故名。旁有石，状如老人听琴然，遂筑室曰石听琴室。西北多芍药、修竹、木樨之属，一亭署曰云外竹婆娑，亭前为荷池。循池而西，曲折登山，窈然一洞，有石似观音，曰慈云洞。洞外植桃，曰绛霞洞，皆擅胜。园内壁间石刻，多米书，楹联集前人词句，天衣无缝，盖出主人手笔也。

十、留园，在阊门外五福路，为明徐冏卿太仆东园故址，昔称花步里。清嘉庆初，刘蓉峰观察建寒碧山庄，俗称刘园。光绪二年，归毗陵盛旭人所有，易名留园，谓可以留游踪也。入门左向，为涵碧山房，署曰胸次广博天所开，左舍曰恰杭，盖"杭"与"航"通，取少陵"野航恰受两三人"句义也。庭西有石卓立，形似济颠，曰济颠石。前临巨池，植以芙蕖，并蓄锦鳞、鸳鸯于其中。池之西北，积石成丘，多桂树，闻木樨香轩立于丛桂间。丘巅有可亭，其阴有半野草堂，东有轩，署曰清风起兮池馆凉。南有绿荫轩，池之中有亭，署曰濠濮想。东为楠木厅，额曰藏修息游，庭前叠石，极崟嵚有致。厅旁有亭，署曰佳晴喜雨快雪，中有灵碧石台，叩之有声。北有屋，署曰花好月圆人寿。左有揖峰轩，石林小院，对面之屋，署曰洞天一碧。揖峰轩可通东园，巍然立三湖石，中曰冠云峰，最高。左曰岫云峰，右曰瑞云峰，次之。下为冠云台，署曰安知我不知鱼之乐。左有冠云亭，皆以冠云峰而擅胜者也。北有楼，署曰仙苑停云，壁间嵌云石，俱含画意。偏东一屋，为园主人参禅处。曲折至又一村，旁有屋，署曰少风波处便为家。西行至小蓬莱，此处有花房，有蔬圃，过小蓬莱，即为园之西部别有天也。临溪有阁，署曰活泼泼地；面南处，署曰梅花月上杨柳风来。西部之佳胜，在有溪有丘，丘上有亭二，曰至乐，曰月榭星台，又署其额曰"其西南诸峰林壑尤美"，因一登斯丘，狮岭、灵岩、支硎、天平诸山，无不在望矣。

十一、西园，在留园西，戒幢律寺之放生池在焉。门前署曰西园一角。池为园之最胜处，通以曲桥，池心有亭，额曰月照潭心。池内蓄巨鼋，游人辄以饼饵投之，浮波争食，颇有可观。西有轩，绝畅爽，池东为四面厅，宽敞容人憩坐。他如艺圃奇石，亦饶雅致。

十二、网师园，在阔家头巷，昔为网师庵，瞿氏治之。庵废而园兴。及瞿氏式微，李香岩代为主人，更名为蓬园。且园居苏子美之沧浪亭东，亦称之为苏邻小筑。及香岩死，为张今颇所有，又易名而为逸园。园之胜有殿春簃，簃栽芍药；有琳琅馆，馆蓄锦鳞。他如濯缨水阁之可挹爽，鬈仙诗舫之堪容膝，咸极宛奥回折之妙。而石之攒蹙累积，木之纠错苍蠹，更益然有古意，皆非一朝夕之所能致也。池水之南，有石巍然，刻"槃阿"二字，乃南宋史相国万卷堂前故物，是寻古遗事者之所流连者也。

十三、靖园，在虎阜之畔，园不大而洿池叠石，列植交荫，徜徉其间，有足以使人悠然适意者。玲珑馆接水竹居，深虚旷洁，可以憩坐。稍西，一楼高崎，拾极而上，则阜塔巍峨，山庄拥翠，一一呈于目前。下楼而为凝晖堂，堂对艺圃，栽绿樱綦繁。侧户通小径，可陟虎阜。

总之，我吴之园林，具有东方之色彩，与海上欧化之园林，不可同日语也。

国人有一错误点，即园林与居宅划分为二，于是虽有园林，而享受之日少，如是则何必多此一举哉？犹忆巴黎工程学会，倡议居宅占十分之四，庭园占十分之三，又十分之三为室内装修布置。彼邦人士之重视庭园，由此可知。至于庭园间宜栽应时之花，使满目绚烂，四时不断，如梅、瑞香、丁香、杏、牡丹、芍药、兰、桃、李、梨、海棠，繁艳于春；月季、绣球、玫瑰、蔷薇、杜鹃、萱花、夹竹桃、榴、合欢、栀子、紫薇、莲、美人蕉、木槿、茉莉、珠兰、玉簪、素馨、晚香玉、凌霄、蕃衍于夏；秋葵、牵牛、凤仙、鸡冠、秋海棠、剪秋罗、金钱、桂、菊、雁来红、芙蓉，点缀于秋；山茶、虎刺、水仙、蜡梅、天竹、象牙红，敷呈于冬。嘉宾莅止，设宴欣赏，庭园之趣，其在斯乎！

附 录

华夏版前言

这本《花果小品》，是我的旧作。

我家在"文革"中被抄，什么都付诸荡然，此书辗转得之，为仅存之硕果，侥幸出于意外，我就敝帚自珍，视为秘笈了。

我在民国初年，即喜涂抹，今则颓然一老，犹复炫丑诒痴，不辞翰墨。有人称我"涉笔生花七十春"，我虽不敢承此溢誉，但以写作岁月而论，的确超过半个多世纪，在这方面，未免沾沾自喜。

大约在三十年代吧，由于我爱花嗜果，所写的，不是评春萱秋蕙、夏蕖冬荼，便是谈沉李浮瓜、交梨火枣。恰巧于其时，老园艺家黄岳渊辟新园于沪西高恩路，栽植名贵花木，菊凡一千数百种，杜鹃三百多种，桂花七十多种，且有没刺的月季，姚黄魏紫的牡丹，又青黄相间的竹枝，而青的反面为黄，黄的反面为青，尤为奇特。那些鲜果，无不应时登盘，朵颐大快。我和园主人相交有素，每逢星期休沐，总要到他园里疏散疏散，也就习以为例。周瘦鹃是座上常客，相与谈笑，尽半日之欢。岳渊老人和他的儿子德邻，著有《花经》待刊，委瘦鹃和我代为校订。于是耳濡灿灿群芳，目染离离嘉实，此后所写的花果文章连篇累牍。瘦鹃见了，怂恿我搜集成书，以飨同好。适我应中孚书局之聘，担任编纂，曾辑刊了若干种笔记。我所搜集的，称之为《花果小品》，也归中孚付梓，乃请吴湖帆、冯超然为该书题签，并采玉蝉研斋主蔡震渊四幅花果册页，制成铜版，作为插图。讵意行将问世，忽地战事爆发，金融立趋紧急状态，致中孚突然倒闭。这本《花果小品》只见样书，无从正式发行，成为不了而了的特殊刊物，也就没有机会和读者见面。我把它束诸高阁，不之措意了。

　　此次华夏出版社副总编张宏儒同志来沪组稿，我忽地忆及这本书，给他审阅，他很满意带了去，愿为重刊，又蒙孙丕评同志许为责任编辑，积极进行。在我来说，这是一件大好事。因我风烛残年，颇思把以往的写作整理一下，做着结束工作，华夏此举，正合我的意图。兴奋之余，复检出了若干篇，作为此书的补充，顺便写了前言，说明这本书的来历和经过，大约亦读者所喜见乐闻的吧！

　　　　　　　　　　　一九八七年春郑逸梅时年九十有三

漫谈《花果小品》

这本《花果小品》，由华夏出版社付印问世。承诸朋好，称为：具有欣赏性和可读性。人总是喜听褒语的，我也不例外，当然也喜形于色了。

我谈花说果，无非受黄岳渊的影响。他是上海花树业工会主席，有权威之称。拥有一园，在沪西真如镇，拓地数百田，广植卉木，莳名菊达一千六七百种。逢九秋佳节，他总是备着车辆，迎着我们赴园赏菊，绰约秾郁，映媚疏篱，使久蛰尘嚣的襟抱为之一畅。此后真如的园，被倭寇所毁，乃迁至高恩路。交通便利，我几乎每休息日，都得为入幕之宾。在那儿时遇到钱士青、叶恭绰、陈景韩、包天笑、严独鹤，及周瘦鹃父子，相与谈笑，甚为开怀。我是执教鞭的，把写稿作为副业。这时写稿，就近取材，未免姹紫嫣红，形诸笔墨，积得多了，衰集成编，以《花果小品》为名，请张获寒绘了封面，交中孚书局主人徐步蘯付印出版，书型是狭长的，很为别致。岂知样本初见，而中孚突然倒闭，所余的都作为废纸处理了。这次，华夏的负责人张宏儒、孙丕评两位同志，收拾丛残，为之重刊，得以正式出版，这真是做了一件大大的好事，尤其作者的我，更应当向两位深致谢意。

至于我谈花说果的小文，是否尽在这书中？不是的，散失不在少数。如我编《金钢钻报》，约有二三年，每天撰一篇短文，列入《清言霏玉》栏，其中定必有些涉及花木的。又我编《永安月刊》，记得某年，我为该刊月写一篇应令的时花，每篇较长，那就十二篇成为一组了。又一度任杭州《东南日报》副刊《小筑》的特约撰述，灿灿名花，离离佳果，也是累篇连牍的。又我曾撰《庭园的〔之〕趣味》，约一二万言，也涉及到花果。凡此种种，都在十年浩劫中，付诸荡然，无从钩沉索隐了。

我是怎样撰写《花果小品》的

我是喜爱花木成癖的。早年在苏州，颇多闲暇。到处看花，作了许多篇小记。如《挹藻小记》，记的是周瘦鹃伉俪来苏，我和赵眠云伴同赴荷花宕观荷的。又《吊樱记》，记青阳地观樱花，有感花已阑珊而作。又《赏牡丹记》，记白莲泾培德堂牡丹的盛开。又《采梅二日记》，观沧浪亭对面可园的铁骨红梅花，一观虎丘冷香阁新植的三百株梅树。又《惠荫园赏桂记》，记园中桂花、丛桂山庄的胜迹。又《留园兰会记》，记名兰多种，如小打、大陈、荷瓣、翠蒀、绿英、春程梅、文团素等名目。又《狮林赏菊记》，那是偕蒋吟秋夫妇同去狮子林欣挹秋芳的。自旅食沪上，为上海影戏公司编一电影本，取名《桃花梦》，即以产桃闻名的龙华为背景，择桃花盛放时，摄了好多镜头。主角为王人美，今已下世了。

那黄岳渊的黄园，初设于真如镇，占地一百数十亩。园有桂花七十多种，杜鹃三百多种，牡丹具姚黄、魏紫，竹有方竹、紫竹、佛肚竹、金镶玉嵌竹，月季有无刺的，菊多至一千数百种。我是经常去探赏的。后经兵燹，黄园迁至沪西高恩路。来往更便，成为座上常客，为黄岳渊整辑了一部《花经》。我对于花木兴趣更高。在各刊物上撰写有关花木的文章，连篇累牍地发表。周瘦鹃的癖花，尤胜于我。他一再怂恿我，把这些评花品果的作品，汇集刊印一书。我为之心动。恰巧我受聘中孚书局，辑刊了多种笔记。最后辑刊的，就是《花果小品》。封面是吴湖帆题签，冯超然写了扉页，周瘦鹃、朱天目作了序文，庞亦鹏、蔡震渊绘了花果，用彩色版印入。花和果共一百多篇。末有《香国附庸》：一《二十四番花信谈》，二《花朝》，三《落花》，四《落叶》，五《草角花须》。不意战事爆发，那中孚书局在经济上发生了困难，致骤然倒闭。这《花果小品》只有样书，也就辍版，外间未见流传。最近北京华夏出版社拟谋重印，弥我遗憾。我便添加了数篇以求充实。但在此纸价飞涨之中，是否能顺利进行，当在不可预期之列哩。

我的花木缘

　　花木能怡情养性，在精神上所起的慰藉作用，也许会超过参茸及维生素 C。我是具有花木癖的，虽然一天到晚埋首故纸堆中，没有很多时间来栽培灌溉，可是，菖蒲、剑麻、吊兰、广东万年青之类，总爱置些在书斋案头点缀一下，不但养性，且复养目，得益是很大的。

　　我从欣赏角度出发，撰写了一部《花果小品》，那时尚在 1935 年，是上海中孚书局为我刊印的。那本书，曾请盆栽专家周瘦鹃校订并作序。花从梅花起，直至松竹；果从甘蔗起，直至橄榄。共一百多篇。更有《香国附庸》，如《二十四番花信谈》《花朝》《落花》《落叶》《草角花须》等，配合着吴湖帆、冯超然的题签，玉蝉砚斋主蔡震渊所绘的花果，汇成十余万言。举凡花木的掌故，前贤吟咏的小诗，都搜集在内。可惜这书刚出样本，而中孚突然破产，书还没有和读者见面，就夭折了，此书也就成为稀世之品了。

　　嗣后，上海大东书局约我编写新《最新苏州游览指南》，书末附有拙作《清游小志》，其中包括《挹蕖小记》、《吊樱记》、《白莲泾赏牡丹记》(〔《赏牡丹记》〕)、《探梅两日记》、《秋山红树记》、《拙政园赏莲记》、《惠荫〔园〕赏桂记》、《留园兰会记》、《狮林赏菊记》、《可园探梅记》等好几篇文章。由于我爱好花木，又喜欣赏庭园之胜，所到之处既多，也就多方涉笔了。

老友郯曲灌叟黄岳渊，他有一句诗传诵人口："韩康卖药我栽花。"我曾请陈巨来把这句诗刻了一印赠给他。他辟一园在沪西真如镇，栽菊多至二千种、月季三百种、木槿七十多种。牡丹姚黄、魏紫，无不兼蓄。每逢花时，总要邀客宴赏。一自抗战军兴，园址被毁，但岳渊壮心未已，卷土重来，又于高安路别辟黄园，因在市间，宾客更多。当时蔡元培、于右任、钱士青、陈景韩、叶恭绰、王一亭、严独鹤等，常去黄园赏玩，我更是座上常客。有一回，我还陪了诗人高吹万、清室女画家唐石霞前去赏菊。岳渊种花三十年，他的儿子德邻，毕业于暨南大学农科，协助其父栽植；周瘦鹃的儿子周铮，也在黄园实习，他们合写了一部《花经》，由我在文字上作些润色，印行问世。此书历经数十年，早已绝版，最近上海书店为谋重印。

学友夏石庵擅治盆栽。某岁，他的静思庐昙花开放，我和画家陶冷月同去观赏。时在晚间，冷月出画具，现场作画。自含苞而渐开，由渐开而渐萎，先后大约二小时，画了数十帧，真可谓尽写生之能事。我也写一文以志其盛。

松江石湖荡有一棵元代诗人杨铁崖手植的罗汉松，高若干丈，有"江南第一松"之称。我受古松公社沈逸轩之邀，曾去观赏过二次。第一次松尚苍蔚；第二次则因树侧筑屋，被扼枯萎。事后我撰了一篇《纪石湖荡古松》，由潘勤孟代为录写成一条幅，藏诸松江文管会。我拾了些枯枝，配着架座，为案头清供。并分贻石窗周退密。退密成《解连环》词一阕，陈兼与、黄君坦、赵浣鞠、徐稼砚、徐曙岑、寇梦碧、柳壮野、方一苇、陈机峰等纷纷和之，刊成《松蜕唱和词》一本，引为佳话。

编后记

　　郑逸梅（1895.10.19—1992.7.11），著名文史掌故大家。原姓鞠，幼年因过继给外祖父而改姓郑，名愿宗，字际云。祖籍安徽歙县，后外祖父因避乱寄籍苏州，遂为苏州人。1913 年投稿《民权报》，始以"逸梅"为笔名，后以此为字行世。前人梅花诗中常有"纸帐""铜瓶"之词，郑逸梅借此名其书斋为"纸帐铜瓶室"，而自号"纸帐铜瓶室主"。郑逸梅喜写短篇，述事说理"词约而意长，语简而味永"，深受读者厚爱，一时大小报章争相约稿。此类文章尤适用于报刊补白，故郑逸梅渐有"补白大王""郑补白"之称，"无白不郑补"之说，时人有诗赞曰："掌故罗胸得几人？并时郑陆两嶙峋。"（陆即陆丹林）

　　若从最初在《民权报》发表文字算起，至谢世，郑逸梅笔耕不辍整整八十载，著述近五十种，累累千余万言。他博闻强识，近代文史掌故了然于胸，应对援疑质理，无不应答如流；在近现代报刊、南社等领域颇有建树，创作短篇小说，翻译外国文学，编写电影剧本，主持报刊笔政，教书育人，皆有所成就；又富于收藏，名人尺牍、折扇、书画册叶、印章古泉等无不涉猎。郑逸梅曾说："我所爱好的，是山水、花木、骨董、字画、金石、典籍；如果有人招我去游山玩水，看花读书，摩挲吉金乐石，检阅坟典异书，我就兴奋的了不得，大有君命召不俟驾而行的概状。"可见其兴趣之广泛。主要作品有《逸梅小品》《花果小品》《逸梅丛谈》《南社丛谈》《艺坛百影》《艺林散叶》《艺林散叶续编》《书报话旧》《清娱漫笔》《人物和集藏》《逸梅收藏名人手札百通》等。

郑逸梅善为小品文，清言霏玉，妙语连珠，内容丰赡而意味隽永，知识性与趣味性兼具。阅其文，识其人，掌故撑肠，有趣有识。于花木多有偏爱，曾不止一次说自己是有花木癖的。他说，花木怡情，养目又养性，"在精神上所起的慰藉作用，也许会超过参茸及维生素 C"。所著《花果小品》是花果方面的经典之作，一版再版，而后人亦多有引述。

郑逸梅在编辑《金钢钻》报期间，"约有二三年，每天撰一篇短文，列入《清言霏玉》"。此栏目中有关花果的文章"连篇累牍"，增删调整后又加入部分新撰文字，结集为《花果小品》，1935 年由中孚书局出版。该书封面为吴湖帆题签，钤"丑簃长寿"印，画家张荻寒绘水仙、腊梅、南天竹及香橼、橄榄之类；扉页为江亢虎题写；扉页之后为周瘦鹃、朱天目所作二序、玉蝉砚斋主蔡震渊绘、心汉阁赵眠云藏《花果小品》图四帧；首篇《梅花》，首行有冯超然题写书名。全书前花，自梅花至松，春萱秋蕙、夏蕖冬茶；后果，自甘蔗至葫芦，沉李浮瓜、交梨火枣；末附《香国附庸》：共计一百多篇。举凡花果的掌故，前贤吟咏的诗文多有搜集，灿灿群芳，离离嘉果，丰富非常。书虽篇幅不大，十余万言，但一时名家为之荟萃。但其后因"战事爆发，金融立趋紧急状态，致中孚突然倒闭"，而这本《花果小品》也因此"只见样书，无从正式发行，成为不了而了的特殊刊物"。虽然郑逸梅说，该书"没有机会和读者见面"，但是现在能搜寻到"民国二十四年四月十日出版""民国二十五年二月再版"两个版本。此后又有华夏出版社 1988 年版、中华书局 2016 年版。

《花果小品》既出各版或为繁体而只有句读，或虽为简体而标点不完善，亦间或有手民之误等。我们编辑整理的基本原则是慎改，改必有据，非必要不出注。

本书的第一部分是以华夏版为底本，参考中孚版以及最初发表在报刊或收入文集中的版本，小心比勘异同，同时于旁征博引的文史掌故中，谨慎查核引用出处，校订谬误，未径改处则出注加以说明。作者著述中个别用字前后不一致，又或者与现在通行规范不合者，俱改为今例。

又据郑逸梅在《漫谈〈花果小品〉》等多篇文章中提及，其谈花说果的文章尽未收入《花果小品》，"散失不在少数"，引为憾事。郑逸梅爱花成癖，又喜游赏，尤爱园林之胜，闲暇时到处观花游园，因而留下多篇游记。今版按文索骥，搜辑增补其关涉花果、园林游记等文章三十七篇，作为本书的第二部分：一为应令时花组篇，从《水仙花》到《山茶》，是 1945 年 1 至 12 月郑逸梅于《永安月刊》的《一月一花》栏目上的十二篇文章；二为《春笋琐话》《谈罂粟花》《谈合欢花》《百合》《林檎》《秋葵》《金钱花》《吴下之蕈》八篇，前三篇分别选自1934年4月15日、1936年1月15日、1936年4月26日《金钢钻》报，中间一篇选自校经山房书局1935年8月出版的《小品大观》，后四篇选自校经山房书局1936年6月出版的《瓶笙花影录》，皆为《花果小品》未有之花果；三为园林或者私家游赏的记述，从《挹蕖小记》至《惋惜石湖荡的古松》，计十六篇，前十篇选自大东书局1930年3月出版的《最新苏州游览指南》第七章《清游小志》，《古梅欣赏记》选自中孚书局1934年4月出版的《逸梅小品》，《冒雨看花记》选自校经山房书局1935年7月出版的《逸梅丛谈》，《黄园之菊》选自校经山房书局1936年6月出版的《瓶笙花影录》，《记静思庐之昙花》选自1943年第40期《永安月刊》，《纪石湖荡古松》《惋惜石湖荡的古松》则分别选自1981年中州书画出版社出版的《郑逸梅文稿》和1992年四川人民出版社出版的《艺苑琐闻》；四为庭园假山置石、花木栽植以及游踪所及的苏州园林的赏鉴长文《庭园之趣味》，作为"上海园艺事业改进协会丛刊"第五种，于1947年4月出版。

此外，围绕《花果小品》一书，郑逸梅亦撰有多篇文章，如前文提到的《漫谈〈花果小品〉》，还有《我是怎样撰写〈花果小品〉的》《我的花木缘》以及华夏版的出版前言，此四篇作为本书的第三部分。

《花果小品》（增订本）的出版得到了郑逸梅的孙女、海上书画名家郑有慧女士的鼎力支持，承其厚谊，特为本书绘制了多幅花果图，更撰文深情回忆祖孙日常。即将迎来郑逸梅诞辰 130 周年，中华书局精心编选，增补文章四十余篇，增配大量花果画作，全彩精印，以此来纪念这位著名的文史掌故大家。

中华书局编辑部

2024 年 4 月